目次

D坂の殺人事件

(上) 事実

それは九月初旬のある蒸し暑い晩のことであった。私は、D坂の大通りの中ほどにある、白梅軒という、行きつけの喫茶店で、冷しコーヒーを啜《すす》っていた。当時私は、学校を出たばかりで、まだこれという職業もなく、下宿にゴロゴロして本でも読んでいるか、それに飽きると、当てどもなく散歩に出て、あまり費用のかからぬ喫茶店廻《めぐ》りをやるくらいが、毎日の日課だった。この白梅軒というのは、下宿屋から近くもあり、どこへ散歩するにも必ずその前を通るような位置にあったので、したがって、いちばんよく出入りするわけであったが、私という男は悪い癖で、喫茶店にはいるとどうも長尻《ながじり》になる。それに、元来食欲の少ない方なので、ひとつは嚢中《のうちゅう》の乏しいせいもあってだが、洋食ひと皿注文するでなく、安いコーヒーを二杯も三杯もお代りして、一時間も二時間もじっとしているのだ。そうかといって、別段、ウェートレスにおぼしめしがあったり、からかったりするわけでもない。まあ下宿よりなんとなく派手で居心地がいいのだろう。私はその晩も、例によって、一杯の冷しコーヒーを十分もかかって飲みながら、いつもの往来に面したテーブルに陣取って、ボンヤリ窓のそとをながめていた。

さて、この白梅軒のあるD坂というのは、以前菊人形の名所だったところで、狭かった通りが市区改正で取り拡げられ、何間道路とかいう大通りになって間もなくだから、まだ大通りの両側にところどころ空地などもあって、今よりはずっと淋《さび》しかった時分の話だ。大通りを越して白梅軒のちょうど真向こうに、一軒の古本屋がある。実は、私は先ほどから、そこの店先をながめていたのだ。みすぼらしい場末の古本屋で、別段ながめるほどの景色でもないのだが、私にはちょっと特別の興味があった。というのは、私が近頃この白梅軒で知合いになった一人の妙な男があって、名前は明智《あけち》小五郎《こごろう》というのだが、話をしているといかにも変り者で、それが頭がよさそうで、私の惚《ほ》れ込んだことには、探偵小説好きなのだが、その男の幼馴染《おさななじみ》の女が、今ではこの古本屋の女房になっているということを、この前、彼から聞いていたからだった。二、三度本を買って覚えているところによれば、この古本屋の細君というのがなかなかの美人で、どこがどうというではないが、なんとなく官能的に男をひきつけるようなところがあるのだ。彼女は夜はいつでも店番をしているのだから、今晩もいるに違いないと、店じゅうを、といっても二間半間口の手狭な店だけれど、探してみたが、誰もいない、いずれそのうちに出てくるのだろうと、私はじっと眼で待っていたものだ。

だが、女房はなかなか出てこない。で、いい加減面倒臭くなって、隣の時計屋へと眼を移そうとしている時であった。私はふと、店と奥の間との境に閉めてある障子の戸が、ピッシャリしまるのを見た——その障子は専門家の方では無双と称するもので、普通、紙をはるべき中央の部分が、こまかい縦の二重の格子になっていて、一つの格子の幅が五分ぐらいで、それが開閉できるようになっているのだ——ハテ変なこともあるものだ。古本屋などというものは、万引きされやすい商売だから、たとえ店に番をしていなくても奥に人がいて、障子のすき間などから、じっと見張っているものなのに、そのすき見の箇所を塞《ふさ》いでしまうとはおかしい。寒い時分ならともかく、九月になったばかりのこんな蒸し暑い晩だのに、第一障子そのものが閉めきってあるのからして変だ。そんなふうにいろいろ考えてみると、古本屋の奥の間になにごとかありそうで、私は眼を移す気になれなかった。

古本屋の細君といえば、ある時、この喫茶店のウェートレスたちが、妙な噂をしているのを聞いたことがある。なんでも、銭湯で出会うおかみさんや娘さんたちの棚おろしのつづきらしかったが、「古本屋のおかみさんは、あんなきれいな人だけれど、はだかになると、からだじゅう傷だらけだ。たたかれたり抓《つね》られたりした痕《あと》に違いないわ。別に夫婦仲が悪くもないようだのに、おかしいわねえ」すると別の女がそれを受けてしゃべるのだ。「あの並びのソバ屋の旭屋《あさひや》のおかみさんだって、よく傷をしているわ。あれもどうも叩《たた》かれた傷に違いないわ」……で、この噂話が何を意味するか、私は深くも気に留めないで、ただ亭主が邪慳《じゃけん》なのだろうぐらいに考えたことだが、読者諸君、それがなかなかそうではなかったのだ。このちょっとした事柄が、この物語全体に大きな関係を持っていたことが、後になってわかったのである。

それはともかく、私はそうして三十分ほども同じところを見詰めていた。虫が知らすとでもいうのか、なんだかこう、傍見《わきみ》をしているすきに何事か起こりそうで、どうもほかへ眼が向けられなかったのだ。その時、先ほどちょっと名前の出た明智小五郎が、いつもの荒い棒縞《じま》の浴衣《ゆかた》を着て、変に肩を振る歩き方で、窓のそとを通りかかった。彼は私に気づくと会釈をして中へはいってきたが、冷しコーヒーを命じておいて、私と同じように窓の方を向いて、私の隣に腰かけた。そして、私が一つところを見詰めているのに気づくと、彼はその私の視線をたどって、同じく向こうの古本屋をながめた。しかし、不思議なことには、彼もまた、いかにも興味ありげに、少しも眼をそらさないで、その方を凝視し出したのである。

私たちは、そうして、申し合わせたように同じ場所をながめながら、いろいろむだ話を取りかわした。その時、私たちのあいだにどんな話題が話されたか、今ではもう忘れてもいるし、それに、この物語にはあまり関係のないことだから、略するけれど、それが、犯罪や探偵に関したものであったことは確かだ。試みに見本をひとつ取り出してみると、

「絶対に発見されない犯罪というものは不可能でしょうか。僕はずいぶん可能性があると思うのですがね。たとえば、谷崎潤一郎《たにざきじゅんいちろう》の『途上』ですね。ああした犯罪はまず発見されることはありませんよ。もっとも、あの小説では、探偵が発見したことになってますけれど、あれは作者のすばらしい想像力が作り出したことですからね」と明智。

「いや、僕はそうは思いませんよ。実際問題としてならともかく、理論的にいって、探偵のできない犯罪なんてありませんよ。ただ、現在の警察に『途上』に出てくるような偉い探偵がいないだけですよ」と私。

ざっとこういったふうなのだ。だが、ある瞬間、二人は言い合わせたように、ふとだまり込んでしまった。さっきから、話しながら眼をそらさないでいた向こうの古本屋に、ある面白い事件が発生していたのだ。

「君も気づいているようですね」

と私がささやくと、彼は即座に答えた。

「本泥棒でしょう。どうも変ですね。僕もここへはいってきた時から、見ていたんですよ。これで四人目ですね」

「君が来てからまだ三十分にもなりませんが、三十分に四人も。少しおかしいですね。僕は君の来る前からあすこを見ていたんですよ。一時間ほど前にね、あの障子があるでしょう。あれの格子のようになったところが、しまるのを見たんですが、それからずっと注意していたのです」

「うちの人が出て行ったのじゃないのですか」

「それが、あの障子は一度もひらかないのですよ。出て行ったとすれば裏口からでしょうが……三十分も人がいないなんて、確かに変ですよ。どうです、行ってみようじゃありませんか」

「そうですね。うちの中には別状がないとしても、そとで何かあったのかもしれませんからね」

私はこれが犯罪事件ででもあってくれれば面白いがと思いながら、喫茶店を出た。明智とても同じ思いに違いなかった。彼も少なからず興奮しているのだ。

古本屋は、よくある型で、店は全体土間になっていて、正面と左右に天井まで届くような本棚を取り付け、その腰のところが本を並べるための台になっている。土間の中央には、島のように、これも本を並べたり積み上げたりするための、長方形の台がおいてある。そして、正面の本棚の右の方が三尺ばかりあいていて奥の部屋との通路になり、先にいった一枚の障子が立ててある。いつもは、この障子の前の半畳ほどの畳敷きのところに、主人か細君がチョコンとすわって番をしているのだ。

明智と私とは、この畳敷きのところまで行って、大声に叫んでみたけれど、なんの返事もない。はたして誰もいないらしい。私は障子を少しあけて、奥の間を覗《のぞ》いてみると、中は電燈《でんとう》が消えてまっ暗だが、どうやら人間らしいものが、部屋の隅に倒れている様子だ。不審に思ってもう一度声をかけたが、返事をしない。

「構わない、上がってみようじゃありませんか」

そこで、二人はドカドカと奥の間へ上がり込んで行った。明智の手で電燈のスイッチがひねられた。そのとたん、私たちは同時に「アッ」と声を立てた。明かるくなった部屋の片隅に、女の死体が横たわっていたからだ。

「ここの細君ですね」やっと私がいった。「首を絞められているようじゃありませんか」

明智はそばへ寄って、死骸《しがい》を調べていたが、

「とても蘇生《そせい》の見込みはありませんよ。早く警察へ知らせなきゃ。僕、公衆電話まで行ってきましょう。君、番をしてて下さい。近所へはまだ知らせない方がいいでしょう。手掛りを消してしまってはいけないから」

彼はこう命令的に言い残して、半丁ばかりのところにある公衆電話へ飛んで行った。

平常から、犯罪だ探偵だと、議論だけはなかなか一人前にやってのける私だが、さて実際にぶっつかったのははじめてだ。手のつけようがない。私は、ただ、まじまじと部屋の様子をながめているほかはなかった。

部屋はひと間きりの六畳で、奥の方は、右一間は幅の狭い縁側をへだてて、二坪ばかりの庭と便所があり、庭の向こうは板塀になっている――夏のことで、あけっぱなしだから、すっかり、見通しなのだ――右半間はひらき戸で、その奥に二畳敷きほどの板の間があり、裏口に接して狭い流し場が見え、裏口の腰高障子は閉まっている。向かって右側は、四枚の襖《ふすま》になっていて、中は二階への階段と物入れ場になっているらしい。ごくありふれた安長屋の間取りだ。死骸は、左側の壁寄りに、店の間の方を頭にして倒れている。私は、なるべく兇行《きょうこう》当時の模様を乱すまいとして、一つは気味もわるかったので、死骸のそばへ近寄らないようにしていた。でも、狭い部屋のことだから、見まいとしても、自然その方に眼が行くのだ。女は荒い中形模様の浴衣を着て、ほとんど仰向《あおむ》き

に倒れている。しかし、着物が膝《ひざ》の上の方までまくれて、腿《もも》がむき出しになっているくらいで、別に抵抗した様子はない。首のところは、よくはわからぬが、どうやら、絞められた痕が紫色になっているらしい。

表の大通りには往来が絶えない。声高に話し合って、カラカラと日和下駄《げた》を引きずって行くのや、酒に酔って流行歌をどなって行くのや、しごく天下泰平なことだ。そして障子ひとえの家の中には、一人の女が惨殺されて横たわっている。なんという皮肉だろう。私は妙な気持になって、呆然《ぼうぜん》とたたずんでいた。

「すぐくるそうですよ」

明智が息をきって帰ってきた。

「あ、そう」

私はなんだか口をきくのも大儀になっていた。二人は長いあいだ、ひとことも言わないで顔を見合わせていた。

間もなく、一人の制服の警官が背広の男と連れだってやってきた。制服の方は、後で知ったのだが、K警察署の司法主任で、もう一人は、その顔つきや持物でもわかるように同じ署に属する警察医だった。私たちは司法主任に、最初からの事情を大略説明した。そして私はこうつけ加えた。

「この明智君が喫茶店へはいってきた時、偶然時計を見たのですが、ちょうど八時半でしたから、この障子の格子が閉まったのは、おそらく八時頃だったと思います。その時はたしか中にも電燈がついていました。ですから、少なくとも八時頃には、誰か生きた人間がこの部屋にいたことは明らかです」

司法主任が私たちの陳述を聞き取って、手帳に書き留めているあいだに、警察医は一応死体の検診を済ませていた。彼は私たちの言葉のとぎれるのを待っていた。

「絞殺ですね。手でやられたのです。これをごらんなさい。この紫色になっているのが指の痕《あと》ですよ。それから、この出血しているのは、爪があたった箇所です。拇指《おやゆび》の痕が頸《くび》の右側についているのを見ると、右手でやったものですね。そうですね。おそらく死後一時間以上はたっていないでしょう。しかし、むろん蘇生の見込みはありません」

「上から押えつけられたのですね」司法主任が考え考え言った。「しかし、それにしても、抵抗した様子がないが……おそらく非常に急激にやったのでしょうね、ひどい力で」

それから、彼は私たちの方を向いて、この家の主人はどうしたのだと尋ねた。だが、むろん、私たちが知っているはずはない。そこで、明智は気をきかして、隣家の時計屋の主人を呼んできた。

司法主任と時計屋の問答は大体次のようなものだった。

「主人はどこへ行っているのかね」

「ここの主《あるじ》は、毎晩古本の夜店を出しに参りますんで、いつも十二時頃でなきゃ帰って参りません」

「どこへ夜店を出すんだね」

「よく上野《うえの》の広小路へ参りますようですが、今晩はどこへ出しましたか、どうも手前にはわかりかねます」

「一時間ばかり前に、何か物音を聞かなかったかね」

「物音と申しますと」

「きまっているじゃないか。この女が殺される時の叫び声とか、格闘の音とか……」

「別段これという物音も聞きませんようでございましたが」

そうこうするうちに、近所の人たちが聞き伝えて集まってきたのと、通りすがりの野次馬で、古本屋の表は一杯の人だかりになった。その中に、もう一方の隣家の足袋《たび》屋のおかみさんがいて、時計屋に応援した。そして、彼女も、何も物音を聞かなかったと申し立てた。

このあいだに、近所の人たちは、協議の上、古本屋の主人のところへ使を走らせた様子だった。

そこへ、表に自動車が停まる音がして、数人の人がドヤドヤとはいってきた。それは警察からの急報で駈《か》けつけた検事局の連中と、偶然同時に到着したK警察署長、及び当時名探偵という噂の高かった小林刑事などの一行だ——むろんこれは後になってわかったことだ。というのは、私の友だちに一人の司法記者があって、それがこの事件の係りの小林刑事とごく懇意だったので、私は後日彼からいろいろと聞くことができたのだ。——先着の司法主任は、この人たちの前で今までの模様を説明した。私たちも先の陳述をもう一度繰り返さねばならなかった。

「表の戸を閉めましょう」

突然、黒いアルパカの背広に白ズボンという、下廻《まわ》りの会社員みたいな男が大声でどなって、さっさと戸を閉め出した。これが小林刑事だった。彼はこうして野次馬を撃退しておいて、さて探偵にとりかかった。彼のやり方はいかにも傍若無人で、検事や署長などはまるで眼中にない様子だった。彼ははじめから終りまで一人で活動した。他の人たちはただ彼の敏捷《びんしょう》な行動を傍観するために やってきた見物人にすぎないように見えた。彼は第一に死体を調べた。頸のまわりは殊に念入りにいじり廻していたが、

「この指の痕には特徴がありません。つまり普通の人間が、右手で押さえつけたという以外になんの手がかりもありません」

と検事の方を見て言った。次に彼は一度死体をはだかにしてみると言い出した。そこで議会の秘密会みたいに、傍観者の私たちは、店の間へ追い出されねばならなかった。だから、そのあいだにどういう発見があったか、よくわからないが、察するところ、彼らは死人のからだにたくさんの生傷のあることを注意したに違いない。喫茶店のウェートレスの噂していたあれだ。

やがて、この秘密は解かれたけれど、私たちは奥の間にはいって行くのを遠慮して、例の店の間と奥との境の畳敷きのところから奥の方をのぞきこんでいた。幸いなことには、私たちは事件の発見者だったし、それに、あとから明智の指紋をとらねばならぬこ

とになったために、最後まで追い出されずにすんだ。というよりは抑留されていたというう方が正しいかもしれぬ。しかし小林刑事の活動は奥の間だけに限られていたわけではなく、屋内屋外の広い範囲にわたって行なわれたのだから、ひとつところにじっとしていた私たちに、その捜査の模様がわかろうはずがないのだが、うまいぐあいに、検事が奥の間に陣取っていて、始終ほとんど動かなかったので、刑事が出たりはいったりするごとに、一々捜査の結果を報告するのを、もれなく聞きとることができた。検事はその報告にもとづいて、調書の材料を書記に書きとめさせていた。

まず、死体のあった奥の間の捜索が行なわれたが、遺留品も、足跡も、その他探偵の眼に触れる何物もなかった様子だった。ただひとつのものを除いては。

「電燈《でんとう》のスイッチに指紋があります」黒いエボナイトのスイッチに何か白い粉をふりかけていた刑事がいった。

「前後の事情から考えて、電燈を消したのは犯人に違いありません。しかし、これをつけたのはあなた方のうちどちらですか」

明智が自分だと答えた。

「そうですか。あとであなたの指紋をとらせてください。この電燈はさわらないようにして、このまま取りはずして持って行きましょう」

それから、刑事は二階へ上がって行って、しばらく下りてこなかったが、下りてくるとすぐに裏口の路地を調べるのだと言って出て行ってしまった。それが十分もかかったろうか。やがて、彼はまだついたままの懐中電燈を片手に、一人の男を連れて帰ってきた。それは汚れたクレップシャツにカーキ色のズボンという服装で、四十ばかりの汚ない男だ。

「足跡はまるでだめです」刑事が報告した。「この裏口の辺は、日当りがわるいせいか、ひどいぬかるみで、下駄の跡が滅多無性についているんだから、とてもわかりっこありません。ところで、この男ですが」と今連れてきた男を指さし「これは、この裏の路地を出たところの角に店を出していた、アイスクリーム屋ですが、もし犯人が裏口から逃げたとすれば、路地は一方口なんですから、かならずこの男の眼についたはずです。君、もう一度私の訊《たず》ねることに答えてごらん」

そこで、アイスクリーム屋と刑事の一問一答。

「今晩八時前後に、この路地を出入したものはないかね」

「一人もありません。日が暮れてからこっち、猫の子一匹通りません」アイスクリーム屋はなかなか要領よく答える。「私は長らくここへ店を出させてもらってますが、あすこは、ここのおかみさんたちも、夜分は滅多に通りません。何分あの足場のわるいところへもってきて、まっ暗なんですから」

「君の店のお客で路地の中へはいったものはないかね」

「それもございません。皆さん私の眼の前でアイスクリームを食べて、すぐ元の方へお帰りになりました。それはもう間違いはありません」

さて、もしこのアイスクリーム屋の証言が信用すべきものだとすると、犯人はたとえこの家の裏口から逃げたとしても、その裏口からの唯一の通路である路地は出なかったことになる。さればといって表の方から出なかったことも、私たちが白梅軒から見ていたのだから間違いはない。では彼は一体どうしたのであろう。小林刑事の考えによれば、これは、犯人がこの路地を取りまいている裏おもて二がわの長屋のどこかの家に潜伏しているか、それとも借家人のうちに犯人がいるのか、どちらかであろう。もっとも、二階から屋根伝いに逃げる道はあるけれど、二階をしらべたところによると、表の方の窓は取りつけの格子がはまっていて、少しも動かした様子はないのだし、裏の方の窓だって、この暑さで、どこの家も二階は明けっぱなしで、中には物干で涼んでいる人もあるくらいだから、ここから逃げるのはちょっとむずかしいように思われる、というのだ。

そこで臨検者たちのあいだに、ちょっと捜査方針についての協議がひらかれたが、結局、手分けをして近所を軒並みにしらべてみることになった。といっても、裏おもての長屋を合わせて十一軒しかないのだから、たいして面倒ではない。それと同時に、家の中も再度、縁の下から天井裏まで残るくまなく調べられた。ところがその結果は、なんの得るところもなかったばかりでなく、かえって事情を困難にしてしまったようにみえた。というのは、古本屋の一軒おいて隣の菓子屋の主人が、日暮れ時分からつい今しがたまで、屋上の物干へ出て尺八を吹いていたことがわかったが、彼は初めからしまいまで、ちょうど古本屋の二階の窓の出来事を見のがすはずのないような位置に坐《すわ》っていたのだ。

　読者諸君、事件はなかなか面白くなってきた。犯人は、どこからはいって、どこから逃げたのか、裏口からでもない、二階の窓からでもない、そして表からではもちろんない。彼は最初から存在しなかったのか、それとも煙のように消えてしまったのか。不思議はそればかりではない。小林刑事が、検事の前に連れてきた二人の学生が、実に妙なことを申し立てたのだ。それは近所に間借りしている或《あ》る工業学校の生徒たちで、二人ともでたらめをいうような男とも見えるが、それにもかかわらず、彼らの陳述はこの事件をますます不可解にするような性質のものだったのである。

　検事の質問に対して、彼らは大体左のように答えた。

「僕は、ちょうど八時頃に、この古本屋の前に立って、そこの台にある雑誌をひらいて見ていたのです。すると、奥の方でなんだか物音がしたもんですから、ふと眼を上げてこの障子の方を見ますと、障子は閉まっていましたけれど、この格子のようになったところがひらいていましたので、そのすき間に一人の男の立っているのが見えました。しかし、私が眼を上げるのと、その男がこの格子を閉めるのと、ほとんど同時でしたから、くわしいことはむろん分りませんが、でも帯のぐあいで男だったことは確かです」

「で、男だったというほかに何か気づいた点はありませんか、背恰好《せかっこう》とか、着物の柄とか」

「見えたのは腰から下ですから背恰好はちょっとわかりませんが、着物は黒いものでした。ひょっとしたら、細かい縞《しま》か絣《かすり》であったかもしれませんけれど、私の眼には黒く見えました」

「僕もこの友だちと一緒に本を見ていたんです」ともう一方の学生、「そして、同じように物音に気づいて同じように格子の閉まるのを見ました。ですが、その男は確かに白い着物を着ていました。縞も模様もない、白っぽい着物です」

「それは変ではありませんか。君たちのうちどちらかが間違いでなけりゃ」

「決して間違いではありません」

「僕も嘘は言いません」

この二人の学生の不思議な陳述は何を意味するか、敏感な読者はおそらくあることに気づかれたであろう。実は、私もそれに気づいたのだ。しかし、検事や警察の人たちは、この点について、あまり深くは考えない様子だった。

間もなく、死人の夫の古本屋が、知らせを聞いて帰ってきた。彼は古本屋らしくない、きゃしゃな若い男だったが、細君の死骸《しがい》を見ると、気の弱い性質とみえて、声こそ出さないけれど、涙をぽろぽろこぼしていた。小林刑事は彼が落ち着くのを待って、質問をはじめた。検事も口を添えた。だが、彼らの失望したことには、主人は全然犯人の心当りがないというのだ。彼は「これに限って人様の怨《うら》みを受けるようなものではございません」といって泣くのだ。それに、彼がいろいろ調べた結果、物とりの仕業でないことも確かめられた。そこで主人の経歴、細君の身元その他のさまざまの取調べがあったけれど、それらは別段疑うべき点もなく、この話の筋に大して関係もないので、略することにする。最後に死人のからだにある多くの生傷について刑事の質問があった。主人は非常に躊躇《ちゅうちょ》していたが、やっと自分がつけたのだと答えた。ところが、その理由については、くどく訊《たず》ねられたにもかかわらず、ハッキリ答えることはできなかった。しかし、彼はその夜ずっと夜店を出していたことがわかっているのだから、たとえそれが虐待の傷痕《きずあと》だったとしても、殺害の疑いはかからぬはずだ。刑事もそう思ったのか、深くは追及しなかった。

そうして、その夜の取調べはひとまず終った。私たちは住所氏名などを書き留められ、明智は指紋をとられ、帰路についたのは、もう一時を過ぎていた。

もし警察の捜索に手抜かりなく、また証人たちも嘘をいわなかったとすれば、これは実に不可解な事件であった。しかしあとで分ったところによると、翌日から引きつづいて行なわれた小林刑事のあらゆる取調べもなんの甲斐《かい》もなくて、事件は発生の当夜のまま少しだって発展しなかったのだ。証人たちはすべて信頼するに足る人々だった。十一軒の長屋の住人にも疑うべきところはなかった。被害者の国許《くにもと》も取調べられたけれど、これまたなんの変ったこともない。少なくとも、小林刑事——彼は先にもいった通り、名探偵とうわさされている人だ——が、全力をつくして捜索した限りでは、この事件は全然不可解と結論するほかはなかった。これもあとで聞いたのだが、小林刑事が唯一の証拠品として、頼みをかけて持ち帰った例の電燈のスイッチにも、明智の指紋のほか何物も発見することができなかった。明智はあの際であわてていたせいか、そこにはたくさんの指紋が印せられていたが、すべて彼自身のものだった。おそらく、明智の指紋が犯人のそれを消してしまったのだろうと、刑事は判断した。

読者諸君、諸君はこの話を読んで、ポーの「モルグ街の殺人」やドイルの「スペックルド・バンド」を連想されはしないだろうか。つまり、この殺人事件の犯人が、人間ではなくて、オランウータンだとか、印度の毒蛇だとかいうような種類のものだと想像されはしないだろうか。私も実はそれを考えたのだ。しかし、東京のD坂あたりにそんなものがいるとも思われぬし、第一、障子のすき間から、男の姿を見たという証人があるのみならず、猿類などだったら、足跡の残らぬはずはなく、また人眼にもついたわけだ。そして、死人の頸にあった指の痕も、まさに人間のそれだった。蛇がまきついたとて、あんな痕は残らぬ。

それはともかく、明智と私とは、その夜帰途につきながら、非常に興奮していろいろと話し合ったものだ。一例をあげると、まあこんなふうなことを。

「君は、ポーの『ル・モルグ』やルルーの『黄色の部屋』などの材料になった、あのパリの Rose Delacourt 事件を知っているでしょう。百年以上たった今日でも、まだ謎として残っているあの不思議な殺人事件を。僕はあれを思い出したのですよ。今夜の事件も犯人の立ち去った跡のないところは、どうやら、あれに似ているではありませんか」

と明智。

「そうですね。実に不思議ですね。よく、日本の建築では外国の探偵小説にあるような深刻な犯罪は起こらないなんていいますが、僕は決してそうじゃないと思いますよ、現にこうした事件もあるのですからね。僕はなんだか、できるかできないかわかりませんけれど、ひとつこの事件を探偵してみたいような気がしますよ」と私。

そうして、私たちはある横町で別れを告げた。その時私は、横町をまがって彼一流の肩を振る歩き方で、さっさと帰って行く明智のうしろ姿が、その派手な棒縞の浴衣《ゆかた》によって、闇の中にくっきりと浮き出して見えたのが、なぜか深く私の印象に残った。

(下) 推理

さて、殺人事件から十日ほどたった或る日、私は明智小五郎の宿を訪ねた。その十日のあいだに、明智と私とが、この事件に関して、何をなし、何を考え、そして何を結論したか。読者は、それらを、この日、彼と私とのあいだに取りかわされた会話によって、充分察することができるであろう。

それまで、明智とは喫茶店で顔を合わしていたばかりで、宿を訪ねるのは、その時がはじめてだったけれど、かねて所を聞いていたので、探すのに骨は折れなかった。私は、それらしい煙草屋の店先に立って、おかみさんに明智がいるかどうかを尋ねた。

「ええ、いらっしゃいます。ちょっとお待ちください、今お呼びしますから」

彼女はそういって、店先から見えている階段の上がり口まで行って、大声に明智を呼んだ。彼はこの家の二階に間借りしていたのだ。すると、「オー」と変な返事をして、明智はミシミシと階段を下りてきたが、私を発見すると、驚いた顔をして「やあ、お上がりなさい」といった。私は彼の後に従って二階へ上がった。ところが、なにげなく、彼の部屋へ一歩足を踏み込んだ時、私はアッとたまげてしまった。部屋の様子があまりにも異様だったからだ。明智が変り者だということは知らぬではなかったけれど、これはまた変り過ぎていた。

なんのことはない、四畳半の座敷が書物で埋まっているのだ。まん中のところに少し畳が見えるだけで、あとは本の山だ、四方の壁や襖《ふすま》にそって、下の方はほとんど部屋いっぱいに、上の方ほど幅が狭くなって天井の近くまで、四方から書物の土手がせまっている。ほかの道具などは何もない。一体彼はこの部屋でどうして寝るのだろうと疑われるほどだ。第一、主客二人のすわるところもない。うっかり身動きしようものなら、たちまち本の土手くずれで、おしつぶされてしまうかもしれない。

「どうも狭くっていけませんが、それに、座蒲団《ざぶとん》がないのです。すみませんが、やわらかそうな本の上へでもすわってください」

私は書物の山に分け入って、やっとすわる場所を見つけたが、あまりのことに、しばらく、ぼんやりとその辺を見廻《まわ》していた。

私はかくも風変りな部屋のぬしである明智小五郎の人物について、ここで一応説明しておかねばなるまい。しかし、彼とは昨今のつき合いだから、彼がどういう経歴の男で、何によって衣食し、何を目的にこの人生を送っているのか、というようなことは一切わからぬけれど、彼がこれという職業を持たぬ一種の遊民であることは確かだ。しいていえば学究であろうか。だが、学究にしてもよほど風変りな学究だ。いつか彼が「僕は人間を研究しているんですよ」と言ったことがあるが、そのとき私には、それが何を意味するのかわからなかった。ただ、わかっているのは、彼が犯罪や探偵について、なみなみならぬ興味と、おそるべき豊富な知識を持っていることだ。

年は私と同じくらいで、二十五歳を越してはいまい。どちらかといえば痩《や》せた方で、先にも言った通り、歩く時に変に肩を振る癖がある。といっても、決して豪傑流のそれではなく、妙な男を引合いに出すが、あの片腕の不自由な講釈師の神田伯竜を思い出させるような歩き方なのだ。伯竜といえば、明智は顔つきから声音まで、彼にそっくりだ――伯竜を見たことのない読者は、諸君の知っているところの、いわゆる好男子ではないが、どことなく愛嬌《あいきょう》のある、そしてもっとも天才的な顔を想像するがよい――ただ明智の方は、髪の毛がもっと長く延びていて、モジャモジャともつれ合っている。そして彼は人と話しているあいだにも、指でそのモジャモジャになっている髪の毛を、さらにモジャモジャにするためのように引っ掻《か》き廻すのが癖だ。服装などは一向構わぬ方らしく、いつも木綿の着物によれよれの兵児帯《へこおび》を締めている。

「よく訪ねてくれましたね。その後しばらく会いませんが、例のD坂の事件はどうです。

警察の方ではまだ犯人の見込みがつかぬようではありませんか」

明智は例の、頭を掻き廻しながら、ジロジロ私の顔をながめる。

「実は僕、きょうはそのことで少し話があって来たんですがね」そこで私はどういうふうに切り出したものかと迷いながらはじめた。「僕はあれから、いろいろ考えてみたんですよ。考えたばかりでなく、探偵のように実地の取調べもやったのですよ。そして、実はひとつの結論に達したのです。それを君にご報告しようと思って……」

「ホウ。そいつはすてきですね。くわしく聞きたいものですね」

私は、そういう彼の眼つきに、何がわかるものかというような、軽蔑《けいべつ》と安心の色が浮かんでいるのを見のがさなかった。そして、それが私の逡巡《しゅんじゅん》している心を激励した。私は勢いこんで話しはじめた。

「僕の友だちに一人の新聞記者がありましてね、それが、例の事件の小林刑事というのと懇意なのです。で、僕はその新聞記者を通じて、警察の模様をくわしく知ることができましたが、警察ではどうも捜査方針が立たないらしいのです。むろん、いろいろやってはいるのですが、これはという見込みがつかぬのです。あの例の電燈《でんとう》のスイッチですね。あれもだめなんです。あすこには、君の指紋だけしかついていないことがわかりました。警察の考えでは、多分君の指紋が犯人の指紋を隠してしまったのだろうというのですよ。そういうわけで、警察が困っていることを知ったものですから、僕はいっそう熱心に調べてみる気になりました。そこで、僕が到達した結論というのは、どんなもののためだと思います。そして、それを警察へ訴える前に、君のところへ話しにきたのはなんのためだと思います。

それはともかく、僕はあの事件のあった日から、或《あ》ることに気づいていたのですよ。君は覚えているでしょう。二人の学生が犯人らしい男の着物の色については、まるで違った申立てをしたことをね。一人は黒だと言い、一人は白だと言うのです。いくら人間の眼が不確かだと言って、正反対の黒と白とを間違えるのは変じゃないですか。警察ではあれをどんなふうに解釈したか知りませんが、僕は二人の陳述は両方とも間違いでないと思うのですよ。君、わかりますか。あれはね、犯人が白と黒とのだんだらの着物を着ていたんですよ——つまり、太い黒の棒縞《じま》の浴衣かなんかですね。よく宿屋の貸し浴衣にあるような——では、なぜそれが一人にはまっ白に見え、もう一人にはまっ黒に見えたかといいますと、彼らは障子の格子のすき間から見たのですから、ちょうどその瞬間、一人の眼が格子のすき間と着物の白地の部分と一致して見える位置にあり、もう一人の眼が黒地の部分と一致して見える位置にあったんです。これは珍らしい偶然かもしれませんが、決して不可能ではない。そして、この場合こう考えるよりほかに方法がないのです。

さて、犯人の着物の縞柄はわかりましたが、これでは単に捜査範囲が縮小されたというまでで、まだ確定的のものではありません。第二の論拠は、あの電燈のスイッチの指紋なんです。僕はさっき話した新聞記者の友だちの伝手《つて》で小林刑事に頼んでその指紋を

——君の指紋ですよ——よくしらべさせてもらったのです。その結果、いよいよ僕の考えていることが間違っていないのを確かめました。ところで君、硯《すずり》があったら、ちょっと貸してくれませんか」

そこで、私はひとつの実験をやって見せた。まず硯を借りると、私は右手の拇指《おやゆび》に薄く墨をつけて懐中から取り出した半紙の上にひとつの指紋を捺《お》した。それから、その指紋の乾くのを待って、もう一度同じ指に墨をつけ、前の指紋の上から、今度は指の方向をかえて念入りにおさえつけた。すると、そこには互に交錯した二重の指紋がハッキリあらわれた。

「警察では、君の指紋が犯人の指紋の上に重なってそれを消してしまったのだと解釈しているのですが、しかしそれは今の実験でもわかる通り不可能なんですよ。いくら強く押したところで、指紋というものが線でできている以上、線と線とのあいだに、前の指紋の跡が残るはずです。もし前後の指紋がまったく同じもので、捺し方まで寸分違わなかったとすれば、指紋の各線が一致しますから、あるいは後の指紋が先の指紋を隠してしまうこともできるでしょうが、そういうことはまずあり得ませんし、たとえそうだとしても、この場合結論は変らないのです。

しかし、あの電燈を消したのが犯人だとすれば、スイッチにその指紋が残っていなければなりません。僕はもしや警察では君の指紋の線と線とのあいだに残っている犯人の指紋を見おとしているのではないかと思って、自分で調べてみたのですが、少しもそんな痕跡《こんせき》がないのです。つまり、あのスイッチには、後にも先にも、君の指紋が捺されているだけなのです――どうして古本屋の人たちの指紋が残っていなかったのか、それはよくわかりませんが、多分、あの部屋の電燈はつけっぱなしで、一度も消したことがないのでしょう。〔文末の注（1）を見よ〕

君、以上の事柄はいったい何を語っているでしょう。僕は、こういうふうに考えるのですよ。一人の太い棒縞の着物を着た男が――その男はたぶん死んだ女の幼馴染《おさななじみ》で、失恋の恨みという動機なんかも考えられるわけですね――古本屋の主人が夜店を出すことを知っていて、その留守のあいだに女を襲ったのです。声を立てたり抵抗したりした形跡がないのですから、女はその男をよく知っていたに違いありません。で、まんまと目的をはたした男は、死骸《しがい》の発見をおくらすために、電燈を消して立ち去ったのです。しかし、この男はひとつの大きな手ぬかりをやっています。それはあの障子の格子のあいているのを知らなかったこと、そして、驚いてそれを閉めた時に、偶然店先にいた二人の学生に姿を見られたことでした。それから、男はいったんそとへ出ましたが、ふと気がついたのは、電燈を消した時、スイッチに指紋が残ったに違いないということです。これはどうしても消してしまわねばなりません。しかし、もう一度同じ方法で部屋の中へ忍び込むのは危険です、そこで、男は一つの妙案を思いつきました。というのは、自分が殺人事件の発見者になることです。そうすれば、少しの不自然もなく、自分の手で電燈をつけて、以前の指紋に対する疑いをなくしてしまうことができるばかりでなく、まさか、発見者が犯人だろうとは誰しも考えませんからね、二重の利益があるのです。こうして、彼は何食わぬ顔で警察のやり方を見ていたのです。大胆にも証言さえしました。しかも、その結果は彼の思うつぼだったのですよ。五日たっても十日たっても、誰も彼をとらえに来るものはなかったのですからね」

この私の話を、明智小五郎はどんな表情で聴いていたか。私は、おそらく話の中途で、何か変った表情をするか、言葉をはさむだろうと予期していた。ところが、驚いたことには、彼の顔にはなんの表情もあらわれぬのだ。日頃から心を色にあらわさぬたちではあったけれど、あまり平気すぎる。彼は始終例の髪の毛をモジャモジャやりながら、だまりこんでいるのだ。私は、どこまでずうずうしい男だろうと思いながら、最後の点に話を進めた。

「君はきっと、それじゃ、その犯人はどこからはいって、どこから逃げたかと反問するでしょう。確かにそれが明らかにならなければ、他のすべてのことがわかってもなんのかいもないのですからね。だが、遺憾ながら、それも僕が探り出したのですよ。あの晩の捜査の結果では、全然犯人が出て行った形跡がないように見えました。しかし、殺人があった以上、犯人が出入りしなかったはずはないのですから、刑事の捜索にどこか抜け目があったと考えるほかはありません。警察でもそれにはずいぶん苦心した様子ですが、不幸にして、彼らは、僕という一人の青年の推理力に及ばなかったのですよ。

なあに、実に下らないことですが、僕はこう思ったのです。これほど警察が取調べているのだから、近所の人たちに疑うべき点はまずあるまい。もしそうだとすれば、犯人は何か、人の眼にふれても、それが犯人だとは気づかれぬような方法で逃げたのじゃないだろうか。そして、それを目撃した人はあっても、まるで問題にしなかったのではなかろうかとね。つまり、人間の注意力の盲点――われわれの眼に盲点があると同じように、注意力にもそれがありますよ――を利用して、手品使いが見物の眼の前で、大きな品物をわけもなく隠すように、自分自身を隠したのかもしれませんからね。そこで、僕が眼をつけたのはあの古本屋の一軒おいて隣の旭屋というソバ屋です」

古本屋の右へ時計屋、菓子屋と並び、左へ足袋屋、ソバ屋と並んでいるのだ。

「僕はあすこへ行って、事件の夜八時頃に、手洗いを借りにきた男はないかと聞いてみたのです。あの旭屋は、君も知っているでしょうが、店から土間つづきで、裏木戸まで行けるようになっていて、その裏木戸のすぐそばに便所があるのですから、それを借りるように見せかけて、裏口から出て行って、また裏口から戻ってくるのはわけはありませんからね――例のアイスクリーム屋は路地を出た角に店を出していたのですから、見つかるはずはありません――それに相手がソバ屋ですから、手洗いを借りるということがきわめて自然なんです。聞けば、あの晩はおかみさんは不在で、主人だけが店の間にいたのだそうですから、おあつらえ向きなんです。君、なんとすてきな思いつきではありませんか。

調べてみると、果たして、ちょうどその時分に手洗いを借りた客があったのです。ただ、残念なことには、旭屋の主人は、その男の顔とか着物の縞柄なぞを少しも覚えていないのですがね――僕は早速このことを例の友だちを通じて、小林刑事に知らせてやりましたよ。刑事は自分でもソバ屋を調べたようでしたが、それ以上には何もわからなかったのです……」

私は少し言葉を切って、明智に発言の余裕を与えた。彼の立場は、この際なんとか一ことといわないではいられぬはずだ。ところが、彼は相変らず頭を掻《か》き廻《まわ》しながら、すましこんでいるではないか。私はこれまで、敬意を表する意味で間接法を用いていたのを、直接法に改めねばならなかった。

「君、明智君、僕のいう意味がわかるでしょう。動かぬ証拠が君を指さしているのですよ。白状すると、僕はまだ心の底では、どうしても君を疑う気にはなれないのですが、こういうふうに証拠がそろっていては、どうも仕方がありません……僕は、もしやあの長屋の住人のうちに、太い棒縞の浴衣《ゆかた》を持っている人がないかと思って、ずいぶん骨折って調べてみましたが、一人もありません。それももっともですよ。同じ棒縞の浴衣でも、あの格子に一致するような派手なのを着る人は珍らしいのですからね。それに、指紋のトリックにしても、手洗いを借りるというトリックにしても、実に巧妙で、君のような犯罪学者ででもなければ、ちょっとまねのできない芸当ですよ。それから、第一おかしいのは、君はあの死人の細君と幼馴染だといっていながら、あの晩、細君の身元調べなんかあった時に、そばで聞いていて、少しもそれを申し立てなかったではありませんか。

さて、そうなると、唯一の頼みはアリバイの有無です。ところが、それもだめなんです。君は覚えてますか、あの晩帰り途《みち》で、白梅軒へ来るまで君がどこにいたかということを、僕が聞きましたね。君は、一時間ほど、その辺を散歩していたと答えたでしょう。たとえ君の散歩姿を見た人があったとしても、散歩の途中で、ソバ屋の手洗いを借りるなどはありがちのことですからね。明智君、僕のいうことが間違っていますか。どうです、もしできるなら君の弁明を聞きたいものですね」

読者諸君、私がこういって詰めよった時、奇人明智小五郎は何をしたと思います。面目なさに俯伏《うつぶ》してしまったとでも思いますか。どうしてどうして、彼はまるで意表外のやり方で、私の度胆をひしいだ。というのは、彼はいきなりゲラゲラと笑い出したのである。

「いや失敬失敬、決して笑うつもりはなかったのですが、君があまりにまじめだもんだから」明智は弁解するように言った。「君の考えはなかなか面白いですよ。僕は君のような友だちを見つけたことをうれしく思いますよ。しかし惜しいことには、君の推理はあまりに外面的で、そして物質的ですよ。たとえばですね。僕とあの女との関係についても、君は僕たちがどんなふうな幼馴染だったかということを、内面的に心理的に調べてみましたか。僕が以前あの女と恋愛関係があったかどうか。また現に彼女を恨んでいるかどうか。君にはそれくらいのことが推察できなかったのですか。あの晩、なぜ彼女を知っていることをいわなかったか、そのわけは簡単ですよ。僕は何も参考になるような事柄を知らなかったのです……僕はまだ小学校へもはいらぬ時分に、彼女と別れたきりなのですからね」

「では、たとえば指紋のことはどういうふうに考えたらいいのですか？」

「君は、僕があれから何もしないでいたと思うのですか。僕もこれでなかなかやったのですよ。D坂は毎日のようにうろついていましたよ。ことに古本屋へはよく行きました。そして、主人をつかまえて、いろいろ探ったのです——細君を知っていたことはその時打ち明けたのですが、それがかえって話を聞き出す便宜になりましたよ——君が新聞記者をつうじて警察の模様を知ったように、僕はあの古本屋の主人から、それを聞き出していたんです。今の指紋のことも、じきわかりましたから、僕も妙だと思って調べてみたのですが、ハハハハ、笑い話ですよ。電球の線が切れていたのです。誰も消しやしなかったのですよ。僕がスイッチをひねったために光が出たと思ったのは間違いで、あの時、あわてて電球を動かしたので、一度切れたタングステンがつながったのですよ。〔文末の注（2）を見よ〕スイッチに僕の指紋しかなかったのはあたりまえなのです。あの晩、君は障子のすき間から電燈《でんとう》のついているのを見たといいましたね。とすれば、電球の切れたのは、そのあとですよ。古い電球は、どうもしないでも、ひとりでに切れることがありますからね。それから、犯人の着物の色のことですが、これは僕が説明するよりも……」

　彼はそういって、彼の身辺の書物の山を、あちらこちら発掘していたが、やがて、一冊の古ぼけた洋書を掘りだしてきた。

「君、これを読んだことがありますか、ミュンスターベルヒの『心理学と犯罪』という本ですが、この『錯覚』という章の冒頭を十行ばかり読んでごらんなさい」

　私は、彼の自信ありげな議論を聞いているうちに、だんだん私自身の失敗を意識しはじめていた。で、言われるままにその書物を受け取って、読んでみた。そこには大体次のようなことが書いてあった。


　かつて一つの自動車犯罪事件があった。法廷において、真実を申し立てると宣誓した証人の一人は、問題の道路は全然乾燥してほこり立っていたと主張し、今一人の証人は、雨降りあげくで、道路はぬかるんでいたと証言した。一人は、問題の自動車は徐行していたと言い、他の一人は、あのように早く走っている自動車を見たことがないと述べた。また、前者は、その村道には人が二、三人しかいなかったと言い、後者は、男や女や子供の通行人がたくさんあったと陳述した。この二人の証人は共に尊敬すべき紳士で、事実を曲弁したとて、なんの利益があるはずもない人々であった。


　私がそれを読み終るのを待って明智はさらに本のページをくりながらいった。

「これは実際あったことですが、今度は、この『証人の記憶』という章があるでしょう。

その中ほどのところに、あらかじめ計画して実験した話があるのですよ。ちょうど着物の色のことが出てますから、面倒でしょうが、まあちょっと読んでごらんなさい」

それは左のような記事であった。

（前略）一例をあげるならば、一昨年（この書物の出版は一九一一年）ゲッティンゲンにおいて、法律家、心理学者及び物理学者よりなる、或る学術上の集会が催されたことがある。したがって、そこに集まったのはみな綿密な観察に熟練した人たちばかりであった。その町には、あたかもカーニヴァルのお祭り騒ぎが演じられていたが、この学究的な会合の最中に、突然戸がひらかれて、けばけばしい衣裳をつけた一人の道化が狂気のように飛び込んできた。見ると、その後から一人の黒人がピストルを持って追っかけてくるのだ。ホールのまん中で、彼らはかたみがわりに、おそろしい言葉をどなり合ったが、やがて、道化の方がバッタリ床に倒れると、黒人はその上におどりかかった、そしてポンとピストルの音がした。と、たちまち彼らは二人とも、かき消すように室を出て行ってしまった。全体の出来事が二十秒とはかからなかった。人々はむろん非常に驚かされた。座長のほかには、誰一人、それらの言葉や動作が、あらかじめ予習されていたこと、その光景が写真に撮《と》られたことなどを悟ったものはなかった。で、座長が、これはいずれ法廷に持ち出される問題だからというので、会員各自に正確な記録を書くことを頼んだのは、ごく自然に見えた（中略、このあいだに、彼らの記録がいかに間違いにみちていたかを、パーセンテイジを示してしるしてある）。黒人が頭に何もかぶっていなかったことを言いあてたのは四十人のうちでたった四人きりで、ほかの人たちは、中折帽子をかぶっていたと書いたものもあれば、シルクハットだったと書くものもあるという有様だった。着物についても、ある者は赤だと言い、あるものは茶色だと言い、あるものは縞だと言い、あるものはコーヒー色だと言い、その他さまざまの色合いが彼のために発明せられた。ところが、黒人は実際は、白ズボンに黒の上衣を着て、大きな赤のネクタイを結んでいたのである。（後略）

「ミュンスターベルヒが賢くも説破した通り」と明智ははじめた。「人間の観察や人間の記憶なんて、実にたよりないものですよ。この例にあるような学者たちでさえ、服の色の見分けがつかなかったのです。私が、あの晩の学生たちも着物の色を思い違えたと考えるのが無理でしょうか。彼らは何物かを見たかもしれません。しかしその者は棒縞《じま》の着物なんか着ていなかったのです。むろん僕ではなかったのです。格子のすき間から棒縞の浴衣を思いついた君の着眼は、なかなか面白いには面白いですが、あまりおあつらえ向きすぎるじゃありませんか。少なくとも、そんな偶然の符合を信ずるよりは、君は、僕の潔白を信じてくれるわけにはいかないでしょうか。さて最後に、ソバ屋の手洗いを借りた男のことですがね。この点は僕も君と同じ考えだったのです。どうも、あの旭屋のほかに犯人の通路はないと思ったのです。で、僕もあすこへ行って調べてみましたが、その結果は、残念ながら君とは正反対の結論に達したのです。実際は手洗いを借りた男なんてなかったのですよ」

　読者もすでに気づかれたであろうように、明智はこうして、証人の申立てを否定し、犯人の指紋を否定し、犯人の通路をさえ否定して、自分の無罪を証拠だてようとしているが、しかしそれは同時に、犯罪そのものをも否定することになりはしないか。私は彼が何を考えているのか少しもわからなかった。

「で、君には犯人の見当がついているのですか」

「ついてますよ」彼は頭をモジャモジャやりながら答えた。「僕のやり方は、君とは少し違うのです。物質的な証拠なんてものは、解釈の仕方でどうにでもなるものですよ。いちばんいい探偵法は、心理的に人の心の奥底を見抜くことです。だが、これは探偵自身の能力の問題ですがね。ともかく、僕は今度はそういう方面に重きをおいてやってみましたよ。

　最初僕の注意をひいたのは、古本屋の細君のからだじゅうに生傷のあったことです。それから間もなく、僕はソバ屋の細君のからだにも同じような生傷があるということを聞き込みました。これは君も知っているでしょう。しかし、彼女らの夫たちはそんな乱暴者でもなさそうです。古本屋にしても、ソバ屋にしても、おとなしそうな物分りのいい男なんですからね。僕はなんとなく、そこに或《あ》る秘密が伏在しているのではないかと疑わないではいられなかったのです。で、僕はまず古本屋の主人をとらえて、彼の口からその秘密を探り出そうとしました。僕が死んだ細君の知合いだというので、彼もいくらか気を許していましたから、それは比較的らくにいきました。そして、ある変な事実を聞き出すことができたのです。ところが、今度はソバ屋の主人ですが、彼はああ見えてもなかなかしっかりした男ですから、探り出すのにかなり骨が折れましたよ。でも、僕はある方法によって、うまく成功したのです。

君は、心理学上の連想診断法が、犯罪捜査の方面にも利用されはじめたのを知っているでしょう。たくさんの簡単な刺戟《しげき》語を与えて、それに対する嫌疑者の観念連合の遅速をはかる、あの方法です。しかし、あれは心理学者のいうように、犬だとか家だとか川だとか、簡単な刺戟語には限らないし、そしてまた、常にクロノスコープの助けを借りる必要もないと、僕は思いますよ。連想診断のコツを悟ったものにとっては、そのような形式はたいして必要ではないのです。それが証拠に、昔の名判官とか名探偵とかいわれた人は、心理学が今のように発達しない以前から、ただ彼らの天稟《てんぴん》によって、知らず知らずのあいだにこの心理学的方法を実行していたではありませんか。大岡越前守《おおおかえちぜんのかみ》なども確かにその一人ですよ。小説でいえば、ポーの『ル・モルグ』のはじめに、デュパンが友だちのからだの動き方ひとつによって、その心に思っていることを言い当てるところがありますね。ドイルもそれをまねて、『レジデント・ペーシェント』の中で、ホームズに同じような推理をやらせてますが、これらはみな、或る意味の連想診断ですからね。心理学者の色々な機械的方法は、ただこうした天稟の洞察力を持たぬ凡人のために作られたものにすぎませんよ。話がわき道にはいりましたが、僕はソバ屋の主人にいろいろの話をしかけてみました。それもごくつまらない世間話をね。そして、彼の心理的反応を研究したのです。しかし、これは非常にデリケートな心理の問題で、それに可なり複雑してますから、くわしいことはいずれゆっくり話すとして、ともかくその結果、僕はひとつの確信に到達しました。つまり、犯人を見つけたのです。

しかし、物質的な証拠というものがひとつもないのです。だから、警察に訴えるわけにもいきません。よし訴えてもおそらく取り上げてくれないでしょう。それに、僕が犯人を知りながら、手をつかねて見ているもう一つの理由は、この犯罪には少しも悪意がなかったという点です。変な言い方ですが、この殺人事件は、犯人と被害者と同意の上で行なわれたのです。いや、ひょっとしたら被害者自身の希望によって行なわれたのかもしれません」

私はいろいろ想像をめぐらしてみたけれど、どうにも彼の考えていることがわかりかねた。私は自分の失敗を恥じることも忘れて、彼のこの奇怪な推理に耳を傾けた。

「で、僕の考えをいいますとね。殺人者は旭屋の主人なのです。彼は罪跡をくらますために、あんな手洗いを借りた男のことを言ったのですよ。いや、しかし、それは何も彼の創案でもなんでもない。われわれが悪いのです。君にしろ僕にしろ、そういう男がなかったかと、こちらから問いを構えて彼を教唆したようなものですからね。それに、彼は僕たちを刑事かなんかと思い違えていたのです。では、彼はなぜに殺人罪をおかしたか……僕はこの事件によって、うわべはきわめて何気なさそうなこの人生の裏面に、どんなに意外な陰惨な秘密が隠されているかということを、まざまざと見せつけられたような気がします。それは実にあの悪夢の世界でしか見出《みいだ》すことのできないような種類のものだったのです。

旭屋の主人というのは、マルキ・ド・サドの流れをくんだ、ひどい残虐色情者で、なんという運命のいたずらでしょう。一軒おいて隣に、女のマゾッホを発見したのです。古本屋の細君は彼におとらぬ被虐色情者だったのです。そして、彼らは、そういう病者に特有の巧みさをもって、誰にも見つけられずに、姦通《かんつう》していたのです——君、僕が合意の殺人だといった意味がわかるでしょう——彼らは、最近まではおのおの、そういう趣味を解しない夫や妻によって、その病的な欲望を、かろうじてみたしていました。古本屋の細君にも、旭屋の細君にも、同じような生傷のあったのはその証拠です。しかし、彼らがそれに満足しなかったのはいうまでもありません。ですから眼と鼻の近所に、お互の探し求めている人間を発見した時、彼らのあいだに非常に敏速な了解の成立したことは想像にかたくないではありませんか。ところがその結果は、運命のいたずらが過ぎたのです。彼らの、パッシヴとアクティヴの力の合成によって、狂態が漸次倍加されて行きました。そして、ついにあの夜、この、彼らとても決して願わなかった事件をひき起こしてしまったわけなのです……」

私は、明智の異様な結論を聞いて、思わず身震いした。これはまあ、なんという事件だ！

そこへ、下の煙草屋のおかみさんが、夕刊を持ってきた。明智はそれを受け取って、社会面を見ていたが、やがて、そっと溜息《ためいき》をついていった。

「ああ、とうとう耐えきれなくなったと見えて、自首しましたよ。妙な偶然ですね。ちょうどそのことを話している時に、こんな報道に接するとは」

私は彼の指さすところを見た。そこには小さい見出しで、十行ばかりソバ屋の主人が自首したことがしるされてあった。

〔注、1〕この小説の書かれた大正時代には、メーターを取りつけない小さな家の電《でん》燈《とう》は、昼間は、電燈会社の方で、変電所のスイッチを切って消燈したものである。

〔注、2〕当時の電球はタングステンの細い線を鼓の紐《ひも》のように張ったもので、一度切れても、また偶然つながることがよくあった。

二 銭銅貨

上

「あの泥坊が羨《うらやま》しい」二人の間にこんな言葉が交される程、その頃は窮迫していた。場末の貧弱な下駄《げた》屋の二階の、ただひと間しかない六畳に、一閑張りの破れ机を二つ並べて、松村武とこの私とが、変な空想ばかり逞《たくま》しくして、ゴロゴロしていた頃のお話である。

もう何もかも行き詰ってしまって、動きの取れなかった二人は、ちょうどその頃世間を騒がせた大泥坊の、巧みなやり口を羨むような、さもしい心持になっていた。

その泥坊事件というのが、このお話の本筋に大関係を持っているので、ここにザッとそれをお話しして置くことにする。

芝区のさる大きな電気工場の職工給料日当日の出来事であった。十数名の賃銀計算係が、一万に近い職工のタイム・カードから、夫々《それぞれ》一ケ月の賃銀を計算して、山と積まれた給料袋の中へ、当日銀行から引出された、一番の支那鞄《しなかばん》に一杯もあろうという、二十円、十円、五円などの紙幣《さつ》を汗だくになって詰め込んでいる最中《さなか》に、事務所の玄関へ一人の紳士が訪れた。

受付の女が来意を尋ねると、私は朝日新聞社の記者であるが、支配人にちょっとお眼にかかりたいという。そこで女が、東京朝日新聞社会部記者と肩書のある名刺を持って、支配人にこの事を通じた。

幸いなことには、この支配人は、新聞記者操縦法がうまいことを、一つの自慢にしている男であった。のみならず、新聞記者を相手に、ほらを吹いたり、自分の話が何々氏談などとして、新聞に載せられたりすることは、大人気ないとは思いながら、誰しも悪い気持はしないものである。社会部記者と称する男は、寧《むし》ろ快く支配人の部屋へ請《しょう》じられた。

大きな鼈甲縁《べっこうぶち》の眼鏡をかけ、美しい口髭《ひげ》をはやし、気の利いた黒のモーニングに、流行の折鞄という扮装《いでたち》のその男は、いかにも物慣れた調子で、支配人の前の椅子に腰を下ろした。そしてシガレット・ケースから、高価なエジプトの紙巻煙草を取出して、卓上の灰皿に添えられたマッチを手際よく擦ると、青味がかった煙を、支配人の鼻先へフッと吹出した。

「貴下の職工待遇問題に関する御意見を」

とか、何とか、新聞記者特有の、相手を呑《の》んでかかったような、それでいて、どこか無邪気な、人懐っこい調子で、その男はこう切出した。

そこで支配人は、労働問題について、多分は労資協調、温情主義というようなことを、大いに論じた訳であるが、それはこの話に関係がないから略するとして、約三十分ばかり支配人の室におった所の、その新聞記者が、支配人が一席弁じ終ったところで「ちょっと失敬」といって便所に立った間に、姿を消してしまったのである。

支配人は、無作法な奴だくらいで、別に気にもとめないで、ちょうど昼食の時間だったので、食堂へと出掛けて行ったが、しばらくすると近所の洋食屋から取ったビフテキか何かを頬張っていた所の支配人の前へ、会計主任の男が、顔色を変えて、飛んで来て、報告することには、

「賃銀支払の金がなくなりました。とられました」

というのだ。

驚いた支配人が、食事などはそのままにして、金のなくなったという現場へ来て調べて見ると、この突然の盗難の仔細《しさい》は、大体次のように想像することが出来たのである。

ちょうどその当時、その工場の事務室が改築中であったので、いつもなれば、厳重に戸締りの出来る特別の部屋で行われるはずの賃銀計算の仕事が、その日は、仮に支配人室の隣の応接間で行われたのであるが、昼食の休憩時間に、どうした物の間違いか、その応接間が空になってしまったのである。事務員達は、お互に誰か残ってくれるだろうというような考えで、一人残らず食堂へ行ってしまって、後には支那鞄に充満した札束が、ドアには鍵《かぎ》もかからないその部屋に、約半時間程も、抛《ほう》り出されてあったのだ。その隙に、何者かが忍入って、大金を持ち去ったものに相違ない。それも、既に給料袋に入れられた分や、細《こま》かい紙幣には手もつけないで、支那鞄の中の二十円札と十円札の束

だけを持去ったのである。損害高は約五万円であった。

色々調べてみたが、結局、どうも先程の新聞記者が怪しいということになった。新聞社へ電話をかけて見ると、案の定、そういう男は本社員の中にはないという返事だ。そこで、警察へ電話をかけるやら、賃銀支払を延ばすわけには行かぬので、銀行へ改めて二十円札と十円札の準備を頼むやら、大変な騒ぎになったのである。

かの新聞記者と自称して、お人よしの支配人に無駄な議論をさせた男は、実に、当時新聞が、紳士盗賊という尊称をもって書き立てた所の大泥坊であったのだ。

さて、管轄警察署の司法主任その他が臨検して調べてみると、手懸りというものが一つもない。新聞社の名刺まで用意して来る程の賊だから、なかなか一筋縄で行く奴ではない。遺留品などあろうはずもない。ただ一つ分っていた事は、支配人の記憶に残っているその男の容貌風采《ようぼうふうさい》であるが、それが甚《はなは》だ便りないのである。というのは、服装などは無論取替えることが出来るし、支配人がこれこそ手懸りだと申出た所の、鼈甲縁の眼鏡にしろ、口髭にしろ、考えてみれば、変装には最もよく使われる手段なのだから、これも当てにはならぬ。

そこで、仕方がないので、盲目探しに、近所の車夫だとか、煙草屋のお上《かみ》さんだとか、露天商人などいう連中に、かくかくの風采の男を見かけなかったか、もし見かけたらどの方角へ行ったかと、一々尋ね廻《まわ》る。無論市内の各巡査派出所へも、この人相書きが廻る。つまり非常線が張られたわけであるが、何の手ごたえもない。一日、二日、三日、あらゆる手段が尽された。各停車場には見張りがつけられた。各府県の警察署へ依頼の電報が発せられた。

斯様《かよう》にして、一週間は過ぎたけれども賊は挙がらない。もう絶望かと思われた。かの泥坊が、何か他の罪をでも犯して挙げられるのを待つより外はないかと思われた。工場の事務所からは、その筋の怠慢を責めるように、毎日毎日警察署へ電話がかかった。署長は自分の罪ででもあるように頭を悩ました。

そうした絶望状態の中に、一人の、同じ署に属する刑事が、市内の煙草屋の店を、一軒ずつ、丹念に歩き廻っていた。

市内には、舶来の煙草を一通り備え付けていようという煙草屋が、各区に、多いのは数十軒、少ない所でも十軒内外はあった。刑事は殆《ほとん》どそれを廻り尽して、今は、山の手の牛込《うしごめ》と四谷《よつや》の区内が残っているばかりであった。

今日はこの両区を廻って、それで目的を果さなかったら、もういよいよ絶望だと思った刑事は、富籤《とみくじ》の当り番号を読む時のような、楽しみとも恐れともつかぬ感情をもって、テクテク歩いていた。時々交番の前で立ち止まっては、巡査に煙草店の所在を聞訊《ききただ》しながら、テクテクと歩いていた。刑事の頭の中は FIGARO. FIGARO. FIGARO. とエジプト煙草の名前で一杯になっていた。

ところが、牛込の神楽坂《かぐらざか》に一軒ある煙草店を尋ねるつもりで、飯田橋《いいだばし》の電車停留所から神楽坂下へ向かって、あの大通りを歩いている時であった。刑事は、一軒の旅館の前で、フト立ち止まったのである。というのは、その旅館の前の、下水の蓋《ふた》を兼ねた、御《み》影石《かげいし》の敷石の上に、余程注意深い人でなければ、眼にとまらないような、一つの煙草の吸殻が落ちていた。そして、なんと、それが刑事の探し廻っていた所のエジプト煙草と同じものであったのである。

さて、この一つの煙草の吸殻から足がついて、さしもの紳士盗賊も遂に獄裡《ごくり》の人となったのであるが、その煙草の吸殻から盗賊逮捕までの径路にちょっと探偵小説じみた興味があるので、当時のある新聞には、続き物になって、その時の何某《なにがし》刑事の手柄話が載せられた程であるが——この私の記述も、実はその新聞記事に拠《よ》ったものである——私はここには、先を急ぐ為に、ごく簡単に結論だけしかお話ししている暇がないことを遺憾に思う。

読者も想像されたであろうように、この感心な刑事は、盗賊が工場の支配人の部屋に残して行った所の、珍しい煙草の吸殻から探偵の歩を進めたのである。そして、各区の大きな煙草屋を殆ど廻り尽したが、たとえおなじ煙草を備えてあっても、エジプトの中でも比較的売行きのよくない、FIGARO を最近に売ったという店はごく僅《わず》かで、それが悉《ことごと》く、どこの誰それと疑うまでもないような買手に売られていたのである。

ところがいよいよ最終という日になって、今もお話ししたように、偶然にも、飯田橋附近の一軒の旅館の前で、同じ吸殻を発見して、実は、あてずっぽうに、その旅館に探りを入れてみたのであるが、それがなんと僥倖《ぎょうこう》にも、犯人逮捕の端緒《たんちょ》となったのである。

そこで、色々、苦心の末、例えば、その旅館に投宿しておった、その煙草の持ち主が、工場の支配人から聞いた人相とはまるで違っていたり、なにかして、大分苦心したのであるが、結局、その男の部屋の火鉢の底から、犯行に用いたモーニングその他の服装だとか、鼈甲縁の眼鏡だとか、つけ髭だとかを発見して、逃れぬ証拠によって、所謂《いわゆる》紳士泥坊を逮捕することが出来たのである。

で、その泥坊が取調べを受けて白状した所によると、犯行の当日――勿論《もちろん》、その日は職工の給料日と知って訪問したのだが――支配人の留守の間に、隣の計算室に這《は》入って例の金を取ると、折鞄《かばん》の中にただそれだけを入れておった所の、レーンコートとハンチングを取出して、その代わりに、鞄の中へは、盗んだ紙幣《さつ》の一部分を入れて、眼鏡をはずし、口髭をとり、レーンコートでモーニング姿を包み、中折の代わりにハンチングを冠《かぶ》って、来た時とは別の出口から、何食わぬ顔をして逃げ出したのであった。あの小額の紙幣で五万円という金額を、どうして、誰にも疑われぬように、持ち出すことが出来たかという訊問《じんもん》に対して、紳士泥坊が、ニヤリと得意らしい笑いを浮べて答えたことには、

「私共は、からだ中が袋で出来上がっています。その証拠には、押収されたモーニングを調べて御覧なさい。ちょっと見ると普通のモーニングだが、実は手品使いの服のように、付けられるだけの隠し袋が附いているんです。五万円位の金を隠すのは訳はありません。支那《しな》人の手品使いは、大きな、水の這入った丼《どんぶり》鉢でさえからだの中へ隠すでは

ありませんか」

さて、この泥坊事件がこれだけでおしまいなら、別段の興味もないのであるが、ここに一つ普通の泥坊と違った、妙な点があった。そして、それが私のお話の本筋に、大いに関係がある訳なのである。

というのは、この紳士泥坊は、盗んだ五万円の隠し場所について、一言も白状しなかったのである。警察と、検事廷と、公判廷と、この三つの関所で、手を換え品を換えて責め問われても、彼はただ知らないの一点張りで通した。そして、おしまいには、その僅か一週間ばかりの間に、使い果してしまったのだというような、出鱈目《でたらめ》をさえいい出したのである。

その筋としては、探偵の力によって、その金のありかを探し出す外はなかった。そして、随分探したらしいのであるが、一向見つからなかった。そこで、その紳士泥坊は、五万円隠匿の廉《かど》によって、窃盗犯としてはかなり重い懲役に処せられたのである。

困ったのは被害者の工場である。工場としては、犯人よりは五万円が発見して欲しかったのである。勿論、警察の方でもその金の捜索を止めた訳ではないが、どうも手ぬるいような気がする。そこで、工場の当の責任者たる支配人は、その金を発見したものには、発見額の一割の賞を懸けるということを発表した。つまり五千円の懸賞である。

これからお話ししようとする、松村武と私自身とに関する、ちょっと興味のある物語は、この泥坊事件がこういう風に発展している時に起こったことなのである。

中

この話の冒頭にもちょっと述べたように、その頃、松村武と私とは、場末の下駄《げた》屋の二階の六畳に、もうどうにもこうにも動きがとれなくなって、窮乏のどん底にのたうち廻っていたのである。

でも、あらゆるみじめさの中にも、まだしも幸運であったのは、ちょうど時候が春であったことだ。これは貧乏人だけにしか分らない一つの秘密であるが、冬の終りから夏の初めにかけて、貧乏人は、大分儲《もう》けるのである。いや、儲けたと感じるのである。というのは、寒い時だけ必要であった、羽織だとか、下着だとか、ひどいのになると、夜具、火鉢の類《たぐい》に至るまで、質屋の蔵へ運ぶことが出来るからである。私共も、そうした気候の恩恵に浴して、明日はどうなることか、月末の間代の支払はどこから捻出《ねんしゅつ》するか、というような先の心配を除いては、先《ま》ずちょっといきをついたのである。そして、暫く遠慮しておった銭湯へも行けば、床屋へも行く、飯屋ではいつもの味噌《みそ》汁と香の物の代わりに、さしみで一合かなんかを奮発するといった塩梅《あんばい》であった。

ある日のこと、いい心持に煠《ゆだ》って、銭湯から帰って来た私が、傷だらけの、毀《こわ》れかかった一閑張りの机の前に、ドッカと坐《すわ》った時、一人残っていた松村武が、妙な、一種の興奮したような顔付きをもって、私にこんなことを聞いたのである。

「君、この、僕の机の上に二銭銅貨をのせて置いたのは君だろう。あれは、どこから持って来たのだ」

「ああ、俺だよ。さっき煙草を買ったおつりさ」

「どこの煙草屋だ」

「飯屋の隣の、あの婆さんのいる不景気なうちさ」

「フーム、そうか」

と、どういう訳か、松村はひどく考え込んだのである。そして、尚も執拗《しつよう》にその二銭銅貨について尋ねるのであった。

「君、その時、君が煙草を買った時だ、誰か外にお客はいなかったかい」

「確か、いなかったようだ。そうだ。いる筈《はず》がない。その時あの婆さんは居眠りをしていたんだ」

この答を聞いて、松村は何か安心した様子であった。

「だが、あの煙草屋には、あの婆さんの外に、どんな連中がいるんだろう。君は知らないかい」

「俺は、あの婆さんとは仲よしなんだ。あの不景気な仏頂面が、俺のアブノーマルな嗜《し》好《こう》に適したという訳でね。だから、俺は相当あの煙草屋については詳しいんだ。あそこには婆さんの外に、婆さんよりはもっと不景気な爺《じい》さんがいるきりだ。しかし君はそんなことを聞いてどうしようというのだ。どうかしたんじゃないかい」

「まあいい。ちょっと訳があるんだ。ところで君が詳しいというのなら、も少しあの煙草屋のことを話さないか」

「ウン、話してもいい。爺さんと婆さんとの間に一人の娘がある。俺は一度か二度その娘を見かけたが、そう悪くない容色《きりよう》だぜ。それがなんでも、監獄の差入屋とかへ嫁《かたづ》いているという話だ。その差入屋が相当に暮らしているので、その仕送りで、あの不景気な煙草屋も、つぶれないで、どうかこうかやっているのだと、いつか婆さんが話していたっけ……」

こう、私が煙草屋に関する知識について話し始めた時に、驚いたことには、それを話してくれと頼んで置きながら、もう聞きたくないといわぬばかりに、松村武が立ち上がったのである。そして、広くもない座敷を、隅から隅へちょうど動物園の熊のように、ノソリノソリと歩き始めたのである。

私共は、二人共、日頃から随分気まぐれな方であった。話の間に突然立ち上がるなどは、そう珍しいことでもなかった。けれども、この場合の松村の態度は、私をして沈黙せしめた程も、変っていたのである。松村はそうして、部屋の中をあっちへ行ったり、こっちへ行ったり、約三十分位歩き廻っていた。私は黙って、一種の興味を以て、それを眺めていた。その光景は、もし傍観者があって、これを見たら、余程狂気じみたものであったに相違ないのである。

そうこうする内に、私は腹が減って来たのである。ちょうど夕食時分ではあったし、湯に入った私は余計に腹が減ったような気がしたのである。そこで、まだ狂気じみた歩行を続けている松村に、飯屋に行かぬかと勧めてみた所が、「すまないが、君一人で行ってくれ」という返事だ。仕方なく、私はその通りにした。

さて、満腹した私が、飯屋から帰って来ると、なんと珍しいことには、松村が按摩《あんま》を呼んで、もませていた。以前は私共のお馴染《なじみ》であった、若い盲唖《もうあ》学校の生徒が、松村の肩につかまって、しきりと何か、持前のお喋《しゃべ》りをやっているのであった。

「君、贅沢《ぜいたく》だと思っちゃいけない。これには訳があるんだ。まあ、暫く黙ってみていてくれ。その内に分かるから」

松村は、私の機先を制して、非難を予防するようにいった。昨日、質屋の番頭を説きつけて、むしろ強奪して、やっと手に入れた二十円なにがしの共有財産の寿命が、按摩賃六十銭だけ縮められることは、この際、確かに贅沢に相違なかったからである。

私は、これらの、ただならぬ松村の態度について、ある、言い知れぬ興味を覚えた。そこで、私は自分の机の前に坐って、古本屋で買って来た講談本か何かを、読み耽《ふけ》っている様子をした。そして、実は松村の挙動をソッと盗み見ていたのである。

按摩が帰ってしまうと、松村も彼の机の前に坐って、何か紙切れに書いたものを読んでいるようであったが、やがて彼は懐中から、もう一枚の紙切れを取出して机の上に置いた。それは、ごく薄く、二寸四方程の、小さいもので、細かい文字が一面に認《したた》めてあった。彼は、この二枚の紙切れを、熱心に比較研究しているようであった。そして、鉛筆をもって、新聞紙の余白に、何か書いては消し、書いては消していた。

そんなことをしている間に、電燈《でんとう》が点《つ》いたり、表通りを豆腐屋のラッパが通り過ぎたり、縁日にでも行くらしい人通りが、暫《しばら》く続いたり、それが途絶えると、支那蕎麦《そば》屋の哀れげなチャルメラの音が聞えたりして、いつの間にか夜が更けたのである。それでも松村は、食事さえ忘れて、この妙な仕事に没頭していた。私は黙って、自分の床を敷いて、ゴロリと横になると、退屈にも、一度読んだ講談を、さらに読み返しでもする外はなかったのである。

「君、東京地図はなかったかしら」

突然、松村がこういって、私の方を振向いた。

「さア、そんなものはないだろう。下のお上さんにでも聞いて見たらどうだ」

「ウン、そうだな」

彼は直ぐに立ち上がって、ギシギシいう梯子《はしご》段を下へ降りて行ったが、やがて、一枚の折目から破れそうになった東京地図を借りて来た。そして、又机の前に坐ると、熱心な研究を続けるのであった。私は益々《ますます》募る好奇心をもって彼の様子を眺めていた。

下の時計が九時を打った。松村は、長い間の研究が、一段落を告げたと見えて、机の前から立ち上がって私の枕頭《まくらもと》へ坐った。そして少し言いにくそうに、

「君、ちょっと、十円ばかり出して呉れないか」

というのだ。私は、松村のこの不思議な挙動については、読者にはまだ明してない所

の、私だけの深い興味を持っていた。それ故、彼に十円という、当時の私共にとっては、全財産の半分であったところの大金を与えることに、少しも異議を唱えなかった。松村は、私から十円札を受け取ると、古袷《ふるあわせ》一枚に、皺《しわ》くちゃのハンチングという扮装《ふんそう》で、何も云わずに、プイとどこかへ出て行った。

一人取残された私は、松村のその後の行動について、色々想像を廻《めぐ》らした。そして独りほくそ笑んでいる内に、いつか、うとうとと夢路に入った。暫くして松村が帰って来たのを、夢現《ゆめうつつ》に覚えていたが、それからは、何も知らずに、グッスリと朝まで寝込んでしまったのである。

随分寝坊の私は、十時頃でもあったろうか、眼を醒《さま》して見ると、枕頭に妙なものが立っているのに驚かされた。というのは、そこには、縞《しま》の着物に角帯を締めて、紺の前垂れをつけた一人の商人風の男が、ちょっとした風呂《ふろ》敷《しき》包を背負《しょ》って立っていたのである。

「なにを妙な顔をしているんだ。俺だよ」

驚いたことには、その男が、松村武の声をもって、こういったのである。よくよく見ると、それはいかにも松村に相違ないのだが、服装がまるで変っていたので、私は暫くの間、何が何だか、訳がわからなかったのである。

「どうしたんだ。風呂敷包なんか背負って。それに、そのなりはなんだ。俺はどこの番頭さんかと思った」

「シッ、シッ、大きな声だなあ」松村は両手で抑えつけるような恰好《かっこう》をして、囁《ささや》くよう

な小声で、

「大変なお土産を持って来たよ」

というのである。

「君はこんなに早く、どっかへ行って来たのかい」

私も、彼の変な挙動につられて、思わず声を低くして聞いた。すると、松村は、抑えつけても抑えつけても、溢《あふ》れて来るような、ニタニタ笑いを顔一杯に漲《みなぎ》らせながら、彼の口を私の耳の側《そば》まで持って来て、前よりは一層低い、あるかなきかの声で、こういったのである。

「この風呂敷包の中には、君、五万円という金が這入《はい》っているのだよ」

下

読者も既に想像されたであろうように、松村武は、問題の紳士泥坊の隠して置いた五万円を、どこからか持って来たのであった。それは、かの電気工場へ持参すれば、五千円の懸賞金に与《あずか》ることの出来る五万円であった。だが、松村はそうしないつもりだといった。そして、その理由《わけ》を次のように説明した。

彼にいわせると、その金を馬鹿正直に届け出るのは、愚《おろか》なことであるばかりでなく、同時に、非常に危険なことでもあるというのであった。その筋の専門の刑事達が、約一箇月もかかって探し廻っても、発見されなかったこの金である。たとえこのまま我々が頂戴《ちょうだい》しておいた所で、誰が疑うものか、我々にしたって、五千円よりは五万円の方が有難いではないか。

それよりも恐ろしいのは、彼奴《きゃつ》、紳士泥坊の復讐《ふくしゅう》である。こいつが恐ろしい。刑期の延びるのを犠牲にしてまで隠して置いたこの金を、横取りされたと知ったら、あいつ、あの悪事にかけては天才といってもよい所のあいつが、見逃して置こう筈《はず》がない――松村はむしろ泥坊を畏敬《いけい》している口調であった――このまま黙っておってさえ危ないのに、これを持ち主に届けて、懸賞金を貰《もら》いなどしようものなら、直ぐ松村武の名が新聞に出る。それは、わざわざあいつに敵のありかを教えるようなものではないかというのである。

「だが少なくとも現在においては、俺はあいつに打ち勝ったのだ。ェ、君、あの天才泥坊に打ち勝ったのだ。この際、五万円も無論有難いが、それよりも、俺はこの勝利の快感でたまらないんだ。俺の頭はいい。少くとも貴公よりはいいということを認めてくれ。俺をこの大発見に導いてくれたものは、昨日君が俺の机の上にのせて置いた、煙草のつり銭の二銭銅貨なんだ。あの二銭銅貨のちょっとした点について、君が気づかないで、俺が気づいたということはだ。そして、たった一枚の二銭銅貨から、五万円という金を、ェ、君、二銭の二百五十万倍である所の五万円という金を探し出したのは、これは何だ。少なくとも、君の頭よりは、俺の頭の方が優れているということじゃないかね」

二人の多少知識的な青年が、ひと間の内に生活していれば、そこに、頭のよさについての競争が行われるのは、至極あたり前のことであった。松村武と私とは、その日頃、暇にまかせて、よく議論を戦わしたものであった。夢中になって喋っている内に、いつの間にか夜が明けてしまうようなことも珍しくなかった。そして、松村も私も、互《たがい》に譲らず、「俺の方が頭がいい」ことを主張していたものである。そこで、松村がこの手柄――それはいかにも大きな手柄であった――をもって、我々の頭の優劣を証拠立てようとした訳である。

「分かった、分かった。威張るのは抜きにして、どうしてその金を手に入れたか、その筋道を話して見ろ」

「まあ急《せ》くな。俺は、そんなことよりも、五万円の使い途《みち》について考えたいと思っているんだ。だが、君の好奇心を充《みた》す為に、ちょっと、簡単に苦心談をやるかな」

しかし、それは決して私の好奇心を充す為ばかりではなくて、むしろ彼自身の名誉心を満足させる為であったことはいうまでもない。それはともかく、彼は次のように、所謂《いわゆる》苦心談を語り出したのである。私は、それを、心安《こころやす》だてに、蒲団《ふとん》の中から、得意そうに動く彼の顎《あご》の辺を見上げて、聞いていた。

「俺は、昨日君が湯へ行った後で、あの二銭銅貨を弄《もてあそ》んでいる内に、妙なことには、銅貨のまわりに一本の筋がついているのを発見したんだ。こいつはおかしいと思って、調べていると、なんと驚いたことには、あの銅貨が二つに割れたんだ。見給えこれだ」

　彼は、机の抽斗《ひきだし》から、その二銭銅貨を取出して、ちょうど、宝丹の容器を開けるように、ネジを廻《まわ》しながら、上下に開いた。

「これ、ね、中が空虚《から》になっている。銅貨で作った何かの容器なんだ。なんと精巧な細工じゃないか、ちょっと見たんじゃ、普通の二銭銅貨とちっとも変わりがないからね。これを見て、俺は思い当たったことがあるんだ。俺はいつか、牢《ろう》破りの名人が用いるという、鋸《のこぎり》の話を聞いたことがある。それは、懐中時計のゼンマイに歯をつけた、小人島の帯鋸《おびのこぎり》みたようなものを、二枚の銅貨を擦り減らして作った容器の中へ入れたもので、これさえあれば、どんな厳重な牢屋の鉄の棒でも、何なく切り破って脱牢するんだそうだ。なんでも元は外国の泥坊から伝ったものだそうだがね。そこで、俺は、この二銭銅貨も、そうした泥坊の手から、どうかして紛れ出したものだろうと想像したんだ。だが、妙なことはそればかりじゃなかった。というのは、俺の好奇心を、二銭銅貨そのものよりも、もっと挑発した所の、一枚の紙切れがその中から出て来たんだ。それはこれだ」

　それは、昨夜松村が一生懸命に研究していた、あの薄い小さな紙切れであった。その二寸四方程の薄葉《うすよう》らしい日本紙には、細かい字で次のように、訳の分からぬものが書きつけてあった。

陀、無弥仏、南無弥仏、阿陀仏、弥、無阿弥陀、無陀、弥、無弥陀仏、無陀、陀、南無陀仏、南無仏、陀、無阿弥陀、無陀、南仏、南陀、無弥、無阿弥陀仏、弥、南阿陀、無阿弥、南陀仏、南阿弥陀、阿陀、南弥、南無弥仏、無阿弥陀、南無弥陀、南弥、南無弥仏、無阿弥陀、南無陀、南無阿、阿陀仏、無阿弥、南阿、南阿仏、陀、南阿陀、南無、無弥仏、南弥仏、阿弥、弥、無弥陀仏、無陀、南無阿弥陀、阿陀仏、

「この坊主の寝言みたようなものは、なんだと思う。俺は最初は、いたずら書きだと思った。前非を悔いた泥坊かなんかが、罪亡ぼしに南無阿弥陀仏《なむあみだぶつ》を沢山並べて書いたのかと思った。そして、牢破りの道具の代わりに銅貨の中へ入れて置いたのじゃないかと思った。が、それにしては、南無阿弥陀仏と続けて書いてないのがおかしい。陀とか、無弥仏とか、悉《ことごと》く南無阿弥陀仏の六字の範囲内ではあるが、完全に書いたのは一つもない。一字切りの奴もあれば、四字五字の奴もある。俺は、こいつはただの悪戯《いたずら》書きではないなと感づいた。

ちょうどその時、君が湯屋から帰って来た跫音《あしおと》がしたんだ。俺は急いで、二銭銅貨とその紙片を隠した。どうして隠したというのか。俺にもはっきり分らないが、多分この秘密を独占したかったのだろう。そして凡《すべ》てが明らかになってから君に見せて、自慢したかったのだろう。ところが、君が梯子《はしご》段を上っている間に、俺の頭に、ハッとするよ

うなすばらしい考《かんがえ》が閃《ひらめ》いたんだ。というのは、例の紳士泥坊のことだ。五万円の紙幣をどこへ隠したのか知らないが、まさか、刑期が満ちるまでその儘《まま》でいようとは、あいつだって考えないだろう。そこで、あいつには、あの金を保管させる所の、手下ないしは相棒といったようなものがあるに相違ない。今仮にだ、あいつが不意の捕縛の為に、五万円の隠し場所を相棒に知らせる暇がなかったとしたらどうだ。あいつとしては、未決監に居る間に、何かの方法でその仲間に通信する外はないのだ。このえたいの知れない紙切れが、もしもその通信文であったら……

こういう考えが俺の頭に閃いたんだ。無論空想さ。だがちょっと甘い空想だからね。そこで、君に二銭銅貨の出所についてあんな質問をした訳だ。ところが君は、煙草屋の娘が監獄の差入屋へ嫁《かたづ》いているというではないか。未決監に居る泥坊が外部と通信しようとすれば、差入屋を媒介者にするのが最も容易だ。そして、もしその目論見《もくろみ》が何かの都合で手違いになったとしたら、その通信は差入屋の手に残っているはずだ。それが、その家の女房によって親類の家に運ばれないと、どうしていえよう。さあ、俺は夢中になってしまった。

さて、もしこの紙切れの無意味な文字が一つの暗号文であるとしたら、それを解くキイは何だろう。俺はこの部屋の中を歩き廻《まわ》って考えた。かなり難しい、全部拾ってみても、南無阿弥陀仏の六字と読点だけしかない。この七つの記号をもって、どういう文句が綴《つづ》れるだろう。

俺は暗号文については、以前にちょっと研究したことがあるんだ。シャーロック・ホームズじゃないが、百六十種位の暗号の書き方は俺だって知っているんだ。(Dancing Men 参照)

で、俺は、俺の知っている限りの暗号記法を、一つ一つ頭に浮べてみた。そして、この紙切《かみき》れの奴に似ているのを探した。随分手間取った。確か、その時君が飯屋へ行くことを勧めたっけ。俺はそれを断って一生懸命考えた。で、とうとう少しは似た点があると思うのを二つだけ発見した。

その一つは Bacon の発明した two letter 暗号法という奴で、それは a と b とのたった二字の色々な組合せで、どんな文句でも綴ることが出来るのだ。例えば fly という言葉を現す為には aabab, aabba, ababa と綴るといった調子のものだ。

も一つは、チャールス一世の王朝時代に、政治上の秘密文書に盛んに用いられた奴で、アルファベットの代わりに、一組の数字を用いる方法だ。例えば」

松村は机の隅に紙片れをのべて、左《さ》のようなものを書いた。

A　B　C　D　……………………

1111　1112　1121　1211……………………

「つまり、Aの代わりには一千百十一を置き、Bの代わりには一千百十二を置くといった風のやり方だ。俺は、この暗号も、それらの例と同じように、いろは四十八字を、南無阿弥陀仏を色々に組合せて置換えたものだろうと想像した。

さて、こいつを解く方法だが、これが英語か仏蘭西《フランス》語か独逸《ドイツ》語なら、ポオの Gold bug にあるようにeを探しさえすれば訳はないんだが、困ったことに、こいつは日本語に相違ないんだ。念の為にちょっとポオ式のディシファリングを試みて見たが、少しも解けない。俺はここでハタと行《ゆ》き詰《づ》まってしまった。

六字の組合せ六字の組合せ、俺はそればかり考えて又座敷を歩き廻った。俺は六字という点に何か暗示がないかと考えた。そして六つの数で出来ているものを、思い出せるだけ思い出して見た。

滅多矢鱈《めったやたら》に六という字のつくものを並べている内に、ふと、講談本で覚えた所の真田《さなだ》幸村《ゆきむら》の旗印の六連銭《ろくれんせん》を思い浮べた。そんなものが暗号に何の関係もある筈《はず》はないのだが、どういう訳か「六連銭」と、口の中で呟《つぶや》いた。

するとだ。インスピレーションのように、俺の記憶から飛び出したものがある。それは、六連銭をそのまま縮小したような形をしている、盲人の使う点字であった。俺は思わず、「うまい」と叫んだよ。だって、なにしろ五万円の問題だからなあ。

俺は点字について詳しくは知らなかったが、六つの点の組合せということだけは記憶していた。そこで、早速按摩《あんま》を呼んで来て伝授に与《あずか》ったという訳だ。これが按摩の教えてくれた点字のいろはだ」

そういって松村は、机の抽斗《ひきだし》から一枚の紙片を取出した。それには、点字の五十音、濁音符、半濁音符、拗音《ようおん》符、促音符、長音符、数字などが、ズッと並べて書いてあった。

南阿弥陀	南陀仏	無阿弥	阿弥	南無阿陀	無阿弥陀仏	無弥	南陀	南仏	無陀	無阿弥陀	陀	南無仏
ツ	サ	ノ	ヤ	チ	モ	オ	ラ	カ	ー	ド	濁音符	キ

阿陀仏	南無阿弥陀	無陀	阿弥陀	南無陀仏	阿弥	南弥仏	無弥仏	南無	南阿陀	陀	南阿仏	南阿
ン	テ	ー	ヨ	シ	ヤ	ク	コ	イ	ダ	濁音符	ハ	ナ

「今、南無阿弥陀仏を、左から始めて、三字ずつ二行に並べれば、この点字と同じ配列になる。南無阿弥陀仏の一字ずつが、点字の各々の一点に符合する訳だ。そうすれば、点字のアは南、イは南無という工合《ぐあい》に当《あ》て嵌《は》めることが出来る。この調子で解けばいいのだ。そこで、これは、俺が昨夜《ゆうべ》この暗号を解いた結果だがね。一番上の行が原文の南無阿弥陀仏を点字と同じ配列にしたもの、真中の行がそれに符合する点字、そして一番下の行が、それを翻訳したものだ」

こういって、松村は又もや上のような紙切れを取り出したのである。

「ゴケンチヨーシヨージキドーカラオモチヤノサツヲウケトレウケトリニンノナハダイコクヤシヨーテン。つまり、五軒町の正直堂から玩具《おもちゃ》の札を受取れ、受取人の名は

陀	無弥仏	南無弥仏	阿陀仏	南無阿陀	阿弥陀	無陀	南無陀仏	阿弥陀	無陀	陀	南無陀仏
⠂	⠕	⠝	⠦	⠺	⠣	⠒	⠞	⠣	⠒	⠂	⠞
濁音符	ゴ	ケ	ン	チ	ヨ	ー	シ	ヨ	ー	濁音符	ジ

阿陀	南弥	南無弥仏	無阿弥陀	南無弥陀	南弥	南無弥仏	無阿弥陀	南無陀	南無阿	阿陀仏	無阿弥
⠢	⠉	⠝	⠳	⠛	⠉	⠝	⠳	⠚	⠸	⠦	⠱
ヲ	ウ	ケ	ト	レ	ウ	ケ	ト	リ	ニ	ン	ノ

大黒屋商店というのだ。意味はよく分かる。だが、何の為に玩具の紙幣なんかを受取るのだろう。そこで、俺は又考えさせられた。しかし、この謎は割合簡単に解くことが出来た。そして、俺はつくづくその紳士泥坊の、頭がよくって敏捷《びんしょう》で、なおその上に小説家のようなウイットを持っていることに感心してしまった。エ、君、玩具の紙幣とはすてきじゃないか。

俺はこう想像したんだ。そして、それが幸いにも悉く適中した訳だがね。紳士泥坊は、万一を慮《おもんぱか》って、盗んだ金の最も安全な隠し場所を、あらかじめ用意して置いたに相違ないんだ。さて、世の中に一番安全な隠し方は、隠さないで隠すことだ。衆人の目の前に曝《さら》して置いて、しかも誰もがそれに気づかないというような隠し方が最も安全なんだ。

恐るべきあいつは、この点に気づいたんだ。と、想像するのだがね。で、玩具の紙幣という巧妙なトリックを考え出した。俺は、この正直堂というのは、多分玩具の札なんかを印刷する店だと想像した。――これも当たっておったがね。――そこへ、あいつは大黒屋商店という名で、あらかじめ玩具の札を註文《ちゅうもん》しておいたんだ。

近頃、本物と寸分違わないような玩具の紙幣が、花柳界などで流行しているそうだ。それは誰かから聞いたっけ。アア、そうだ。君がいつか話したんだ。ビックリ函《ばこ》だとか、本物とちっとも違わない、泥で作った菓子や果物だとか、蛇の玩具だとか、ああしたものと同じように、女の子を吃驚《びっくり》させて喜ぶ粋人の玩具だといってね。だから、あいつが本物と同じ大きさの札を註文した所で、ちっとも疑《うたが》いを受けるはずはないんだ。

こうしておいて、あいつは、本物の紙幣をうまく盗み出すと、多分その印刷屋へ忍び込んで、自分の註文した玩具の札と擦り換えておいたんだ。そうすれば、註文主が受取に行くまでは、五万円という天下通用の紙幣が、玩具の札として、安全に印刷屋の物置に残っている訳だからね。

これは単に俺の想像かも知れない。だが、随分可能性のある想像だ。俺はとにかく当たって見ようと決心した。地図で五軒町という町を探すと、神田《かんだ》区内にあることが分かった。そこでいよいよ玩具の札を受取りに行くのだが、こいつがちょっと難しい。というのは、この俺が受取りに行ったという痕跡《こんせき》を、少しだって残してはならないんだ。もしそれが分かろうものなら、あの恐ろしい悪人がどんな復讐《ふくしゅう》をするか、思っただけで気の弱い俺はゾッとするからね。とにかく、出来るだけ俺でないように見せなければいけない。そういう訳で、あんな変装をしたんだ。俺はあの十円で、頭の先から足の先まで身なりを変えた。これ見給え、これなんかちょっといい思つきだろう」

そういって、松村はそのよく揃った前歯を出して見せた。そこには、私が先程から気づいていた所の、一本の金歯が光っていた。彼は得意そうに、指の先でそれをはずして、私の眼の前へつき出した。

「これは夜店で売っている、ブリキに鍍金《めっき》した奴だ。ただ歯の上に冠《かぶ》せて置くだけの代物さ。僅《わず》か二十銭のブリキのかけらが大した役に立つからね。金歯という奴はひどく人の注意を惹《ひ》くものだ。だから、後日俺を探す奴があるとしたら、まずこの金歯を眼印にするだろうじゃないか。さてこれだけの用意が出来ると、俺は今朝早く五軒町へ出掛けた。一つ心配だったのは、玩具の札の代金のことだった。泥坊の奴、きっと、転売なんかされることを恐れて、前金で支払って置いただろうとは思ったが、もしもまだだったら、少くとも二三十円は入用だからね。生憎《あいにく》我々にはそんな金の持合せがない。ナアニ、何とかごまかせばいいと高を括《くく》って出掛けた。――案の定印刷屋は、金のことなんかは一言もいわないで、品物を渡してくれたよ。――かようにして、まんまと首尾よく五万円を横取りした訳さ。……さてその使い途《みち》だ。どうだ。何か、考えはないかね」

松村が、これ程興奮して、これ程雄弁に喋《しゃべ》ったことは珍しい。私はつくづく五万円という金の偉力に驚嘆した。私はその都度形容する煩《はん》を避けたが、松村がこの苦心談をしている間の、嬉《うれ》しそうな様というものは、全く見物《みもの》であった。彼ははしたなく喜ぶ顔を見せまいとして、大いに努力しておったようであるが、努めても、努めても、腹の底から込み上げて来る、何ともいえぬ嬉しそうな笑顔は隠すことが出来なかった。

　話の間々にニヤリと洩《も》らす、その形容のしようもない、狂気のような笑いは、私はむしろ凄《すご》いと思った。しかし、昔千両の富籤《とみくじ》に当って発狂した貧乏人があったという話もあるのだから、松村が五万円に狂喜するのは決して無理ではなかった。

　私はこの喜びがいつまでも続けかしと願った。松村の為にそれを願った。

　だが、私には、どうすることも出来ぬ一つの事実があった。止めようにも止めることの出来ない笑いが爆発した。私は笑うんじゃないと自分自身を叱りつけたけれども、私の中の、小さな悪戯《いたずら》好きの悪魔が、そんなことには閉口《へこ》たれないで私をくすぐった。私は一段と高い声で、最もおかしい笑劇を見ている人のように笑った。

　松村はあっけにとられて、笑い転《こ》ける私を見ていた。そして、ちょっと変なものにぶっつかったような顔をして云った。

「君、どうしたんだ」

　私はやっと笑いを嚙《か》み殺してそれに答えた。

「君の想像力は実にすばらしい。よくこれだけの大仕事をやった。俺はきっと今までの数倍も君の頭を尊敬するようになるだろう。成程君のいうように、頭のよさでは敵《かな》わない。だが、君は、現実というものがそれ程ロマンチックだと信じているのかい」

松村は返事もしないで、一種異様の表情をもって私を見詰めた。

「言い換えれば、君は、あの紳士泥坊にそれ程のウィットがあると思うのかい。君の想像は、小説としては実に申し分がないことを認める。けれども世の中は小説よりはもっと現実的だからね。そして、もし小説について論じるのなら、俺は少し君の注意を惹《ひ》きたい点がある。それは、この暗号文には、もっと外の解き方はないかということだ。君の翻訳したものを、もう一度翻訳する可能性はないかということだ。例えばだ、この文句を八字ずつ飛ばして読むというようなことは出来ないことだろうか」

私はこういって、松村の書いた暗号の翻訳文に左のような印をつけた。
・ゴケンチョーショージ・キドーカラオモチャ・ノサツヲウケトレ・ウケトリニンノナハダ・イコクヤショーテン・
「ゴジャウダン。君、この『御冗談』というのは何だろう。エ、これが偶然だろうか。誰かの悪戯だという意味ではないだろうか」

松村は物をも云わずに立ち上がった。そして、五万円の札束だと信じ切っている所の、かの風呂敷《ふろしき》包を私の前へ持って来た。

「だが、この大事実をどうする。五万円という金は、小説の中からは生まれないぞ」

彼の声には、果し合いをする時のような真剣さが籠《こも》っていた。私は恐ろしくなった。そして、私のちょっとしたいたずらの、予想外に大きな効果を、後悔しないではいられなかった。

「俺は、君に対して実に済まぬことをした。どうか許してくれ。君がそんなに大切にして持って来たのは、やはり玩具の札なんだ。マア、それを開いてよく調べて見給え」

松村は、ちょうど暗《やみ》の中で物を探るような、一種異様の手付きで――それを見て、私は益々《ますます》気の毒になった――長い間かかって風呂敷包を解いた。そこには、新聞紙で丁寧に包んだ、二つの四角な包みがあった。その内の一つは新聞が破れて中味が現れていた。

「俺は途中でこれを開いて、この眼で見たんだ」

松村は喉《のど》に閊《つか》えたような声でいって、なおも新聞紙をすっかり取り去った。

それは、いかにも真にせまった贋物《にせもの》であった。ちょっと見たのでは、凡ての点が本物であった。けれども、よく見ると、それらの札の表面には、圓という字の代りに團という字が、大きく印刷されてあった。二十圓、十圓ではなくて、二十團、十團であった。

松村はそれを信ぜぬように、幾度も幾度も見直していた。そうしている内に、彼の顔からは、あの笑いの影がすっかり消去ってしまった。そして、後には深い深い沈黙が残った。私は済まぬという心持で一杯であった。私は、私の遣《や》り過ぎたいたずらについて説明した。けれども、松村はそれを聞こうともしなかった。その日一日はただ唖者《おし》のように黙り込んでいた。

これで、このお話はおしまいである。けれども、読者諸君の好奇心を充《みた》す為に、私のいたずらについて、一言説明しておかねばならぬ。

正直堂という印刷屋は、実は私の遠い親戚《しんせき》であった。私はある日、せっぱ詰まった苦しまぎれに、そのふだんは不義理を重ねている所の親戚のことを思い出した。そして、いくらでも金の都合がつけばと思って、進まぬながら久し振りでそこを訪問した。——無論このことについては松村は少しも知らなかった。——借金の方は予想通り失敗であったが、その時図らずも、あの本物と少しも違わないような、その時は印刷中であった所の、玩具の札を見たのである。そしてそれが、大黒屋という長年の御得意先の註文品だということを聞いたのである。

私はこの発見を、我々の毎日の話柄となっていた、あの紳士泥坊の一件と結びつけて、一芝居打ってみようと、下らぬいたずらを思いついたのであった。それは、私も松村と同様に、頭のよさについて、私の優越を示すような材料が摑《つか》みたいと、日頃から熱望していたからであった。

あのぎこちない暗号文は、勿論《もちろん》私の作ったものであった。しかし、私は松村のように外国の暗号史に通じていた訳ではない。ただちょっとした思いつきに過ぎなかったのだ。煙草屋の娘が差入屋へ嫁《とつ》いでいるというようなことも、矢張り出鱈目《でたらめ》であった。第一、その煙草屋に娘があるかどうかさえ怪しかった。

ただ、このお芝居で、私の最も危んだのは、これらのドラマチックな方面ではなくて、最も現実的なしかし全体から見ては極めて些細《ささい》な、少し滑稽味《こっけいみ》を帯びた、一つの点であった。それは、私が見た所のあの玩具の札が、松村が受取りに行くまで、配達されないで、印刷屋に残っているかどうかということであった。

玩具の代金については、私は少しも心配しなかった。私の親戚と大黒屋とは延《のべ》取引であったし、その上もっといい事は、正直堂が極めて原始的な、ルーズな商売のやり方をしておったことで、松村は別段、大黒屋の主人の受取証を持参しないでも失敗するはずはなかったからである。

最後に、かのトリックの出発点となった二銭銅貨については、私はここに詳しい説明を避けねばならぬことを遺憾に思う。もし、私がへまなことを書いては、後日、あの品を私にくれたある人が、とんだ迷惑を蒙《こうむ》るかも知れないからである。読者は、私が偶然それを所持していたと思って下さればよいのである。

何者

奇妙な盗賊

「この話は、あなたが小説にお書きになるのが一ばんふさわしいと思います。ぜひ書いてください」

ある人が私にその話をしたあとで、こんなことをいった。四、五年前の出来事だけれど、事件の主人公が現存していたので、憚《はばか》って話さなかった。その人が最近病死したのだということであった。

私はそれを聞いて、なるほど当然私が書く材料だと思った。なにが当然だかは、ここに説明せずとも、この小説を終りまでお読みになれば、自然にわかることである。

以下「私」とあるのは、この話を私に聞かせてくれた「ある人」をさすわけである。

ある夏のこと、私は甲田伸太郎《こうだしんたろう》という友人にさそわれて、甲田ほどは親しくなかったけれど、やはり私の友だちである結城弘一《ゆうきひろかず》の家に、半月ばかり逗留《とうりゅう》したことがある。そのあいだの出来事なのだ。

弘一君は陸軍省軍務局に重要な地位をしめている、結城少将の息子で、父の屋敷が鎌倉の少し向こうの海近くにあって、夏休みを過ごすには持ってこいの場所だったからである。

三人はその年大学を出たばかりの同窓であった。結城君は英文科、私と甲田君とは経済科であったが、高等学校時代同じ部屋に寝たことがあるので、科は違っても、非常に親しい遊び仲間であった。

私たちには、いよいよ学生生活にお別れの夏であった。甲田君は九月から東京のある商事会社へ勤めることになっていたし、弘一君と私とは兵隊にとられて、年末には入営である。いずれにしても、私たちは来年からはこんな自由な気持の夏休みを再び味わえぬ身の上であった。そこで、この夏こそは心残りのないように、充分遊び暮らそうというので、弘一君のさそいに応じたのである。

弘一君は一人息子なので、広い屋敷をわが物顔に、贅沢三昧《ぜいたくざんまい》に暮らしていた。おやじは陸軍少将だけれど、先祖が或《あ》る大名の重臣だったので、彼の家はなかなかのお金持ちである。したがってお客様の私たちも居心地が悪くなかった。そこへもってきて、結城家には、私たちの遊び友だちになってくれる一人の美しい女性がいた。志摩子さんといって、弘一君の従妹《いとこ》で、ずっと以前に両親を失ってから、少将邸に引き取られて育てられた人だ。女学校をすませて、当時は音楽の稽古《けいこ》に熱中していた。ヴァイオリンはちょっと聞けるぐらいひけた。

私たちは天気さえよければ海岸で遊んだ。結城邸は由比《ゆい》ヶ浜《がはま》と片瀬《かたせ》との中間ぐらいのところにあったが、私たちは多くは派手な由比ヶ浜をえらんだ。私たち四人のほかに、たくさん男女の友だちがあったので、海にあきることはなかった。紅白碁盤縞《じま》の大きなビーチ・パラソルの下で、私たちは志摩子さんやそのお友だちの娘さんたちと、まっ黒な肩をならべてキャッキャッと笑い興じた。

私たちは又、結城邸の池で鯉釣りをやった。その大きな池には、少将の道楽で、釣堀みたいに、たくさん鯉が放ってあったので、素人にもよく釣れた。私たちは将軍に釣のコツを教わったりした。

実に自由で、明かるくて、のびやかな日々であった。だが不幸という魔物は、どんな明かるいところへでも、明かるければ明かるいほど、それをねたんで、突拍子もなくやってくるものである。

ある日、少将邸に時ならぬ銃声が響いた。この物語はその銃声を合図に、幕があくのである。

ある晩、主人の少将の誕生祝いだというので、知人を呼んで御馳走《ごちそう》があった。甲田君と私もそのお相伴をした。

母屋の二階の十五、六畳も敷ける日本間がその席にあてられた。主客一同浴衣《ゆかた》がけの気のおけぬ宴会であった。酔った結城少将が柄になく義太夫のさわりをうなったり、志摩子さんが一同に懇望されて、ヴァイオリンをひいたりした。

宴は別状なく終って、十時ごろには客はたいてい帰ってしまい、主人側の人たちと二、三の客が、夏の夜の興を惜んで座に残っていた。結城氏、同夫人、弘一君、志摩子さん、私のほかに、退役将校の北川という老人、志摩子さんの友だちの琴野さんという娘の七人であった。

主人少将は北川老人と碁をかこみ、他の人々は志摩子さんをせびって、またヴァイオリンをひかせていた。

「さあ、僕はこれから仕事だ」

ヴァイオリンの切れ目に、弘一君が私にそうことわって座を立った。仕事というのは、当時彼はある地方新聞の小説を引き受けていて、毎晩十時になると、それを書くために、別棟の洋館の父少将の書斎へこもる例になっていたのだ。彼は在学中は東京に一軒家を借りて住んでいて、中学時代の書斎は、現在では志摩子さんが使っているので、まだ本宅には書斎がないのである。

階段をおりて、廊下を通って、弘一君が洋館についたと思われる時分、突然何かをたたきつけるような物音が、私たちをビクッとさせた。あとで考えると、それが問題のピストルの音だったのである。

「なんだろう」と思っているところへ、洋館の方からけたたましいさけび声が聞こえてきた。

「誰か来てください。大変です。弘一君が大変です」

先ほどから座にいなかった甲田伸太郎君の声であった。

そのとき一座の人々が、誰がどんな表情をしたかは記憶がない。一同総立ちになって、梯子段《はしご》のところへ殺到した。

洋館へ行ってみると、少将の書斎の中に（のちに見取図を掲げる）弘一君が血に染まって倒れ、そのそばに甲田君が青い顔をして立っていた。

「どうしたんだ」

父少将が不必要に大きな、まるで号令をかけるような声でどなった。

「あすこから、あすこから」

甲田君が、激動のために口もきけないというふうで、庭に面した南側のガラス窓を指さした。

見るとガラス戸はいっぱいにひらかれ、ガラスの一部にポッカリと不規則な円形の穴があいている。何者かが、外部からガラスを切ってとめ金をはずし、窓をあけてしのび込んだのであろう。現にジュウタンの上に、点々と無気味な泥足のあとがついている。

母夫人は倒れている弘一君にかけより、私はひらいた窓のところへかけつけた。だが、窓のそとには何者の影もなかった。むろん曲者《くせもの》がそのころまで、ぐずぐずしているはずはないのだ。

その同じ瞬間に、父少将は、どうしたかというと、彼は不思議なことに息子の傷を見ようともせず、まず第一に、部屋のすみにあった小金庫の前へ飛んで行って、文字盤を合わせて扉をひらき、その中を調べたのである。これを見て、私は妙に思った。この家に金庫があるさえ心得ぬに、手負いの息子をほうっておいて、先《ま》ず財産をしらべるなんて、軍人にもあるまじき仕草である。

やがて、少将の言いつけで、書生が警察と病院へ電話をかけた。

母夫人は気を失った結城君のからだにすがって、オロオロ声で名を呼んでいた。私はハンカチを出して、出血を止めるために、弘一君の足をしばってやった。弾丸が足首をむごたらしく射抜いていたのだ。志摩子さんは気をきかして、台所からコップに水を入れて持ってきた。だが、妙なことには、彼女は夫人のようには悲しんでいない。椿事《ちんじ》に驚いているばかりだ。どこやら冷淡なふうが見える。彼女はいずれ弘一君と結婚するのだと思いこんでいた私は、それがなんとなく不思議に思われた。

しかし不思議といえば、金庫を調べた少将や、妙に冷淡な志摩子さんより、もっともっと不思議なことがあった。

それは結城家の下男の、常さんという老人のそぶりである。彼も騒ぎを聞いて、われわれより少しおくれて書斎へかけつけたのだが、はいってくるなり、何を思ったのか、弘一君のまわりを囲んでいた私たちのうしろを、例のひらいた窓の方へ走って行って、その窓際にペチャンとすわってしまった。騒ぎの最中で誰も老僕の挙動など注意していなかったけれど、私はふとそれを見て、親爺《おやじ》気でも違ったのではないかと驚いた。彼はそうして、一同の立ち騒ぐのをキョロキョロ見廻《まわ》しながら、いつまでも行儀よくすわっていた。腰が抜けたわけでもあるまいに。

そうこうするうちに、医者がやってくる。間もなく鎌倉の警察署から、司法主任の波多野警部が部下を連れて到着した。

弘一君は母夫人と志摩子さんがつきそって、担架で鎌倉外科病院へはこばれた。その時分には意識を取りもどしていたけれど、気の弱い彼は苦痛と恐怖のために、赤ん坊みたいに顔をしかめ、ポロポロと涙をこぼしていたので、波多野警部が賊の風体をたずねても、返事などできなかった。彼の傷は命にかかわるほどではなかったけれど、足首の骨をグチャグチャにくだいた、なかなかの重傷であった。

取調べの結果、この兇行《きょうこう》は盗賊の仕業であることが明らかになった。賊は裏庭から忍び込んで、品物を盗み集めているところへ、ヒョッコリ弘一君がはいって行ったので(たぶん賊を追いかけたのであろう。倒れていた位置が入口ではなかった)、恐怖のあまり所持のピストルを発射したものに違いなかった。

大きな事務デスクの引出しが残らず引き出され、中の書類などがそこいら一面に散乱していた。だが少将の言葉によれば、引出しの中には別段大切なものは入れてなかったという。

同じデスクの上に、少将の大型の札入れが投げ出してあった。不思議なことに、中には可なりの額の紙幣がはいっていたのだが、それには少しも手をつけたあとがない。では何が盗まれたかというと、実に奇妙な盗賊である、まずデスクの上に(しかも札入れのすぐそばに)置いてあった小型の金製置時計、それから、同じ机の上の金の万年ペン、金側懐中時計（金鎖とも）、いちばん金目なのは、室の中央の丸テーブルの上にあった金製の煙草セット（煙草入れと灰皿だけで、盆は残っていた。盆は赤銅製である）の品々であった。

これが盗難品の全部なのだ。いくら調べてみても、ほかになくなった品はない。金庫の中も別状はなかった。

つまり、此《こ》の賊はほかのものには見向きもせず、書斎にあったことごとくの金製品を奪い去ったのである。

「気ちがいかもしれませんな。黄金収集狂とでもいう」

波多野警部が妙な顔をして言った。

消えた足跡

実に妙な泥棒であった。紙幣在中の札入れをそのままにしておいて、それほどの値打ちもない万年筆や懐中時計に執着したという、賊の気持が理解できなかった。

警部は少将に、それらの金製品のうち、高価というほかに、何か特別の値打ちをもったものはなかったかと尋ねた。

だが、少将は別にそういう心あたりもないと答えた。ただ、金製万年筆は、彼がある師団の連隊長を勤めていたころ、同じ隊にぞくしていられた高貴のお方から拝領したもので、少将にとっては金銭に替えがたい値打ちがあったのと、金製置時計は、三寸四方くらいの小さなものだけれど、洋行記念に親しくパリで買って帰ったので、あんな精巧な機械は二度と手に入らぬと惜まれるくらいのことであった。両方とも、泥棒にとって別段の値打ちがあろうとも思われぬ。

さて波多野警部は室内から屋外へと、順序をおって、綿密な現場調査に取りかかった。彼が現場へ来着したのは、ピストルが発射されてから二十分もたっていたので、あわてて賊のあとを追うような愚はしなかった。

あとでわかったことだが、この司法主任は、犯罪捜査学の信者で、科学的綿密ということを最上のモットーとしていた。彼がまだ片田舎の平刑事であったころ、地上にこぼれていた一滴の血痕《けっこん》を、検事や上官が来着するまで完全に保存するために、その上にお椀《わん》をふせて、お椀のまわりの地面を、一と晩じゅう棒切れでたたいていた、という一つ話さえあった。彼はそうして、血痕をミミズがたべてしまうのをふせいでいたのである。

こんなふうな綿密周到によって地位を作った人だけに、彼の取調べには毛筋ほどのすきもなく、検事でも予審判事でも、彼の報告とあれば全然信用がおけるのであった。

ところが、その綿密警部の綿密周到な捜査にもかかわらず、室内には、一本の毛髪さえも発見されなかった。この上はガラス窓の指紋と、屋外の足跡とが唯一の頼みである。

窓ガラスは最初想像した通り、掛金をはずすために、賊がガラス切りと吸盤とを使って、丸く切り抜いたものであった。指紋の方はその係りのものがくるのを待つことにして、警部は用意の懐中電燈《でんとう》で窓のそとの地面を照らして見た。

　幸いにも雨上がりだったので、窓のそとにはハッキリ足跡が残っていた。労働者などのはく靴足袋《たび》の跡で、ゴム裏の模様が型で押したように浮き出している。それが裏の土塀のところまで二列につづいているのは、賊の往復したあとだ。

「女みたいに内輪に歩くやつだな」警部のひとりごとに気づくと、なるほどその足跡はみな爪先《つまさき》の方が踵《かかと》よりも内輪になっている。ガニ股《また》の男には、こんな内輪の足癖がよくあるものだ。

　そこで、警部は部下に靴を持ってこさせて、それをはくと、窓をまたいでそとの地面に降り、懐中電燈をたよりに、靴足袋のあとをたどって行った。

　それを見ると、人一倍好奇心の強い私は、邪魔になるとは知りながら、もうじっとしてはいられず、いきなり日本座敷の縁側から廻《まわ》って警部のあとを追ったものである。むろん賊の足跡を見るためだ。

　ところが行ってみると足跡検分の邪魔者は私一人でないことがわかった。もうちゃんと先客がある。やはり誕生祝いに呼ばれていた赤井さんであった。いつの間に出てきたのか、実にすばしっこい人だ。

　赤井さんがどういう素姓の人だか、結城家とどんな関係があるのか、私は何も知らなかった。弘一君さえハッキリしたことは知らないらしい。二十七、八の、頭の毛をモジャモジャさせた痩《や》せ形の男で、非常に無口なくせに、いつもニヤニヤと微笑を浮かべている、えたいの知れない人物であった。

彼はよく結城家へ碁をうちに来た。そして、いつも夜ふかしをして、ちょいちょい泊り込んで行くこともあった。

少将は彼をあるクラブで見つけた碁の好敵手だといっていた。その晩は招かれて宴会の席に列したのだが、事件の起こった時には、二階の大広間には見えなかった。どこか下の座敷にでもいたのであろう。

だが、私は或《あ》る偶然のことから、この人が探偵好きであることを知っていた。私が結城家に泊り込んだ二日目であったか、赤井さんと弘一君とが、事件の起こった書斎で話しているところへ行き合わせた。赤井さんはその少将の書斎に持ち込んであった弘一君の本棚を見て何か言っていた。弘一君は大の探偵好きであったから（それは、この事件で後に被害者の彼自身が探偵の役目を勤めたほどである）、そこには犯罪学や探偵談の書物がたくさん並んでいるのだ。

彼らは内外の名探偵について、論じあっているらしかった。ヴィドック以来の実際の探偵や、デュパン以来の小説上の探偵が話題にのぼった。また弘一君はそこにあった「明智小五郎探偵談」という書物を指さして、この男はいやに理窟《りくつ》っぽいばかりだとけなした。赤井さんもしきりに同感していた。彼らはいずれおとらぬ探偵通で、その方では非常に話が合うらしかった。

そういう赤井さんが、この犯罪事件に興味をもち、私の先を越して、足跡を見に来たのはまことに無理もないことである。

余談はさておき、波多野司法主任は、

「足跡をふまぬように気をつけてください」

と、二人の邪魔者に注意しながら、無言で足跡を調べて行った。賊が低い土塀を乗り越えて逃げたらしいことがわかると、土塀のそとを調べる前に、一度洋館の方へ引返して、何か邸内の人に頼んでいる様子だったが、間もなく炊事用の摺鉢《すりばち》をかかえてきて、もっともハッキリした一つの足跡の上にそれをふせた。あとで型をとる時まで原型をくずさぬ用心である。

やたらにふせたがる探偵だ。

それから私たち三人は裏木戸をあけて、塀のそとに廻ったが、そのあたり一帯、誰かの屋敷跡の空地で、人通りなぞないものだから、まぎらわしい足跡もなく、賊のそれだけが、どこまでもハッキリと残っていた。

ところが懐中電燈を振りふり、空地を半丁ほども進んだ時である。波多野氏は突然立ち止まって、当惑したようにさけんだ。

「おやおや、犯人は井戸の中へ飛び込んだのかしら」

私は警部の突飛な言葉に、あっけにとられたが、よく調べてみると、なるほど彼のいうのがもっともであった。足跡は空地のまんなかの一つの古井戸のそばで終っている。出発点もそこだ。いくら電燈で照らして見ても、井戸のまわり五、六間のあいだ、ほかに一つの足跡もない。しかもその辺は、決して足跡のつかぬような硬い土ではないのだ。又足跡を隠すほどの草もはえてはいない。

それは、漆喰《しっくい》の丸い井戸側が、ほとんど欠けてしまって、なんとなく無気味な古井戸であった。電燈の光で中をのぞいて見ると、ひどくひびわれた漆喰が、ずっと下の方までつづいていて、その底ににぶく光って見えるのは腐り水であろう、ブョブョと物の怪《け》でも泳いでいそうな感じがした。

賊が井戸から現われて、また井戸の中へ消えたなどとは、いかにも信じがたいことであった。お菊《きく》の幽霊ではあるまいし。だが、彼がそこから風船にでも乗って天上しなかったかぎり、この足跡は賊が井戸の中へはいったとしか解釈できないのである。

さすがの科学探偵波多野警部も、ここでハタと行きづまったように見えた。彼は入念にも、部下の刑事に竹竿《ざお》を持ってこさせて、井戸の中をかき廻してみたが、むろんなんの手答えもなかった。といって、井戸側の漆喰に仕かけがあって、地下に抜け穴が通じているなどは、あまりに荒唐無稽《むけい》な想像である。

「こう暗くては、こまかいことがわからん。あすの朝もう一度調べてみるとしよう」

波多野氏はブツブツと独り言を言いながら、屋敷の方へ引き返して行った。

それから、裁判所の一行の来着を待つあいだに、勤勉な波多野氏は、邸内の人々の陳述を聞きとり、現場の見取図を作製した。便宜上見取図の方から説明すると、
彼は用意周到にいつも携帯している巻尺を取り出して、負傷者の倒れていた地位（そ

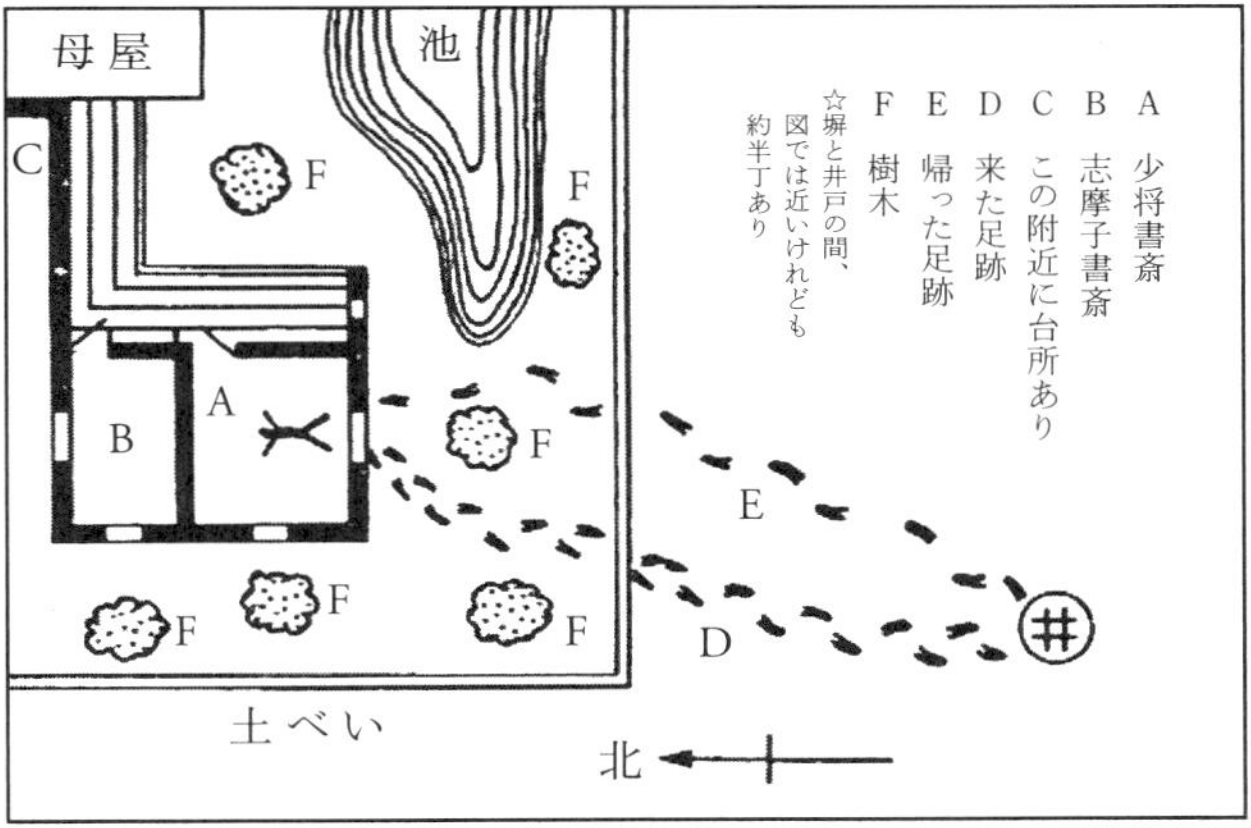

れは血痕などでわかった）、足跡の歩幅、来る時と帰る時の足跡の間隔、洋館の間取、窓の位置、庭の樹木や池や塀の位置などを、不必要だと思われるほど入念に計って、手帳にその見取図を書きつけた。

　だが、警部のこの努力は決してむだではなかった。素人考えに不必要だと思われたことも、後には甚だ必要であったことがわかった。

　その時の警部の見取図をまねて、読者諸君のために、ここにそれを掲げておく。これは事件が解決したあとで、結果から割出して私が作った図であるから、警部のほど正確ではないが、そのかわり、事件解決に重大な関係のあった点は、間違いなく、むしろいくぶん誇張して現わしてある。

　後に至ってわかることだが、この図面は、犯罪事件について、存外いろいろなことを物語っているのである。ごく手近な一例を上げると、賊の往復の足跡の図だ。それは彼が女のように内輪であったことをしめすばかりではない、Dの方は歩幅がせまく、Eの方はその倍も広くなっているが、これはDはくる時のオズオズした足取りを意味し、Eはピストルをうって、一目散に逃げ去る時のあわただしい足取りを現わすものである。つまりDが往、Eが復の足跡であることがわかる（波多野氏はこの両方の歩幅を精密にはかり、賊の身長計算の基礎として、その数字を書きとめたが、ここではあまりくだくだしくなるから省いておく）。

だが、これは一例にすぎないのだ。この足跡の図にはもっと別の意味がある。又負傷者の位置その他二、三の点について、後に重大な意味を生じてくる部分がある。私は順序を追って話すために、ここではその点に触れないが、読者諸君は、よくよくこの図を記憶にとどめておいていただきたい。

つぎに邸内の人々の取調べについて一言すると、第一に質問を受けたのは、兇行《きょうこう》の最初の目撃者甲田伸太郎君であった。

彼は弘一君よりも二十分ばかり前に、母屋の二階をおりて、階下の手洗所にはいり、用をすませてからも、玄関に出て酒にほてった頬を冷やしていたが、もう一度二階の宴席へもどるために、廊下を引き返してくると、突然の銃声につづいて弘一君のうめき声が聞こえた。

いきなり洋館にかけつけると、書斎のドアは半びらきになって、中は電燈もつかずま

っくらだった。彼がそこまで話してきた時、警部は、

「電燈がついてなかったのですね」

と、なぜか念を押して聞き返した。

「ええ、弘一君はたぶんスイッチを押す間がなかったのでしょう」

甲田君が答えた。

「私は書斎へかけつけると、まず壁のスイッチを押して電燈をつけました。すると、部屋のまん中に弘一君が血に染まって気を失って倒れていたのです。私はすぐ母屋の方へ走っていって、大声で家の人を呼びたてました」

「その時、君は賊の姿を見なかったのですね」

警部が最初に聞きとったことを、もういちどたずねた。

「見ませんでした。もう窓のそとへ出てしまっていたのでしょう。窓のそとはまっくらですから……」

「そのほかに何か変ったことはなかったですか。ほんの些細《ささい》なことでも」

「ええ、別に……ああ、そうそう、つまらないことですけれど、私がかけつけた時、書斎の中から猫が飛び出してきてびっくりしたのをおぼえています。久松のやつが鉄砲玉のように飛び出してきました」

「久松って猫の名ですか」

「ええ、ここの家の猫です。志摩子さんのペットです」

警部はそれを聞いて変な顔をした。ここに暗《やみ》の中でもハッキリと賊の顔を見たものがあるのだ。だが、猫はものをいうことができない。

それから結城家の人々（召使いも）、赤井さん、私、その他来客一同が質問を受けたが、誰も別段変った答えをしなかった。病院へつき添って行って、その場に居合わせなかった夫人と志摩子さんは、翌日取調べを受けたが、その時の志摩子さんの返事が、少し変っていたのをあとで伝聞したので、ついでにここにしるしておく。

警部の「どんな些細なことでも」という例の調子にさそわれて、彼女は次ぎのようなことを申し述べた。

「私の思い違いかもしれませんけれど、私の書斎へも誰かはいった者があるらしいのでございます」図面にしるした通り彼女の書斎は問題の少将の書斎の隣室である。

「別になくなったものはございませんが、私の机の引出しを誰かあけたものがあるのです。きのうの夕方たしかにそこへ入れておいた私の日記帳が、けさ見ますと、机の上にひろげたまま乱暴にほうり出してありました。引出しもひらいたままなんです。家の人は、女中でも誰でも、私の引出しなんかあけるようなものはございませんのに、なんだか変だと存じましたので……でもつまらないことですわ」

警部は志摩子さんの話を、そのまま聞き流してしまったが、あとで考えると、この日記帳の一件にもなかなか意味があったのである。

話は元にもどる。それからしばらくして、やっと裁判所の一行がやってきた。専門家がきて、指紋をしらべたりした。しかし、その結果は、波多野警部の調べ上げた以上の収穫は何もなかった。問題の窓ガラスは布でふきとった形跡があり、指紋は一つも出なかった。窓外の地上に落ち散っていたガラスの破片にさえ一つの指紋もなかった。この一事をもってしても、賊が並たいていのやつでないことがわかるのだ。

最後に、警部は部下に命じて、さっき摺鉢《すりばち》でふせておいた足跡の型を、石膏《せっこう》でとらせ、大切そうに警察署へ持ち帰った。

騒ぎがすんで、一同ともかくも床についたのは二時頃であった。私は甲田君と床をならべて寝たが、両人とも昂奮《こうふん》のため寝つかれず、ほとんど一と晩じゅう寝返りばかりうっていた。そのくせ、私たちは、なぜか事件については一ことも話をしなかった。

金ピカの赤井さん

翌朝、寝坊な私が五時に床を出た。例の不可解な足跡を朝の光で見直そうというのだ。私もなかなかの猟奇者であった。

甲田君はよく眠っていたので、なるべく音をたてぬように、縁側の雨戸をあけ、庭下駄で洋館のそとへ廻《まわ》って行った。

ところが、驚いたことには、又しても私の先客がいる。やっぱり赤井さんである。いつも私の先へ先へと廻る男だ。しかし、彼は足跡を見てはいなかった。なんだか知らぬがもっとほかのものを見ている。

　彼は洋館の南側（足跡のついていた側）の西のはずれに立って、建物に身をかくして、首だけで西側の北よりの方角を覗《のぞ》いているのだ。そんなところに何があるのだろう。その方角には、洋館のうしろがわに母屋の台所口があって、その前に、常爺《じい》さんがなぐさみに作っている花壇があるばかりだ。別に美しい花が咲いているわけでもない。

　私は先手を打たれて、少々小癪《こしやく》にさわっていたものだから、一つ驚かせてやろうと思って、足音を忍ばせて彼のうしろに近寄り、出し抜けにポンと肩をたたいたものである。すると相手は予期以上に驚いて、ビクッとしてふり向いたが、なぜかばかげて大きな声で、

「やあ、松村さんでしたか」

　とどなった。その声に私の方がどぎもを抜かれたほどである。そして、赤井さんは、私をおし返すようにして、つまらない天気の話などをはじめるのだった。

　こいついよいよおかしいと思うと、私はもうたまらなくなり、赤井さんの感情を害してもかまわぬと思って、邪魔する彼をつきのけるようにして、建物のはずれに出て、北の方をながめたが、別に変ったものも見えぬ。ただ、早起きの常爺さんが、もう花壇いじりをはじめていたばかりだ。赤井さんはいったい全体、何をあんなに熱心にのぞいていたのだろう。

　不審に思って赤井さんの顔をながめると、彼は不得要領にニヤニヤ笑っているばかり

である。

「今何をのぞいていらっしゃったのです」

私は思いきってたずねてみた。すると彼は、

「何ものぞいてなんかいやしませんよ。それはそうと、あなたは、ゆうべの足跡を調べに出ていらっしゃったのでしょう。え、違いますか」

と、ごまかしてしまった。私が仕方なくそうだと答えると、

「じゃあ、いっしょに見に行きましょう。私も実はこれからそれを見に行こうと思っていたところなんですよ」

と誘いかける。だが、そういう彼の言葉も、嘘っぱちであったことがじきわかった。塀のそとへ出てみると、赤井さんの足跡が四本ついていた。つまり二往復の跡だ。一往復は私の先廻りをしてけさ見に行った足跡に違いない。何が「これから」なものか、もうちゃんと見てしまっているのだ。

井戸のそばに着いて、しばらくその辺をしらべてみたが、別にゆうべと違ったところもなかった。足跡は確かに井戸から発し、井戸で終っている。ほかには、ゆうべ調べにきた私たち三人の足跡と、もっとくわしくいえば、その辺を歩き廻った大きな野良犬の足跡とがあるきりだ。

「この犬の足跡が、靴足袋《たび》の跡だったらなあ」

私はふとそんなひとりごとを言った。なぜといって、その犬の足跡は、靴足袋とは反

対の方角から井戸のところへきて、その辺を歩き廻ったすえ、又元の方角へ帰っていたからである。

その時私はふと、外国のある犯罪実話を思い出した。古いストランド誌で読んだものだ。

野原の一軒家で人殺しがおこなわれた。被害者は一人住まいの独身者だった。犯人は外部からきたものにきまっている。ところが、不思議なことに、兇行《きょうこう》以前に降りやんだ雪の上に、人間の足跡というものが全然なかった。犯人は人殺しをやっておいて、そのまま天上したとでも考えるほかはないのだ。

だが人間の足跡こそなかったけれど、ほかのものの足跡はあった。一匹の馬がその家までできて、また帰って行った蹄鉄《ていてつ》の跡であった。

そこで、一時は被害者は馬に蹴《け》殺されたのではないかと疑われたが、だんだん調べていくと、結局、犯人が足跡を隠すために、自分の靴の裏に蹄鉄を打ちつけて歩いたことがわかった、という話である。

私は、この犬の足跡も、もしやそれと同じ性質のものではなかろうかと思ったのだ。なかなか大きな犬らしい足跡だから、人間が四つんばいになって、手と足に犬の足跡に似せた木ぎれかなんかをつけて、こんな跡を残したと考えることも不可能ではない。又その跡のついた時間も、土のかわきぐあいなんかで見ると、ちょうど靴足袋の男の歩いたのと同じころらしいのだ。

私がその考えを話すと、赤井さんはなんだか皮肉な調子で、

「あなたはなかなか名探偵ですね」

といったまま、ムッツリとだまり込んでしまった。妙な男だ。

私は念のために、犬の足跡を追って荒地の向こうの道路まで行ってみたが、道路が石ころ道だものだから、それから先はまったく不明であった。「犬」はその道路を右へか左へか曲って行ったものに違いない。

しかし、私は探偵ではないので、足跡が消えると、それから先どうすればよいのか、見当がつかず、せっかくの思いつきも、そこまでで打切ってしまったが、あとになって、なるほど、ほんとうの探偵というものは、そうしたものかと思いあたるところがあった。

それから一時間もして、約束通り波多野警部が再調べにやってきたが、ここにつけ加えるほどの、別段の発見もなかった様子だ。

朝食後、この騒ぎに逗留《とうりゅう》でもあるまいというので、甲田君と私はひとまず結城邸にいとまを告げることにした。私は内心事件の成行きに未練があったけれど、一人居残るわけにもいかない。いずれ東京からまた出掛けてくればよいことだ。

帰りみちに、弘一君の病院を見舞ったことはいうまでもない。それには、結城少将も、赤井さんもいっしょだった。結城夫人と志摩子さんは、病院に泊っていたが、ゆうべは一睡もしなかったといって、まっさおな顔をしていた。当の弘一君にはとても会えなかった。父少将だけが、やっと病室へはいることをゆるされた。思ったよりも重態である。

それから中二日おいて三日目に、私は弘一君の見舞かたがたその後の様子を見るために、鎌倉へ出かけて行った。

弘一君は手術後の高熱もとれ、もう危険はないとのことであったが、ひどく衰弱してものをいう元気もなかった。ちょうどその日、波多野警部がきて、弘一君に犯人の風体を見おぼえていないかとたずねたところ、同君は、「懐中電燈《でんとう》の光で黒い影のようなものを見たほか、何も見おぼえがない」と答えたよしである。それを私は結城夫人から聞いた。

病院を出ると、私は少将に挨拶《あいさつ》するために、ちょっと結城邸に立寄ったが、その帰途、実に不思議なものを見た。なんとも私の力では解釈のつかない出来事である。

結城邸を辞した私は、猟奇者の常として、なんとなく例の古井戸が気にかかるものだから、そこの空地を通って、存分井戸のそばをながめ廻し、それからあの犬の足跡が消えていた小砂利の多い道路に出て、大廻りをして駅に向かったのであるが、その途中、空地から一丁とはへだたらぬ往来で、バッタリと赤井さんと出会った。ヤレヤレ又しても赤井さんである。

彼は往来に面した、裕福らしい一軒のしもた家の格子をあけて出てきたが、遠方に私の姿をみとめると、なぜか顔をそむけて、逃げるようにスタスタと向こうへ歩いて行く。

そうされると、私も意地になって、足をはやめて赤井さんの後を追った。彼の出てきた家の前を通る時、表札を見ると「琴野三右衛門」とあった。私はそれをよくおぼえておいて、なおも赤井さんの跡を追い、一丁ばかりでとうとう彼に追いついた。

「赤井さんじゃありませんか」

と、声をかけると、彼は観念したらしくふり向いて、

「やあ、あなたもこちらへおいででしたか。僕もきょうは結城さんをおたずねしたのですよ」

と、弁解がましくいった。琴野三右衛門をたずねたことはいわなかった。

ところが、そうしてこちらを向いた赤井さんの姿を見ると、私はびっくりしてしまった。彼は錺屋《かざりや》の小僧か表具屋の弟子みたいに、からだじゅう金粉だらけだ。両手から胸膝《ひざ》にかけて、梨地のように金色の粉がくっついている。それが夏の太陽に照らされて、美しくキラキラ光っているのだ。よく見ると、鼻の頭まで、仏像のように金色だ。わけをたずねても、「なにちょっと」と曖昧《あいまい》な返事をしている。

当時の私たちにとって「金」というものは特別の意味を持っていた。弘一君を撃った賊は、金製品にかぎって盗み去ったのである。彼は波多野氏のいわゆる「黄金収集狂」なのだ。その犯罪当夜、結城邸に居合わせたえたいの知れぬ人物赤井さんが、いま金ピカの姿をして私の前から逃げようとした。実に異様な出来事である。まさか赤井さんが犯人ではなかろうが、しかし、このあいだからの不思議な挙動といい、この金ピカ姿といい、なんとも合点の行かないことだ。

私たちは双方奥歯に物のはさまった形で、言葉少なに駅の方へ歩いたが、私は前々か

ら気にかかりながらたずねかねていたことを、思いきって尋ねてみた。

「先夜ピストルの音がした少し前から、あなたは二階の客間にいらっしゃらなかったようですが、あの時あなたはどこにおいでになったのですか」

「私は酒に弱いので」赤井さんは待ち構えていたように答えた。「少し苦しくなったものですから、そとの空気を吸いたくもあったし、ちょうど煙草が切れたので、それを自分で買いに出かけていたのですよ」

「そうでしたか。それじゃピストルの音はお聞きにならなかったわけですね」

「ええ」

と、いうようなことで、私たちは又プッツリだまり込んでしまったが、しばらく歩くと、今度は赤井さんが妙なことを言い出した。

「あの古井戸の向こう側の空地にね、事件のあった二日前まで、近所の古木屋《ふるきや》の古材木がいっぱい置いてあったのです。もしその材木が売れてしまわなかったら、それが邪魔をしているので、僕たちの見た例の犬の足跡なんかもつかなかったわけです。ね、そうじゃありませんか。僕はそのことをつい今しがた聞いたばかりですが」

赤井さんはつまらないことを、さも意味ありげにいうのだ。

てれ隠しか、そうでなければ、彼はやっぱり利口ぶった薄ばかである。なぜといって、事件の二日前にそこに材木が置いてあろうがなかろうが、事件にはなんの関係もないことだ。そのために足跡がさまたげられるわけもない。まったく無意味なことである。私

がそれをいうと、赤井さんは、

「そういってしまえば、それまでですがね」

と、まだもったいぶっている。実に変な男だ。

病床の素人探偵

その日は、ほかに別段の出来事もなく帰宅したが、それからまた一週間ばかりたって、私は三度目の鎌倉行きをした。弘一君はまだ入院していたけれど、気分はすっかり回復したから話にこいという通知を受け取ったのである。その一週間のあいだに、警察の方の犯人捜査がどんなふうになっていたかは、結城家の人から通告もなく、新聞にもいっこう記事が出なかったので、私は何も知るところがなかった。むろんまだ犯人は発見されないのであろう。

病室にはいってみると、弘一君は、まだ青白くはあるがなかなか元気な様子で、諸方から送られた花束と、母夫人と、看護婦にとりかこまれていた。

「ああ、松村君よくきてくれたね」

彼は私の顔を見ると、うれしそうに手をさし出した。私はそれをにぎって回復の喜びを述べた。

「だが、僕は一生びっこは直らないのだよ。醜い片輪者だ」

弘一君が暗然としていった。私は答えるすべを知らなかった。母夫人は傍見《わきみ》をして眼をしばたたいていた。

しばらく雑談をかわしていると、夫人はそとに買物があるからといって、あとを私に頼んでおいて、席をはずしてくれた。弘一君はその上に看護婦も遠ざけてしまったので、私たちはもう何を話してもさしつかえなかった。そこで、まず話題にのぼったのは事件のことである。

弘一君の語るところによると、警察では、あれから例の古井戸をさらってみたり、足跡の靴足袋《たび》と同じ品を売った店を調べたりしたが、古井戸の底からは何も出ず、靴足袋はごくありふれた品で、どこの足袋屋でも日に何足と売っていることがわかった。つまりなんの得るところもなかったわけである。

波多野警部は、被害者の父が陸軍省の重要な人物なので、土地の有力者として敬意を表し、たびたび弘一君の病室を見舞い、弘一君が犯罪捜査に興味を持っていることがわかると、捜査の状況を逐一話して聞かせてさえくれたのである。

「そういうわけで、警察で知っているだけのことは僕にもわかっているんだが、実に不思議な事件だね。賊の足跡が広場のまんなかでポッツリ消えていたなんて、まるで探偵小説みたいだね。それに金製品に限って盗んだというのもおかしい。君は何かほかに聞きこんだことはないかね」

弘一君は、当の被害者であった上に、日頃の探偵好きから、この事件に非常な興味を感じている様子だった。

　そこで私は、彼のまだ知らない事実、すなわち赤井さんの数々の異様な挙動、犬の足跡のこと、事件当夜、常爺《じい》さんが窓際にすわった妙な仕草のことなどを、すべて話して聞かせた。

　弘一君は私の話を「フンフン」とうなずいて、緊張して聞いていたが、私が話し終ると、ひどく考え込んでしまった。からだにさわりはしないかと心配になるほど、じっと眼をつむって考え込んでいた。が、やがて眼をひらくと非常に緊張した様子でつぶやいた。

「ことによると、これは皆が考えているよりも、ずっと恐ろしい犯罪だよ」

「恐ろしいといって、ただの泥棒ではないというのかね」

　弘一君の恐怖の表情に打たれて、私は思わず真剣な調子になった。

「ウン、僕が今ふと想像したのは途方もないことだ。泥棒なんてなまやさしい犯罪ではない。ゾッとするような陰謀だ。恐ろしいと同時に、唾棄《だき》すべき悪魔の所業だ」

　弘一君の痩《や》せた青ざめた顔が、まっ白なベッドの中にうずまって、天井を凝視しながら、低い声で謎のようなことをいっている。夏の真昼、蟬の声がパッタリやんで、夢の中の沙漠みたいに静かである。

「君はいったい何を考えているのだ」

　私は少しこわくなって尋ねた。

「いや、それはいえない」弘一君はやっぱり天井を見つめたままで答える。「まだ僕の白昼の夢でしかないからだ。それに、あんまり恐ろしいことだ。まずゆっくり考えてみよう。材料は豊富にそろっている。この事件には、奇怪な事実がみちみちている。が、表面奇怪なだけに、その裏にひそんでいる真理は、存外単純かもしれない」

弘一君は自分自身にいい聞かせる調子でそこまでしゃべると、また眼をとじてだまり込んでしまった。

彼の頭の中で、なにごとか或《あ》る恐ろしい真実が、徐々に形作られているのであろう。だが、私はそれがなんであるか、想像することもできなかった。

「第一の不思議は、古井戸から発して、古井戸で終っている足跡だね」

弘一君は考え考えしゃべりはじめた。

「古井戸というものに何か意味があるのかしら……いやいや、その考え方がいけないのだ。もっと別の解釈があるはずだ。松村君、君は覚えているかね。僕はこのあいだ波多野さんに現場の見取図を見せてもらって、要点だけは記憶しているつもりだが、あの足跡には変なところがあったね。賊が女みたいに内輪に歩くやつだということも一つだが、これはむろん非常に大切な点だが、そのほかに、もっと変なところがあった。波多野さんは、僕がそれを注意しても、いっこう気にもとめなかったようだ。たぶん君も気づかないでいるだろう。それはね、往きの足跡と帰りの足跡とが、不自然に離れていたことだよ。ああした場合、誰しもいちばん早い道をえらぶのが自然ではないだろうか。つまり、二点の最短距離を歩くはずではないだろうか。それが、往きと帰りの足跡が、井戸と洋館の窓とを基点にしてそとにふくらんだ二つの弧をえがいている。そのあいだに大きな立ち木がはさまれていたほどだ。僕にはこれがひどく変に思われるのだよ」

これが弘一君のものの言い方である。彼は探偵小説が好きなほどあって、はなはだしく論理の遊戯をこのむ男であった。

「だって君、あの晩は闇夜だぜ。それに賊は人を撃ってあわてているのだ。来た時と違った道を通るくらい別に不自然でもないじゃないか」

私は彼の論理一点張りが不服であった。

「いや、闇夜だったからこそ、あんな足跡になったのだ。君は少し見当違いをしているようだが、僕のいう意味はね、ただ通った道が違っていたということではないのだよ。二つの足跡が故意に離してあったということはね、賊が自分のきた時の足跡を踏むまいとしたからではないかと、僕は思うのだ。それには、闇夜だから、用心深くよほど離れたところを歩かなくてはならない。ね、そこに意味があるのだよ。念のため波多野さんに、往き帰りの足跡の重なったところはなかったかと確かめてみたが、むろん一ヶ所もないということだった。あの闇夜に、同じ二点間を歩いた往き帰りの足跡が、一つも重なっていなかったなんて、偶然にしては少し変だとは思わないかね」

「なるほど、そういえば少し変だね。しかし、なぜ賊が足跡を重ねまいと、そんな苦労をしなければならなかったのだね。およそ意味がないじゃないか」

「いや、あるんだよ。が、まあそのつぎを考えてみよう」

弘一君はシャーロック・ホームズみたいに、結論を隠したがる。これも彼の日頃のくせである。

顔は青ざめ、息使いは荒く、嵩《かさ》だかく繃帯《ほうたい》を巻きつけた患部が、まだ痛むとみえて、時々眉《まゆ》をしかめるような状態でいて、探偵談となると、弘一君は特殊の情熱を示すのだ。それに、こんどの事件は彼自身被害者であるばかりか、事件の裏に何かしら恐ろしい陰謀を感じているらしい。彼が真剣なのも無理ではない。

「第二の不思議は、盗難品が金製品に限られていた点だ。賊がなぜ現金に眼をくれなかったかという点だ。それを聞いた時、僕はすぐ思いあたった人物がある。この土地でもごく少数の人しか知らない秘密なんだ。現に波多野さんなんかも、その人物には気づかないでいるらしい」

「僕の知らない人かね」

「ウン、むろん知らないだろう。僕の友だちでは甲田君が知っているだけだ。いつか話したことがあるんでね」

「いったい誰のことだい。そして、その人物が犯人だというのかい」

「いや、そうじゃないと思うのだ。だから、僕は波多野さんにもその人物のことを話さなかった。君にもまるで知らない人のことを話したって仕方がない。一時ちょっと疑っただけで、僕の思い違いなんだ。その人だとすると、ほかの点がどうも一致しないからね」

　そういったまま、彼はまた眼をつむってしまった。いやに人をじらす男だ。だが、彼はこういう推理ごとにかけては確かに私より一枚うわてなんだから、どうもいたしかたがない。

　私は病人のお伽《とぎ》をするつもりで、根気よく待っていると、やがて、彼はパッチリと眼をひらいた。その瞳《ひとみ》が喜ばしげな光を放っている。

「君、盗まれた金製品のうちで一ばん大きいのはなんだと思う。おそらくあの置時計だね。どのくらいの寸法だったかしら、縦が五寸、幅と奥行が三寸、だいたいそんなものだね。それから目方だ。五百匁、そんなものじゃなかろうか」

「僕はそれをよく見覚えてはいないけれど、お父さんが話されたのを聞くと、ちょうどそんなものらしいね。だが、置時計の寸法や目方が、事件とどんな関係があるんだね。君も変なことを言い出すじゃないか」

　私は弘一君が熱に浮かされているのではないかと思って、実際彼の額へ手を持っていきそうにした。だが、顔色を見ると、昂奮《こうふん》こそしているが、べつだん高熱らしくもない。

「いや、それが一ばんたいせつな点だ。僕は今やっとそこへ気がついたのだが、盗難品の大きさなり目方なりが、非常に重大な意味を持っているのだよ」

「賊が持ち運びできたかどうかをいっているの？」

だが、あとで考えると、なんというおろかな私の質問であったことか。彼はそれには答えず又しても突飛なことを口走るのだ。

「君、そのうしろの花瓶の花を抜いて、花瓶だけをね、この窓からそとの塀を目がけて力いっぱい投げてくれないか」

気ちがいの沙汰《さた》である。弘一君はその病室に飾ってあった花瓶を、窓のそとの塀に投げつけよというのだ。花瓶というのは高さ五寸ほどの瀬戸物で、べつだん変った品ではない。

「何をいっているのだ。そんなことをすれば花瓶がこわれるじゃないか」

私はほんとうに弘一君の頭がどうかしたのではないかと思った。

「いいんだよ、われたって、それは僕の家から持ってきた花瓶なんだから。さあ、早く投げてくれたまえ」

それでも私が躊躇《ちゅうちょ》していると、彼はじれて、ベッドの上に起き上がりそうになる。そんなことをされては大変だ。身動きさえ禁じられているからだではないか。

気ちがいじみているけれど、病人にさからうでもないと観念して、私はとうとう彼のばかばかしい頼みを承知した。ひらいた窓から、その花瓶を三間ばかり向こうのコンクリート塀へ、力いっぱい投げつけたのだ。花瓶は塀にあたって粉々にくだけてしまった。

弘一君は首を上げて花瓶の最後を見届けると、やっと安心した様子で、グッタリと又もとの姿勢に帰った。

「よし、よし、それでいいんだよ。ありがとう」

呑気《のんき》な挨拶《あいさつ》だ。私は今の物音を聞きつけて、誰かきやしないかと、ビクビクものでいたのに。

「ところで、常爺《じい》やの妙な挙動だがね」

弘一君が突然また別のことを言い出した。どうも、彼の思考力は統一を失ってしまっているようだ。私は少々心配になってきた。

「これがこんどの犯罪事件の、もっとも有力な手掛りになるのではないかと思うよ」

彼は私の顔色などには無関心で話しつづける。

「皆が書斎へかけつけた時、常爺やだけが窓際へ行ってすわりこんでしまった。面白いね。君、わかるかね。それには何か理由がなくてはならない。気ちがいではあるまいし、理由なしでそんなばかなまねをするはずはないからね」

「むろん理由はあったろうさ。だが、それがわからないのだ」

私は少し癇《かん》にさわって、荒っぽい口をきいた。

「僕にはわかるような気がするんだがね」弘一君はニヤニヤして「ほら、その翌朝、常爺やが何をしていたかということを考えてみたまえ」

「翌朝？　常爺さんが？」

私は彼の意味をさとりかねた。

「なんだね。君はちゃんと見ていたじゃないか。君はね、赤井さんのことばかり考えているものだから、そこへ気がつかないのだよ。ほら、君がさっき話したじゃないか。赤井さんが洋館の向こう側をのぞいていたって」

「ウン、それもおかしいのだよ」

「いやさ、君は別々に考えるからいけない。赤井さんがのぞいていたのは、ほかのものではない、常爺やだったとは考えられないかね」

「ああ、そうか」

なるほど、赤井さんは爺やの挙動をのぞいていたのかもしれない。

「爺やは、花壇いじりをしていたんだね。だがあすこにはいま花なんて咲いてないし、種を蒔《ま》く時節でもない。花壇いじりは変じゃないか。もっと別のことをしていたと考える方が自然だ」

「別のことというと？」

「考えてみたまえ。あの晩、爺やは書斎の中の不自然な場所にしばらくすわっていた。その翌早朝、花壇いじりだ。この二つを結び合わせると、そこから出てくる結論はたった一つしかない。ね、そうだろう。爺やは何か品物をかくしたのだ。

何をかくしたか、なぜかくしたか、それはわからない。しかし、常爺やが何かを隠さなければならなかったということだけは、間違いがないと思う。窓際へすわったのは、その品物を膝《ひざ》の下に敷いて隠すためだったに違いない。それから、爺やが何か隠そうとすれば、台所から一ばん手近で、一ばん自然な場所はあの花壇だ。花壇いじりと見せかける便宜もあるんだからね。ところで君にお願いだが、これからすぐ僕の家へ行って、ソッとあの花壇を掘り返して、その品物を持ってきてくれないだろうか。うずめた場所は土の色でじきわかるはずだよ」

私は弘一君の明察に一言もなかった。私が目撃しながら理解し得なかったことを、彼はとっさの間に解決した。

「それは行ってもいいがね。君はさっきただの泥棒の仕業ではなくて悪魔の所業だといったね。それには何か確かな根拠があるのかい。もう一つわからないのは、今の花瓶の一件だ。行く前にそいつを説明してくれないか」

「いや、すべて僕の想像にすぎないのだ。それに迂闊《うかつ》にしゃべれない性質のことなんだ。今は聞かないでくれたまえ。ただ、僕の想像が間違いでなかったら、この事件は表面に現われているよりも、ずっとずっと恐ろしい犯罪だということを、頭に入れておいてくれたまえ。そうでなくて、病人の僕がこんなに騒いだりするものかね」

そこで、私は看護婦にあとを頼んでおいて、ひとまず病院を辞したのであるが、私が病室を出ようとした時、弘一君が鼻歌を歌うような調子でフランス語で、「シェルシェ・ラ・ファンム」（女を探せ）とつぶやいているのを耳にとめた。

結城家をおとずれたのはもうたそがれどきであった。少将は不在だったので、書生に挨拶しておいて、隙を見てなにげなく庭に出た。そして問題の花壇を掘り返した結果を簡単にいえば、弘一君の推察は的中したのだ。そこから妙な品物が出てきたのだ。それは古びた安物のアルミニューム製目がねサックで、最近うずめたものに違いなかった。

私は常さんに感づかれぬように、ソッとそのサックを一人の女中に見せて、持主を尋ねてみたところが、意外にもそれは常さん自身の老眼鏡のサックであることがわかった。女中は目印があるから間違いはないといった。

常さんは彼自身の持物をかくしたのだ。妙なこともあるものだ。たとえそれが犯罪現場に落ちていたにもせよ、常さん自身の持物なれば、何も花壇へうずめたりしないで、だまって使用していればよいではないか。日常使用していたサックが突然なくなったら、その方がよっぽど変ではあるまいか。

いくら考えても、わかりそうもないので、私はともかくもそれを病院へ持って行くことにして、女中には固く口どめをしておいて、母屋の方へ引き返したが、その途中、又してもわけのわからぬことにぶつかった。

そのころはほとんど日が暮れきって、足元もおぼつかないほど暗くなっていた。母屋の雨戸はすっかり締めてあったし、主人は不在なので、洋館の窓にも明かりは見えぬ。その薄暗い庭を、一つの影法師がこちらへ歩いてくるのだ。

近づいたのを見ると、シャツ一枚の赤井さんだ。この人は主人もいない家へ、しかも今時分このなりで、何をしに来たのであろう。

彼は私の姿に気づくと、ギョッとしたように立ち止まったが、見ると、どうしたというのであろう、シャツ一枚ではだしの上に、腰から下がびっしょりぬれて泥まみれだ。

「どうしたんです」

と聞くと、彼はきまりわるそうに、

「鯉を釣っていて、つい足をすべらしたんです。あの池は泥深くってね」

と弁解がましく言った。

逮捕された黄金狂

間もなく私は、再び弘一君の病室にいた。母夫人は私と行き違いに帰邸し、彼の枕もとには付添いの看護婦が退屈そうにしているばかりだった。私の姿を見ると弘一君はその看護婦を立ち去らせた。

「これだ、君の推察通り、花壇にこれがうずめてあった」

私はそういって、例のサックをベッドの上に置いた。弘一君は一と目それを見ると、非常に驚いた様子で、

「ああ、やっぱり……」とつぶやいた。

「やっぱりって、君はこれがうずめてあることを知っていたのかい。だが、女中に聞いてみると、常さんの老眼鏡のサックだということだが、常さんがなぜ自分の持物をうずめなければならなかったのか、僕にはサッパリわからないのだが」

「それは、爺やの持物には違いないけれど、もっと別の意味があるんだよ。君はあれを知らなかったのかなあ」

「あれっていうと?」

「これでもう疑う余地はなくなった。恐ろしいことだ……あいつがそんなことを……」

弘一君は私の問いに答えようともせず、ひどく昂奮《こうふん》してひとりごとをいっている。彼は確かに犯人をさとったのだ。

「あいつ」とはいったい誰のことなんだろう。で、私がそれを聞きただそうとしていた時、ドアにノックの音が聞こえた。

波多野警部が見舞いにきたのだ。入院以来何度目かのお見舞いである。彼は結城家に対して職務以上の好意を持っているのだ。

「大分元気のようですね」

「ええ、お蔭《かげ》様で順調にいってます」

と、一と通りの挨拶がすむと、警部は少し改まって、

「夜分やって来たのは、実は急いでお知らせしたいことが起こったものだから」

と、ジロジロ私を見る。

「ご存知の松村君です。僕の親しい友人ですからおかまいなく」

弘一君がうながすと、

「いや、秘密というわけではないのだから、ではお話ししますが、犯人がわかったのです。きょう午後逮捕しました」

「え、犯人が捕縛されましたか」

弘一君と私とが同時に叫んだ。

「して、それはなにものです」

「結城さん。あなた琴野三右衛門というあの辺の地主を知っていますか」

はたして、琴野三右衛門に関係があったのだ。

読者は記憶されるであろう、いつか疑問の男赤井さんが、その三右衛門の家から、金《きん》箔《ぱく》だらけになって出てきたことを。

「ええ、知ってます。では……」

「その息子に光雄っていう気ちがいがある。一間に監禁してめったに外出させないというから、たぶんご存知ないでしょう、私もきょうやっと知ったくらいです」

「いや、知ってます。それが犯人だとおっしゃるのですか」

「そうです。すでに逮捕して、一応は取調べもすみました。何分気ちがいのことで、明《めい》瞭《りょう》に自白はしていませんけれど。彼は珍らしい気ちがいなんです。黄金狂とでもいいますかね。金色のものに非常な執着を持っている。私はその男の部屋を見て、びっくりしました。部屋中が仏壇みたいに金ピカなんです。鍍金《ときん》であろうが、真鍮《しんちゅう》の粉や箔であろうが、金目には関係なく、ともかくも、金色をしたものなら、額縁から金紙からやすり屑《くず》にいたるまで、滅多無性に収集しているのです」

「それも聞いてます。で、そういう黄金狂だから、私の家の金製品ばかりを盗み出したとおっしゃるのでしょうね」

「むろんそうです。札入れをそのままにして、金製品ばかりを、しかもたいした値打ちもない万年筆まで、もれなく集めていくというのは、常識では判断のできないことです。私も最初から、この事件には何かしら気ちがいめいた匂いがすると直覚していましたが、はたして気ちがいでした。しかも黄金狂です。ピッタリとあてはまるじゃありませんか」

「で、盗難品は出てきたのでしょうね」

どうしたわけか、弘一君の言葉には、わからぬほどではあったが、妙に皮肉な調子がこもっていた。

「いや、それはまだです。一応は調べましたが、その男の部屋にはないのです。しかし、気ちがいのことだから、どんな非常識なところへかくしているかわかりませんよ。なお充分調べさせるつもりですが」

「それから、あの事件のあった夜、その気ちがいが部屋を抜け出したという点も確かめられたのでしょうね。家族のものは、それに気づかなかったのですか」

弘一君が根掘り葉掘り聞きただすので、波多野氏はいやな顔をした。

「家族のものは誰も知らなかった様子です。しかし、気ちがいは裏の離座敷にいたのだから、窓から出て塀をのり越せば、誰にも知られずそとに出ることができるのですよ」

「なるほど、なるほど」と、弘一君はますます皮肉である。

「ところで、例の足跡ですがね。井戸から発して井戸で終っているのを、なんとご解釈になりました。これは非常にたいせつなことだと思うのですが」

「まるで、私が訊問《じんもん》されているようですね」

警部はチラと私の顔を見て、さも磊落《らいらく》に笑って見せたが、その実、腹の中ではひどく不快に思っている様子だった。

「何もそんなことを、あなたがご心配なさるには及びませんよ。それにはちゃんと警察なり予審判事なりの機関があるのですから」

「いや、御立腹なすっちゃ困りますが、僕は当の被害者なんだから、参考までに聞かせてくださってもいいじゃありませんか」

「お聞かせすることはできないのです。というのは、あなたはまだ明瞭になっていない点ばかりお尋ねなさるから」警部は仕方なく笑い出して「足跡の方も目下取調べ中なんですよ」

「すると確かな証拠は一つもないことになりますね。ただ黄金狂と金製盗難品の偶然の一致のほかには」

弘一君は無遠慮に言ってのける。私はそばで聞いていてヒヤヒヤした。

「偶然の一致ですって」辛抱強い波多野氏もこれにはさすがにムッとしたらしく、「あなたはどうしてそんなものの言い方するのです。警察が見当違いをやっているとでもいわれるのですか」

「そうです」弘一君がズバリととどめをさした。「警察が琴野光雄を逮捕したのは、とんでもない見当違いです」

「なんですって」警部はあっけにとられたが、しかし聞きずてにならぬという調子で「君は証拠でもあっていうのですか。でなければ、迂闊《うかつ》に口にすべきことではありませんよ」

「証拠はありあまるほどあります」

弘一君は平然として言う。

「ばかばかしい。事件以来ずっとそこに寝ていた君に、どうして証拠の収集ができます。あなたはまだだからだがほんとうでないのだ。妄想ですよ。麻酔の夢ですよ」

「ハハハハハ、あなたはこわいのですか。あなたの失策を確かめられるのがこわいのですか」

弘一君はとうとう波多野氏をおこらせてしまった。そうまでいわれては、相手が若年者であろうと、病人であろうと、そのまま引き下がるわけにはいかぬ。警部は顔を筋ばらせて、ガタリと椅子を進めた。

「では聞きましょう。君はいったい誰が犯人だとおっしゃるのです」

波多野警部はえらい見幕でつめよった。だが弘一君はなかなか返事をしない。考えをまとめるためか、天井を向いて眼をふさいでしまった。

彼はさっき私に、疑われやすいある人物を知っているが、それは真犯人でないと語った。その人物というのが、黄金狂の琴野光雄であったに違いない。なるほど非常に疑われやすい人物だ。で、その琴野光雄が真犯人でないとすると、弘一君はいったい全体なにものを犯人に擬しているのであろう。ほかにもう一人黄金狂があるとでもいうのかしら。もしやそれは赤井さんではないか。事件以来、赤井さんの挙動はどれもこれも疑わしいことばかりだ。それに琴野三右衛門の家から、金箔にまみれて出てきたことさえある。彼こそ別の意味の「黄金狂」ではないのか。

だが、私が花壇を調べるため結城家へ出かける時、弘一君は妙なことを口走った。「女を探せ」というフランス語の文句だ。この犯罪の裏にも「女」があるという意味かもしれない。はてな、女といえばすぐに頭に浮かぶのは志摩子さんだが、彼女が何かこの事件に関係を持っているのかしら。おお、そういえば賊の足跡は女みたいに内輪だった。それから、ピストルの音のすぐあとで、書斎から「久松」という猫が飛び出してきた。あの「久松」は志摩子さんのペットだ。では彼女が？　まさか、まさか。

そのほかにもう一人疑わしい人物がある。老僕常さんだ。彼の目がねサックは、確かに犯罪現場に落ちていたし、彼はそれをわざわざ花壇へ埋めたではないか。

私がそんなことを考えているうちに、やがて弘一君がパッチリと眼をひらいて、待ち構えた波多野氏の方に向きなおると、低い声でゆっくりゆっくりしゃべりはじめた。

「琴野の息子は家内のものに知られぬように、家を抜け出すことができたかもしれません。だが、いくら気ちがいだからといって、足跡なしで歩くことは全然不可能です。井戸のところで消えていた足跡をいかに解釈すべきか。これが事件全体を左右するところの、根本的な問題です。これをそのままソッとしておいて犯人を探そうなんて、あんまり虫がいいというものです」

弘一君はそこまで話すと、息をととのえるためにちょっと休んだ。傷が痛むのかひどく眉《まゆ》をしかめている。

警部は彼のしゃべり方がなかなか論理的で、しかも自信にみちているので、やや圧倒された形で、静かに次ぎの言葉を待っている。

「ここにいる松村君が」と弘一君はまたはじめる。「それについて、実に面白い仮説を組み立てました。というのは、ご存知かどうか、あの井戸の向こう側に犬の足跡があった。それが靴足袋《たび》のあとを引継いだ形で反対側の道路までつづいていたそうですが、これは、もしや犯人が犬の足跡を模した型を手足にはめ、四つん這《ば》いになって歩いたのではないか、という説です。だが、この説は面白いことは面白いけれど、ひどく非実際的だ。なぜって君」と私を見て、「犬の足跡というトリックを考えついた犯人なら、なぜ井戸のところまでほんとうの足跡を残したのか。それじゃ、折角の名案がオジャンになるわけじゃないか。わざわざ半分だけ犬の足跡にしたなんて、たとえ気ちがいの仕業にもしろ、考えられぬことだよ。それに、気ちがいが、そんな手のこんだトリックを案出できるはずもないしね。で、遺憾ながらこの仮説は落第だ。とすると、足跡の不思議は依然として残されたことになる。ところで波多野さん。先日見せてくださった、例の現場見取図を書いた手帳をお持ちでしょうか。実はあの中に、この足跡の不思議を解決する鍵《かぎ》が隠されているんじゃないかと思うのですが」

波多野氏は幸い、ポケットの中にその手帳を持っていたので、見取図のところをひらいて、弘一君の枕下に置いた。弘一君は推理をつづける。

「ごらんなさい。さっき松村君にも話したことですが、この往きの足跡と帰りの足跡との間隔が不自然にひらき過ぎている。あなたは、犯罪者が大急ぎで歩く場合に、こんな廻《まわ》り道をするとお考えですか。もう一つ、往復の足跡が一つも重なっていないのも、非常な不自然です。という僕の意味がおわかりになりますか。この二つの不自然はある一つのことを語っているのです。つまり、犯人が故意に足跡を重ねまいと綿密な注意を払ったことを語っているのです。ね、闇の中で足跡を重ねないためには、犯人は用心深く、このくらい離れたところを歩かねばならなかったのですよ」

「なるほど、足跡の重なっていなかった点は、いかにも不自然ですね。あるいはお説の通り故意にそうしたのかもしれない。だが、それにどういう意味が含まれているのですかね」

波多野警部が愚問を発した。弘一君はもどかしそうに、

「これがわからないなんて。あなたは救い難い心理的錯覚におちいっていらっしゃるのです。つまりね、歩幅の狭い方がきた跡、広い方が急いで逃げた跡という考え、したがって、足跡は井戸に発し井戸に終ったという頑固な迷信です」

「おお、では君はあの足跡は井戸から井戸へではなくて、反対に書斎から書斎へ帰った跡だというのですか」

「そうです。僕は最初からそう思っていたのです」

「いや、いけない」警部はやっきとなって「一応はもっともだが、君の説にも非常な欠陥がある。それほど用意周到な犯人なれば、少しのことで、なぜ向こう側の道路まで歩かなかったか。中途で足跡が消えたんでは、折角のトリックがなんにもならない。それほどの犯人が、どうしてそんなばかばかしい手抜かりをやったか。これをどう解釈しますね」

「それはね、ごくつまらない理由なんです」弘一君はスラスラと答えるのだ。「あの晩は非常に暗い闇夜だったからです」

「闇夜？　なにも闇夜だからって、井戸まで歩けたものが、それから道路までホンのわずかの距離を歩けなかったという理窟《りくつ》はありますまい」

「いや、そういう意味じゃないのです。犯人は井戸から向こうは足跡をつける必要がないと誤解したのです。滑稽《こっけい》な心理的錯誤ですよ。あなたはご存知ありますまいが、あの事件の二、三日前まで、一と月あまりのあいだ、井戸から向こうの空地に古材木がいっぱい置き並べてあった。犯人はそれを見慣れていたものだから、つい誤解をしたのです。彼はそれの運び去られたのを知らず、あの晩もそこに材木がある、材木があれば犯人はその上を歩くから足跡はつかない、つけなくてもよい、と考えたのです。つまり、闇夜ゆえのとんだ思い違いなんです。もしかしたら、犯人の足が井戸側の漆喰《しっくい》にぶつかって、それが材木だと思い込んでしまったのかもしれませんよ」

ああ、なんとあっけないほどに簡単明瞭《めいりょう》な解釈であろう。私とてもその古材木の山を見たことがある。いや、見たばかりではない。先日赤井さんが意味ありげに古材木の話をしたのを聞いてさえいる。それでいて、病床の弘一君に解釈のできることが、私にはできなかったのだ。

「すると君は、あの足跡は犯人が外部からきたと見せかけるトリックにすぎないというのですね。つまり、犯人は結城邸の内部にかくれていたと考えるのですね」

さすがの波多野警部も、今は兜《かぶと》をぬいだ形で、弘一君の口から、はやく真犯人の名前を聞きたそうに見えた。

「算術の問題です」

「足跡がにせ物だとすると、犯人が宙を飛ばなかったかぎり、彼は邸内にいたと考えるほかはありません」弘一君は推理を進める。「つぎに、やつはなぜ金製品ばかりを目がけたか。この点が実に面白いのです。これは一つには、賊が琴野光雄という黄金狂のいることを知っていて、その気ちがいの仕業らしくよそおうためだったでしょう。足跡をつけたのも同じ意味です。だが、ほかに、もう一つ妙な理由があった。それはね、金製品類の大きさと目方に関係があるのですよ」

私は二度目だったから左《さ》ほどでないが、波多野氏は、この奇妙な説にあっけにとられたとみえ、だまり込んで弘一君の顔をながめるばかりだ。病床の素人探偵はかまわずつづける。

「この見取図が、ちゃんとそれを語っています。波多野さん、あなたは、この洋館のそとまで延びてきている池の図をただ意味もなく書きとめておかれたのですか」

「というと……ああ、君は……」と、警部は非常に驚いた様子であったが、やがて「まさか、そんなことが」と、半信半疑である。

「高価な金製品なれば賊がそれを目がけたとしても不自然ではありません。と、同時に、みな形が小さく、しかも充分目方があります。賊が盗み去ったと見せかけて、その実、池へ投げ込むにはおあつらえ向きじゃありませんか。松村君、さっき君に花瓶を投げてもらったのはね、あの花瓶が盗まれた置時計と同じくらいの重さだと思ったので、どれほど遠くまで投げられるものかためしてみたのだよ。つまり、池のどの辺に盗難品が沈んでいるかということをね」

「しかし、犯人はなぜそんな手数のかかるまねをしなければならなかったのです。君は盗賊の仕業と見せかけるためだといわれますが、それじゃあ一体なにを盗賊の仕業と見せかけるのです。金製品のほかに、盗まれた品でもあるのですか。全体なにが犯人の真の目的だとおっしゃるのですか」

と、警部。

「わかりきっているじゃありませんか。この僕を殺すのが、やつの目的だったのです」

「え、あなたを殺す？　それはいったい誰です。なんの理由によってです」

「まあ、待ってください。僕がなぜそんなふうに考えるかと言いますとね、あの場合、賊は僕に向かって発砲する必要は少しもなかったのです。闇にまぎれて逃げてしまえば充分逃げられたのです。ピストルはおどかしに使うばかりで、めったに撃つものではありません。それに、たかが金製品くらいを盗んで、人を殺したり傷つけたりしちゃあ泥棒の方で引合いませんよ。窃盗罪と殺人罪とでは、刑罰が非常な違いですからね。と、考えてみると、あの発砲は非常に不自然です。ね、そうじゃありませんか。僕の疑いはここから出発しているのですよ。泥棒の方は見せかけで、真の目的は殺人だったのじゃないかとね」

「で、君はいったい誰を疑っているのです。君をうらんでいた人物でもあるのですか」

波多野氏はもどかしそうだ。

「ごく簡単な算術の問題です……僕はあらかじめ誰も疑っていたわけではありません。種々の材料の関係を理論的に吟味して、当然の結論に到達したまでです。で、その結論があたっているかどうかは、あなたが実地に調べてくだされればわかることです。たとえば池の中に盗難品が沈んでいるかどうかという点をですね……算術の問題というのは、二から一を引くと一残るという、ごく明瞭なことです。簡単過ぎるほど簡単なことです」

弘一君はつづける。

「庭の唯一の足跡がにせ物だとしたら、賊は廊下伝いに母屋の方へ逃げるしか道はありません。ところがその廊下にはピストル発射の刹那《せつな》に、甲田君が通りかかっていたのです。御承知の通り洋館の廊下は一方口だし、電燈《でんとう》もついている。甲田君の眼をかすめて逃げることはまったく不可能です。隣室の志摩子さんの部屋も、すぐあなた方が調べたのですから、とてもかくれ場所にはならない。つまり、理論で押していくと、この事件には犯人の存在する余地が全然ないわけです」

「むろん私だってそこへ気のつかぬはずはない。賊は母屋の方へ逃げることはできなかった。したがって犯人は外部からという結論になったわけですよ」

と波多野氏がいう。

「犯人が外部にも内部にもいなかった。とすると、あとに残るのは被害者の僕と最初の発見者の甲田君の二人です。だが被害者が犯人であるはずはない。どこの世界に自分で自分に発砲する馬鹿がありましょう。そこで最後にのこるのは甲田君です。二から一引くという算術の問題はここですよ。二人のうちから被害者を引き去れば、あとに残るのは加害者でなければなりません」

「では君は……」

警部と私が同時に叫んだ。

「そうです。われわれは錯覚におちいっていたのです。一人の人物がわれわれの盲点にかくれていたのです。彼は不思議な隠れ蓑《みの》……被害者の親友で事件の最初の発見者という隠れ蓑にかくれていたのです」

「じゃあ君は、それをはじめから知っていたのですか」

「いや、きょうになってわかったのです。あの晩はただ黒い人影を見ただけです」

「理窟はそうかも知らんが、まさか、あの甲田君が……」

私は彼の意外な結論を信じかねて口をはさんだ。

「さあ、そこだ。僕も友だちを罪人にしたくはない。だが、だまっていたら、あの気の毒な狂人が無実の罪を着なければならないのだ。それに、甲田君は決して僕らが考えていたような善良な男でない。今度のやり口を見たまえ。邪悪の知恵にみちているじゃないか。常人の考え出せることではない。悪魔だ。悪魔の所業だ」

「何か確かな証拠でもありますか」

警部はさすがに実際的である。

「彼のほかに犯罪を行ない得る者がなかったから彼だというのです。これが何よりの証拠じゃないでしょうか。しかしお望みとあればほかにもないではありません。松村君、君は甲田君の歩き癖が思い出せるかい」

と、聞かれて、私はハッと思いあたることがあった。甲田が犯人だなどとは夢にも思わないものだから、ついそれを胴忘れしていたが、彼は確かに女みたいな内輪の歩き癖であった。

「そういえば、甲田君は内輪だったね」

「それも一つの証拠です。だが、もっと確かなものがあります」

と弘一君は例の目がねサックをシーツの下から取り出して警部に渡し、常爺《じい》さんがそれをかくした顚末《てんまつ》を語ったのち、

「このサックは本来爺やの持ち物です。だが爺やがもし犯人だったと仮定したら、彼は何もこれを花壇にうめる必要はない。素知らぬ顔をして使用していればよいわけです。つまり誰も現場にサックが落ちていたことは知らないのですからね。つまりサックをかくしたのは、彼が犯人でない証拠ですよ。では、なぜかくしたか。わけがあるのです。松村君はどうしてあれに気がつかなかったかなあ。毎日いっしょに海へはいっていたくせに」

と、弘一君が説明したところによると、

甲田伸太郎は近眼鏡をかけていたが、結城家へくる時サックを用意しなかった。サックというものは常に必要はないが、海水浴などでは、あれがないとはずした目がねの置き場に困るものだ。それを見かねて常爺さんが自分の老眼鏡のサックを甲田君に貸しあたえた。このことは（私は迂闊《うかつ》にも気づかなかったが）弘一君ばかりでなく、志摩子さんも結城家の書生などもよく知っていた。そこで、常さんは現場のサックを見るとハッとして、甲田君をかばうためにそれをかくした次第である。

ではなぜ爺さんは甲田君にサックを貸したり、甲田君の罪をかくしたりしたかというに、この常爺さんは、甲田君のお父さんに非常に世話になった男で、結城家に雇われたのも甲田君のお父さんの紹介であった。したがってその恩人の子の甲田君になみなみな

らぬ好意を示すわけである。これらの事情は私もかねて知らぬではなかった。

「だが、あの爺さんは、ただサックが落ちていたからといって、どうしてそう簡単に甲田を疑ってしまったのでしょう。少し変ですね」

波多野氏はさすがに急所をつく。

「いや、それには理由があるのです。その理由をお話しすれば、自然甲田君の殺人未遂の動機も明らかになるのですが」

と弘一君は少し言いにくそうに話しはじめる。

それは一と口にいえば、弘一君、志摩子さん、甲田君のいわゆる恋愛三角関係なのだ。ずっと以前から、美しい志摩子さんを対象として、弘一君と甲田君とのあいだに暗黙の闘争が行なわれていたのである。この物語の最初にも述べた通り、二人は私などよりもよほど親しい間柄だった。それというのが、父結城と父甲田とに久しい友人関係が結ばれていたからで、したがって彼ら両人の心の中のはげしい闘争については、私は殆《ほと》んど無智であった。弘一君と志摩子さんが許嫁《いいなずけ》であること、その志摩子さんに対して甲田君が決して無関心でないことぐらいは、私にもおぼろげにわかっていたけれど、まさか相手を殺さねばならぬほどのせっぱつまった気持になっていようとは、夢にも知らなかった。弘一君はいう。

「恥かしい話をすると、僕らは誰もいないところでは、それとはいわず些細《ささい》なことでよく口論した。いや、子供みたいに取っ組みあいさえやった。そうして泥の上をころがりながら、志摩子さんはおれのものだおれのものだと、お互いの心の中で叫んでいたのだ。一ばんいけないのは、志摩子さんの態度の曖昧《あいまい》なことだった。僕らのどちらへも失恋を感じるほどキッパリした態度を見せなかったことだ。そこで甲田君にすれば、許嫁という非常な強味を持っている僕を、殺してしまえば、という気になったのかもしれませんね。この僕らのいがみ合いを、常爺やはちゃんと知っていたのです。事件のあった日にも、僕らは庭でむきになって口論をした。それも爺やの耳にはいっていたに違いない。そこで、甲田君所持のサックを見ると、忠義な家来の直覚で、爺やは恐ろしい意味をさとったのでしょう。なぜといって、あの書斎は甲田君などめったにはいったことがないのだし、ピストルの音で彼がかけつけた時には、ただドアをひらいて倒れている僕を見るとすぐ、母屋の方へかけ出したわけですから、一ばん奥の窓のそばにサックを落とすはずがないからです」

これでいっさいが明白になった。弘一君の理路整然たる推理には、さすがの波多野警部も異議をさしはさむ余地がないように見えた。この上は池の底の盗難品を確かめることが残っているばかりだ。

しばらくすると、偶然の仕合わせにも警察署から波多野警部に電話で吉報をもたらした。その夜、結城家の池の底の盗難品を警察へ届け出たものがあった。池の底には例の金製品のほかに、兇器《きょうき》のピストルも、足跡に一致する靴足袋《たび》も、ガラス切りの道具まで沈めてあったことがわかった。

読者もすでに想像されたであろうように、それらの品を池の底から探し出したのは、例の赤井さんであった。彼がその夕方泥まみれになって結城邸の庭をうろついていたのは、池へ落ちたのではなくて、盗難品を取り出すためにそこへはいったのであった。

私は彼を犯人ではないかと疑ったりしたが、とんだ思い違いで、反対に彼もまた優秀なる一個の素人探偵だったのである。

私がそれを話すと、弘一君は、

「そうとも、僕は最初から気づいていたよ。常爺やがサックをうずめるところをのぞいていたのも、琴野三右衛門の家から金ピカになって出てきたのも、みな事件を探偵していたのだ。あの人の行動が、僕の推理には非常に参考になった。現にこのサックを発見することができたのも、つまり赤井さんのおかげだからね。さっき君が、赤井さんが池に落ちたと話した時には、サテはもうそこへ気がついたかと、びっくりしたほどだよ」

と語った。

さて、以下の事実は、直接見聞したわけではないが、便宜上順序を追ってしるしておくと、池から出た品物のうち、例の靴足袋は、浮き上がることを恐れてか、重い灰皿といっしょにハンカチに包んで沈めてあった。それがなんと甲田伸太郎のハンカチに違いないことがわかったのだ。というのは、そのハンカチの端にS・Kと彼の頭字が墨で書き込んであったからだ。彼もまさか池の底の品物が取り出されようとは思わず、ハンカチの目印まで注意が行き届かなかったのであろう。

翌日甲田伸太郎が殺人被疑者として引致されたのは申すまでもない。だが、彼はあんなおとなしそうな様子でいて、芯《しん》は非常な強情者であった。いかに責められてもなかなか実を吐かないのだ。では、事件の直前どこにいたかと問いつめられると、彼はだまりこんで何もいわぬ。つまりピストル発射までのアリバイも成立しないのだ。最初は頬を冷やすために玄関に出ていたなどと申し立てたけれど、それは結城家の書生の証言で、たちまち覆えされてしまった。あの晩一人の書生はずっと玄関脇の部屋にいたのだ。赤井さんが煙草を買いに出たのがほんとうだったことも、その書生の口からわかった。しかしいくら強情を張ったところで、証拠がそろい過ぎているのだから仕方がない。その上アリバイさえなりたたぬのだ。いうまでもなく彼は起訴され、正式の裁判を受けることになった。未決入りである。

砂丘の蔭《かげ》

それから一週間ほどして私は結城家をおとずれた。いよいよ弘一君が退院したという通知に接したからだ。

まだ邸内にしめっぽい空気がただよっていた。無理もない、一人息子の弘一君が、退院したとはいえ、生れもつかぬ片輪者になってしまったのだから。父少将も母夫人も、それぞれの仕方で私に愚痴を聞かせた。中にもいちばんつらい立場は志摩子さんである。

彼女はせめてもの詫《わ》び心か、まるで親切な妻のように、不自由な弘一君につききって世話をしていると、母夫人の話であった。

弘一君は思ったよりも元気で、血なまぐさい事件は忘れてしまったかのように、小説の腹案などを話して聞かせた。夕方例の赤井さんがたずねて来た。私はこの人には、とんだ疑いをかけてすまなく思っていたので、以前よりは親しく話しかけた。弘一君も素人探偵の来訪を喜んでいる様子だった。

夕食後、私たちは志摩子さんをさそって四人連れで海岸へ散歩に出た。

「松葉杖《づえ》って、案外便利なものだね。ホラ見たまえ、こんなに走ることだってできるから」

弘一君は浴衣《ゆかた》の裾《すそ》をひるがえして、変な恰好《かっこう》で飛んで見せた。新しい松葉杖の先が地面につくたびにコトコトと淋《さび》しい音をたてる。

「あぶないわ、あぶないわ」

志摩子さんは、彼につきまとって走りながら、ハラハラして叫んだ。

「諸君、これから由比ケ浜の余興を見に行こう」

と弘一君が大はしゃぎで動議を出した。

「歩けますか」

赤井さんがあやぶむ。

「大丈夫、一里だって。余興場は十丁もありやしない」

新米の不具者は、歩きはじめの子供みたいに、歩くことを享楽している。私たちは冗談を投げ合いながら、月夜の田舎道を、涼しい浜風に袂《たもと》を吹かせて歩いた。道のなかばで、話が途切れて、四人ともだまり込んで歩いていた時、何を思い出したのか、赤井さんがクックックッ笑い出した。非常に面白いことらしく、いつまでも笑いが止まらぬ。

「赤井さん、何をそんなに笑っていらっしゃいますのよ」志摩子さんがたまらなくなってたずねた。

「いえね、つまらないことですよ」赤井さんはまだ笑いつづけながら答える。「あのね、私は今人間の足っていうものについて、変なことを考えていたんですよ。からだの小さい人の足はからだに相当して小さいはずだとお思いでしょう。ところがね、からだは小作りな癖に足だけはひどく大きい人間もあることがわかったのですよ。滑稽《こっけい》じゃありませんか、足だけ大きいのですよ」

　赤井さんはそういって又クックックッと笑い出した。志摩子さんはお義理に「まあ」と笑って見せたが、むろんどこが面白いのだかわからぬ様子だった。赤井さんのいったりしたりすることはなんとなく異様である。妙な男だ。

　夏の夜の由比ヶ浜はお祭りみたいに明かるくにぎやかであった。浜の舞台では、お神楽《かぐら》めいた余興がはじまっていた。黒山の人だかりだ。舞台をかこんで葭簾《よしず》張りの市街ができている。喫茶店、レストラン、雑貨屋、水菓子屋。そして百燭光《しょっこう》の電燈《でんとう》と、蓄音器と、白粉《おしろい》の濃い女たち。

私たちはとある明かるい喫茶店に腰をかけて、冷たいものを飲んだが、そこで赤井さんがまた礼儀を無視した変な挙動をした。彼は先日池の底を探った時、ガラスのかけらで指を傷つけたといって繃帯《ほうたい》をしていた。それが喫茶店にいるあいだにほどけたものだから、口を使って結ぼうとするのだが、なかなか結べない。志摩子さんが見かねて、「あたし、結んで上げましょうか」と手を出すと、赤井さんは不作法にも、その申し出を無視して、別のがわに腰かけていた弘一君の前へ指をつき出し「結城さんすみませんが」と、とうとう弘一君に結ばせてしまった。この男はやっぱり根が非常識なのであろうか、それとも天邪鬼《あまのじやく》というやつかしら。

やがて、主として弘一君と赤井さんのあいだに探偵談がはじまった。両人ともこんどの事件では、警察を出し抜いて非常な手柄をたてたのだから、話がはずむのも道理である。話がはずむにつれて、彼らは例によって、内外の、現実の、あるいは小説上の名探偵たちをけなしはじめた。弘一君が日ごろ目のかたきにしている「明智小五郎物語」の主人公が、槍玉《やりだま》に上がったのは申すまでもない。

「あの男なんか、まだほんとうにかしこい犯人を扱ったことがないのですよ。普通ありきたりの犯人をとらえて得意になっているんじゃ、名探偵とはいえませんからね」

弘一君はそんなふうな言い方をした。

喫茶店を出てからも、両人の探偵談はなかなか尽きぬ。自然私たちは二組にわかれ、志摩子さんと私とは、話に夢中の二人を追い越して、ずっと先を歩いていた。

志摩子さんは人なき波打際を、高らかに歌いつつ歩く。私も知っている曲は合唱した。月はいく億の銀粉と化して波頭に踊り、涼しい浜風が、袂を、裾を、合唱の声を、はるかかなたの松林へと吹いて通る。

「あの人たち、びっくりさせてやりましょうよ」

突然立ち上がった志摩子さんが、茶目らしく私にささやいた。振り向くと二人の素人探偵は、まだ熱心に語らいつつ一丁もおくれて歩いてくる。

志摩子さんが、かたわらの大きな砂丘をさして、「ね、ね」としきりにうながすものだから、私もついその気になり、かくれん坊の子供みたいに、二人してその砂丘のかげに身をかくした。

「どこへ行っちまったんだろう」

しばらくすると、あとの二人の足音が近づき、弘一君のこういう声が聞こえた。彼らは私たちのかくれるのを知らないでいたのだ。

「まさか迷子にもなりますまい。それよりも私たちはここで一休みしようじゃありませんか。砂地に松葉杖では疲れるでしょう」

赤井さんの声が言って、二人はそこへ腰をおろした様子である。偶然にも、砂丘をはさんで、私たちと背中合わせの位置だ。

「ここなら誰も聞く者はありますまい。実はね、内密であなたにお話ししたいことがあったのですよ」

赤井さんの声である。今にも「ワッ」と飛び出そうかと身構えしていた私たちは、その声にまた腰をおちつけた。盗み聞きは悪いとは知りながら、気まずい羽目になって、つい出るにも出られぬ気持だった。

「あなたは、甲田君が真犯人だとほんとうに信じていらっしゃるのですか」

赤井さんの沈んだ重々しい声が聞こえた。いまさら変なことを言い出したものである。だが、なぜか私は、その声にギョッとして聞き耳を立てないではいられなかった。

「信じるも信じないもありません」と弘一君「現場付近に二人の人間しかいなくて、一人が、被害者であったら、他の一人は犯人と答えるほかないじゃありませんか。それにハンカチだとか目がねサックだとか証拠がそろい過ぎているし。しかしあなたは、それでもまだ疑わしい点があるとお考えなんですか」

「実はね、甲田君がとうとうアリバイを申立てたのですよ。僕はある事情で係りの予審判事と懇意でしてね、世間のまだ知らないことを知っているのです。甲田君はピストルの音を聞いた時、廊下にいたというのも、その前に玄関へ頬を冷やしに出たというのも、みな嘘なんだそうです。なぜそんな嘘をついたかというと、あの時甲田君は、泥棒よりももっと恥かしいことを――志摩子さんの日記帳を盗み読みしていたからなんです。この申立てはよく辻褄《つじつま》が合っています。ピストルの音で驚いて飛び出したから日記帳がそのまま机の上にほうり出してあったのです。そうでなければ、日記帳を盗み読んだとすれば、疑われないように元の引出しへしまっておくのが当然ですからね。とすると、甲田君がピストルの音に驚いたのもほんとうらしい。つまり彼がそれを発射したのではないことになります」

「なんのために日記帳を読んでいたというのでしょう」

「おや、あなたはわかりませんか。彼は恋人の志摩子さんのほんとうの心を判じかねたのです。日記帳を見たら、もしやそれがわかりはしないかと思ったのです。可哀そうな甲田君が、どんなにイライラしていたかがわかるではありませんか」

「で、予審判事はその申立てを信じたのでしょうか」

「いや、信じなかったのです。あなたもおっしゃる通り、甲田君に不利な証拠がそろい過ぎていますからね」

「そうでしょうとも。そんな薄弱な申立てがなんになるものですか」

「ところが、僕は、甲田君に不利な証拠がそろっている反面には、有利な証拠もいくらかあるような気がするのです。第一に、あなたを殺すのが目的なら、なぜ生死を確かめもしないで人を呼んだかという点です。いくらあわてていたからといって、一方では、前もってにせの足跡をつけておいたりした周到さにくらべて、あんまり辻褄が合わないじゃありませんか。第二には、にせの足跡をつける場合、往復の逆であることを看破されないために、足跡の重なることを避けたほど綿密な彼が、自分の足癖をそのまま、内輪につけておいたというのも信じ難いことです」

赤井さんの声がつづく。

「簡単に考えれば殺人とはただ人を殺す、ピストルを発射するという一つの行動にすぎませんけれど、複雑に考えると、幾百幾千という些《さ》細《さい》な行動の集合から成り立っているものです。ことに罪を他に転嫁するための欺《ぎ》瞞《まん》が行なわれた場合は一そうそれがはなはだしい。こんどの事件でも、目がねサック、靴足《たび》袋、偽の足跡、机上にほうり出してあった日記帳、池の底の金製品と、ごく大きな要素をあげただけでも十ぐらいはある。その各要素について犯人の一挙手一投足を綿密にたどっていくならば、そこに幾百幾千の特殊なる小行動が存在するわけです。そこで、映画フィルムの一コマ一コマを検査するように、探偵がその小さな行動の一々を推理することができたならば、どれほど頭脳明《めい》晰《せき》で用意周到な犯人でも、到底処罰をまぬがれることはできないはずです。しかしそこまでの推理は残念ながら人間力では不可能ですから、せめてわれわれは、どんな微細なつまらない点にも、たえず注意を払って、犯罪フィルムのある重要な一コマにぶつかることを僥倖《ぎょうこう》するほかはありません。その意味で僕は、幼児からの幾億回とも知れぬ反覆で、一種の反射運動と化しているようなこと、たとえばある人は歩く時右足からはじめるか左足からはじめるか、手拭《てぬぐい》をしぼるとき右にねじるか左にねじるか、服を着るとき右手から通すか、左手から通すかというような、ごくごく些細な点に、つねに注意を払っています。これらの一見つまらないことが、犯罪捜査にあたって非常に重大な決定要素となることがないとも限らぬからです。

さて、甲田君にとっての第三の反証ですが、それは例の靴足袋とおもりの灰皿とを包んであったハンカチの結び目なのです。私はその結び目をくずさぬように中の品を抜き出し、ハンカチは結んだまま波多野警部に渡しておきました。非常にたいせつな証拠品だと思ったからです。ではそれはどんな結び方かというと、私共の地方で俗に立て結びという、二つの結び端が結び目の下部と直角をなして十文字に見えるような、つまり子供のよくやる間違った結び方なのです。普通のおとなでは非常に稀《まれ》にしかそんな結び方をする人はありません。やろうと思ってもできないのです。そこで僕は早速甲田君の家を訪問して、お母さんにお願いして、何か甲田君が結んだものがないか探してもらったところ、幸い、甲田君が自分で結んだ帳面の綴糸《とじいと》や、書斎の電燈《でんとう》を吊《つ》ってある太い打紐《うちひも》や、そのほか三つも四つも結び癖のわかるものが出てきました。ところが例外なく普通の結び方なのです。まさか甲田君があのハンカチの結び方にまで欺瞞をやったとは考えられない。結び目なんかよりもずっと危険な、頭字の入ったハンカチを平気で使ったくらいですからね。で、それが甲田君にとっては一つの有力な反証になるわけです」

赤井さんの声がちょっと切れた。弘一君は何もいわぬ。相手の微細な観察に感じ入っているのであろう。盗み聞く私たちも、真剣に聞き入っていた。ことに志摩子さんは、息使いもはげしく、からだが小さく震えている。敏感な少女はすでにある恐ろしい事実を察していたのであろうか。

THOU ART THE MAN

しばらくすると、赤井さんがクスクス笑う声が聞こえてきた。彼は気味わるくいつまでも笑っていたが、やがてはじめる。

「それから、第四のそしてもっとも大切な反証はね、ウフフフフフ、実に滑稽《こっけい》なことなんです。それはね、例の靴足袋について、とんでもない錯誤があったのですよ。池の底から出た靴足袋はなるほど地面の足跡とは一致します。そこまでは申し分ないのです。僕は水にぬれたとはいえ、ゴム底は収縮しませんから、ちゃんと元の形がわかります。ところがこころみにその文数をはかってみましたが、十文の足袋と同じ大きさでした。ところがね」

と、いって赤井さんは又ちょっとだまった。次ぎの言葉を出すのが惜しい様子である。

「ところがね」と赤井さんは喉《のど》の奥でクスクス笑っている調子でつづける。「滑稽なことにはあの靴足袋は、甲田君の足には小さ過ぎて合わないのですよ。さっきのハンカチの一件で甲田家をたずねたときお母さんに聞いてみると、甲田君は去年の冬でさえすでに十一文の足袋をはいていたじゃありませんか。これだけで甲田君の無罪は確定的です。なぜといって、自分の足に合わない靴足袋ならば、決して不利な証拠ではないのです。何をくるしんで重りをつけて沈めたりしましょう。

この滑稽な事実は、警察でも裁判所でもまだ気づいていないらしい。あんまり予想外なばかばかしい間違いですからね。取調べが進むうちに間違いがわかるかもしれません。それとも、あの足袋を嫌疑者にはかせてみるような機会が起こらなかったら、あるいは誰も気づかぬまま済んでしまうかもしれません。

お母さんもいってましたが、甲田君は身長の割に非常に足が大きいのです。これが間違いの元なんです。想像するに、真犯人は甲田君より少し背の高いやつですね。やつは自分の足袋の文数から考えて、自分より背の低い甲田君が、まさか自分より大きい足袋をはくはずがないと信じきっていたために、この滑稽な錯誤が生じたのかもしれませんね」

「証拠の羅列はもうたくさんです」

弘一君が突然、イライラした調子でさけぶのが聞こえた。

「結論を言ってください。あなたはいったい、誰が犯人だとおっしゃるのですか」

「それは、あなたです」

赤井さんの落ちついた声が、真正面から人差指をつきつけるような調子で言った。

「アハハハハハ、おどかしちゃいけません。冗談はよしてください。どこの世界に、父親の大切にしている品物を池に投げ込んだり、自分で自分に発砲したりするやつがありましょう。びっくりさせないでください」

弘一君が頓狂《とんきょう》な声で否定した。

「犯人は、あなたです」

　赤井さんは同じ調子でくり返す。

「あなた本気でいっているのですか。何を証拠に？　何の理由で？」

「ごく明白なことです。あなたの言い方を借りると、簡単な算術の問題にすぎません。二から一引く一。二人のうちの甲田君が犯人でなかったら、どんなに不自然に見えようとも、残るあなたが犯人です。あなた御自分の帯の結び目に手をやってごらんなさい。結び端がピョコンと縦になってますよ。あなたは子供の時分の間違った結び癖をおとなになってもつづけているのです。その点だけは珍らしく不器用ですね。しかし、帯はうしろで結ぶものですから例外かもしれないと思って、僕はさっきあなたにこの繃帯《ほうたい》を結んでもらいました。ごらんなさい。やっぱり十字型の間違った結び方です。これも一つの有力な証拠にはなりませんかね」

　赤井さんは沈んだ声で、あくまで丁重な言葉使いをする。それがいっそう無気味な感じをあたえた。

「だが、僕はなぜ自分自身をうたなければならなかったのです。僕は臆病《おくびょう》だし見え坊です。ただ甲田君をおとしいれるくらいのために、痛い思いをしたり、生涯不具者で暮すようなばかなまねはしません。ほかにいくらだって方法があるはずです」

　弘一君の声には確信がこもっていた。なるほど、なるほど、いかに甲田君をにくんだからといって、弘一君自身が命にもかかわる大傷をおったのでは引き合わないはずだ。

被害者が、すなわち加害者だなんて、そんなばかな話があるものか、赤井さんは、とんだ思い違いをしているのかもしれない。

「さあ、そこです。その信じ難い点に、この犯罪の大きな欺瞞がかくされている。この事件ではすべての人が催眠術にかかっています。根本的な一大錯誤におちいっています。それは『被害者は同時に加害者ではあり得ない』という迷信です。それから、この犯罪が単に甲田君を無実の罪におとすために行なわれたと考えることも、大変な間違いです。そんなことは実に小さな副産物にすぎません」

赤井さんはゆっくりゆっくり丁重な言葉でつづける。

「実に考えた犯罪です。しかしほんとうの悪人の考えではなくて、むしろ小説家の空想ですね。あなたは一人で被害者と犯人と探偵の一人三役を演じるという着想に有頂天になってしまったのでしょう。甲田君のサックを盗み出して現場に捨てておいたのもあなたです。金製品を池に投げ込んだのも、窓ガラスを切ったのも、偽の足跡をつけたのも、いうまでもなくあなたです。そうしておいて、隣りの志摩子さんの書斎で甲田君が日記帳を読んでいる機会を利用して（この日記帳を読ませたのも、あなたがそれとなく暗示をあたえたのではありませんか）、煙硝の焼けこげがつかぬようにピストルの手を高く上げて、いちばん離れた足首を射ったのです。あなたはちゃんと、その物音で隣室の甲田君が飛んでくることを予知していた。同時に、恋人の日記の盗み読みという恥かしい行為のため、甲田君がアリバイの申し立てについて、曖昧《あいまい》な、疑われやすい態度を示すに違いないと見込んでいたのです。

うってしまうと、あなたは傷の痛さをこらえて、最後の証拠品であるピストルを、ひらいた窓越しに池の中へ投げ込みました。あなたの倒れていた足の位置が窓と池との一直線上にあるのが一つの証拠です。これは波多野氏の見取図にもちゃんと現われています。そして、すべての仕事が終ると、あなたは気を失って倒れた。あるいはそのていをよそおったという方が正しいかもしれません。足首の傷は決して軽いものではなかったけれど、命にかかわる気づかいはない。あなたの目的にとってはちょうど過不足のない程度の傷でした」

「アハハハハハ、なるほど、なるほど、一応は筋の通ったお考えですね」と弘一君の声は、気のせいかうわずっていた。「だが、それだけの目的をはたすために、生れもつかぬ不具者になるというのは、少し変ですね。どんなに証拠がそろっていても、ただこの一点で僕は無罪放免かもしれませんよ」

「さあそこです。さっきもいったではありませんか。甲田君を罪におとすのも一つの目的には違いなかった。だが、ほんとうの目的はもっと別にあったのです。あなたは御自分で臆病者だとおっしゃった。なるほどその通りです。自分で自分を射ったのは、あなたが極度の臆病者であったからです。ああ、あなたはまだごまかそうとしていますね。あなた僕がそれを知らないとでも思っているのですか。では、言いましょう。あなたは極端な軍隊恐怖病者なのです。あなたは徴兵検査に合格して、年末には入営することになっていた。それをどうかしてまぬがれようとしたのです。私はあなたが学生時代、近眼鏡をかけて眼を悪くしようと試みたことを探り出しました。また、あなたの小説を読んで、あなたの意識下にひそんでいる、軍隊恐怖の幽霊を発見しました。ことにあなたは軍人の子です。姑息《こそく》な手段はかえって発覚のおそれがある。そこであなたは内臓を害するとか、指を切るというような常套《じょうとう》手段を排して、思いきった方法を選んだ。しかもそれは一石にして二鳥をおとす名案でもあったのです……おや、どうかしましたか。しっかりなさい。まだお話しすることがあります。

気を失うのではないかとびっくりしましたよ。しっかりしてください。僕は君を警察へつき出す気はありません。ただ僕の推理が正しいかどうかを確かめたかったのです。しかし、君はまさかこのままだまっている気ではありますまいね。それに、君はもう君にとって何より恐ろしい処罰を受けてしまったのです。この砂丘のうしろに、君のいちばん聞かれたくない女性が、今の話をすっかり聞いていたのです。

では僕はこれでお別れします。君はひとりで静かに考える時間が必要です。ただお別れする前に僕の本名を申し上げておきましょう。僕はね、君が日頃軽蔑《けいべつ》していたあの明智小五郎なのです。お父さんの御依頼を受けて陸軍の或《あ》る秘密な盗難事件を調べるために、変名でお宅へ出入りしていたのです。あなたは明智小五郎は理窟《りくつ》っぽいばかりだとおっしゃった。だが、その私でも、小説家の空想よりは実際的だということがおわかりになりましたか……ではさようなら」

そして、驚愕《きょうがく》と当惑のために上の空の私の耳へ、赤井さんが砂を踏んで遠ざかる静かな足音が聞こえてきた。

心理試験

1

蕗屋《ふきや》清一郎が、なぜこれからしるすような恐ろしい悪事を思い立ったか、その動機については詳しいことはわからぬ。またたとえわかったとしても、このお話には大して関係がないのだ。彼がなかば苦学みたいなことをして、ある大学に通っていたところをみると、学資の必要に迫られたのかとも考えられる。彼は稀《まれ》に見る秀才で、しかも非常な勉強家だったから、学資を得るために、つまらぬ内職に時を取られて、好きな読書や思索が充分できないのを残念に思っていたのは確かだ。だが、そのくらいの理由で、人間はあんな大罪を犯すものだろうか。おそらく彼は先天的の悪人だったのかもしれない。そして、学資ばかりでなく、ほかのさまざまな欲望をおさえかねたのかもしれない。それはともかく、彼がそれを思いついてから、もう半年になる。そのあいだ、彼は迷いに迷い、考えに考えた挙句、結局やっつけることに決心したのだ。

あの時、彼はふとしたことから、同級生の斎藤勇と親しくなった。それが事の起こりだった。はじめはむろんなんの成心があったわけではなかった。しかし中途から、彼はあるおぼろげな目的を抱いて斎藤に接近して行った。そして、接近して行くにしたがって、そのおぼろげな目的がだんだんはっきりしてきた。

　斎藤は一年ばかり前から、山の手の或《あ》る淋《さび》しい屋敷町の素人屋に部屋を借りていた。その家のあるじは、官吏の未亡人で、といっても、もう六十に近い老婆だったが、亡夫の残して行った数軒の借家から上がる利益で、充分生活ができるにもかかわらず、子供を恵まれなかった彼女は、「ただもうお金がたよりだ」といって、確実な知り合いに小金を貸したりして、少しずつ貯金をふやして行くのをこの上もない楽しみにしていた。斎藤に部屋を貸したのも、一つは女ばかりの暮らしでは不用心だからという理由もあっただろうが、一方では、部屋代だけでも、毎月の貯金額がふえることを勘定に入れていたに違いない。そして、彼女は、今どきあまり聞かぬ話だけれど、守銭奴の心理は、古今東西を通じて同じものと見えて、表面的な銀行預金のほかに、莫大《ばくだい》な現金を、自宅のある秘密な場所へ隠しているという噂だった。

　蕗屋はこの金に誘惑を感じたのだ。あのおいぼれが、そんな大金を持っているということになんの価値がある。それをおれのような未来のある青年の学資に使用するのは、きわめて合理的なことではないか。簡単に言えば、これが彼の理論だった。そこで彼は、斎藤を通じてできるだけ老婆についての知識を得ようとした。その大金の秘密な隠し場所を探ろうとした。しかし彼は、ある時、斎藤が偶然その隠し場所を発見したという話を聞くまでは、別に確定的な考えを持っていたわけでもなかった。

「君、あの婆さんにしては感心な思いつきだよ、たいてい縁の下とか、天井裏とか、金の隠し場所なんてきまっているものだが、婆さんのはちょっと意外な場所なのだよ。あの奥座敷の床の間に、大きな松の植木鉢が置いてあるだろう。あの植木鉢の底なんだよ。その隠し場所がさ。どんな泥棒だってまさか植木鉢に金が隠してあろうとは気づくまいからね。婆さんは、まあ言ってみれば、守銭奴の天才なんだね」

その時、斎藤はこう言って面白そうに笑った。

それ以来、蕗屋の考えは少しずつ具体的になって行った。老婆の金を自分の学資に振り替える径路の一つ一つについて、あらゆる可能性を勘定に入れた上、最も安全な方法を考え出そうとした。それは予想以上に困難な仕事だった。これに比べれば、どんな複雑な数学の問題だって、なんでもなかった。彼は先にも、いったように、その考えを纏《まと》めるだけのために半年をついやしたのだ。

難点は、言うまでもなく、いかにして刑罰をまぬがれるかということにあった。倫理上の障礙《しょうがい》、即ち良心の苛責《かしゃく》というようなことは、彼にはさして問題ではなかった。彼はナポレオンの大掛りな殺人を罪悪とは考えないで、むしろ讃美《さんび》すると同じように、才能のある青年が、その才能を育てるために、棺桶《かんおけ》に片足ふみ込んだおいぼれを犠牲に供することを、当然のことだと思った。

老婆はめったに外出しなかった。終日黙々として奥の座敷に丸くなっていた。たまに外出することがあっても、留守中は、田舎者の女中が彼女の命を受けて正直に見張り番を勤めた。蕗屋のあらゆる苦心にもかかわらず、老婆の用心には少しの隙もなかった。

老婆と斎藤のいない時を見はからって、この女中をだまして使いに出すか何かして、その隙に例の金を植木鉢から盗み出したらと、蕗屋は最初そんなふうに考えてみた。しかしそれは甚だ無分別な考えだった。たとえ少しのあいだでも、あの家にただ一人でいたことがわかっては、もうそれだけで充分嫌疑をかけられるではないか。彼はこの種のさまざまな愚かな方法を、考えては打ち消し、考えては打ち消すのに、たっぷり一ヶ月をついやした。それはたとえば、斎藤か、女中か、または普通の泥棒が盗んだと見せかけるトリックだとか、女中一人の時に、少しも音を立てないで忍び込んで、彼女の眼にふれないように盗み出す方法だとか、夜中、老婆の眠っているあいだに仕事をする方法だとか、その他考え得るあらゆる場合を彼は考えた。しかし、どれにもこれにも、発覚の可能性が多分に含まれていた。

どうしても老婆をやっつけるほかはない、彼はついにこの恐ろしい結論に達した。老婆の金がどれほどあるかよくは分らないけれど、いろいろの点から考えて、殺人の危険を冒してまで執着するほど大した金額だとは思われぬ。たかの知れた金のために、なんの罪もない一人の人間を殺してしまうというのは、あまりに残酷過ぎはしないか。しかし、たとえそれが世間の標準から見ては、大した金額でなくとも、貧乏な蕗屋には充分満足できるのだ。のみならず、彼の考えによれば、問題は金額の多少ではなくて、ただ犯罪の発覚を絶対に不可能ならしめることだった。そのためにはどんな大きな犠牲を払っても少しも差支えないのだ。

殺人は、一見、単なる窃盗よりは幾層倍も危険な仕事のように見える。だが、それは一種の錯誤にすぎないのだ。なるほど、発覚することを予想してやる仕事なれば、殺人はあらゆる犯罪のうちで最も危険に違いない。しかし、若《も》し犯罪の軽重よりも、発覚の難易を目安にして考えたならば、場合によっては（たとえば蕗屋の場合の如きは）むしろ窃盗の方があぶない仕事なのだ。これに反して、悪事の発見者をバラしてしまう方法は、残酷なかわりに心配がない。昔からえらい悪人は平気でズバリズバリと人殺しをやっている。彼らがなかなかつかまらなかったのは、かえってこの大胆な殺人のお蔭《かげ》なのではなかろうか。

では、老婆をやっつけるとして、それに果たして危険がないか。この問題にぶっつかってから、蕗屋は数ヶ月のあいだ考え通した。その長いあいだに、彼がどんなふうに考えを育てて行ったか。それは物語が進むにしたがって、読者にわかることだから、ここには省くが、ともかく、彼は、到底普通人の考え及ぶこともできないほど、微に入り細をうがった分析並びに総合の結果、塵《ちり》ひと筋の手抜かりもない、絶対に安全な方法を考え出したのだ。

今はただ、時期のくるのを待つばかりだった。が、それは案外早くきた。ある日、斎藤は学校関係のことで、女中は使いに出されて、二人とも夕方まで決して帰宅しないことが確かめられた。それはちょうど蕗屋が最後の準備行為を終った日から二日目だった。その最後の準備行為というのは（これだけは前もって説明しておく必要がある）、かつて斎藤に例の隠し場所を聞いてから、もう半年も経過した今日、それがまだ当時のままであるかどうかを確かめるための或る行為だった。彼はその日（即ち老婆殺しの二日前）斎藤を訪ねたついでに、はじめて老婆の部屋である奥座敷にはいって、彼女といろいろ世間話を取りかわした。彼はその世間話を徐々にひとつの方向へ落として行った。そして、しばしば老婆の財産のこと、それを彼女がどこかへ隠しているという噂のあることなぞを口にした。彼は「隠す」という言葉の出るごとに、それとなく老婆の眼を注意した。すると、彼女の眼は、彼の予期した通り、その都度、床の間の植木鉢にそっと注がれているのだ。蕗屋はそれを数回繰り返して、もはや少しも疑う余地のないことを確かめることができた。

2

さて、いよいよ当日である。彼は大学の制服制帽の上に学生マントを着用し、ありふれた手袋をはめて目的の場所に向かった。彼は考えに考えた上、結局変装しないことにきめたのだ。もし変装をするとすれば、材料の買入れ、着換えの場所、その他さまざまの点で、犯罪発見の手掛りを残すことになる。それはただ物事を複雑にするばかりで、少しも効果がないのだ。犯罪の方法は、発覚のおそれのない範囲においては、できる限り単純に、且《か》つあからさまにすべきだと言うのが、彼の一種の哲学だった。要は、目的の家にはいるところを見られさえしなければいいのだ。たとえその家の前を通ったことがわかっても、それは少しもさしつかえない。彼はよくその辺を散歩することがあるのだから、当日も散歩をしたばかりだと言い抜けることができる。と同時に、一方において、彼が目的の家に行く途中で知り合いの人に見られた場合（これはどうしても勘定に入れておかねばならぬ）、妙な変装をしている方がいいか、ふだんの通り制服制帽でいる方がいいか、考えてみるまでもないことだ。犯罪の時間についても、待ちさえすれば都合のよい夜が――斎藤も女中も不在の夜が――あることはわかっているのに、なぜ彼は危険な昼間を選んだか。これも服装の場合と同じく、犯罪から不必要な秘密性を除くためだった。

しかし、目的の家の前に立った時だけは、さすがの彼も、普通の泥棒の通りに、いやおそらく彼ら以上に、ビクビクして前後左右を見廻《まわ》した。老婆の家は、両隣とは生垣で境した一軒建ちで、向こう側には、ある富豪の邸宅の高いコンクリート塀が、ずっと一丁もつづいていた。淋しい屋敷町だから、昼間でも時々はまるで人通りのないことがある。蕗屋がそこへたどりついた時も、いいあんばいに、通りには犬の子一匹見当らなかった。彼は、普通にひらけば、ばかにひどい金属性の音のする格子戸を、ソロリソロリと少しも音を立てないように開閉した。そして、玄関の土間から、ごく低い声で（これは隣家へ用心だ）案内を乞《こ》うた。老婆が出てくると、彼は、斎藤のことについて少し内密に話したいことがあるという口実で、奥の間に通った。

座が定まると間もなく「あいにく女中がおりませんので」と断わりながら、老婆はお茶を汲《く》みに立った。蕗屋はそれを、今か今かと待ち構えていたのだ。彼は老婆が襖《ふすま》をあけるために少し身をかがめた時、やにわにうしろから抱きついて、両腕を使って（手袋ははめていたけれど、なるべく指の痕《あと》をつけまいとしてだ）力まかせに首を絞めた。老婆は喉《のど》のところでグッというような音を出したばかりで、大してもがきもしなかった。ただ苦しまぎれに空をつかんだ指先が、そこに立ててあった屏風《びょうぶ》に触れて、少しばかり傷をこしらえた。それは二枚折りの時代のついた金屏風で、極彩色の六歌仙が描かれていたが、そのちょうど小野小町の顔のところが、無残にも、ちょっとばかり破れたのだ。

老婆の息が絶えたのを見定めると、彼は死骸《しがい》をそこへ横にして、ちょっと気になる様子で、その屏風の破れを眺めた。しかしよく考えてみれば、少しも心配することはない。こんなものがなんの証拠になるはずもないのだ。そこで、彼は目的の床の間へ行って、例の松の木の根元を持って、土もろともスッポリと植木鉢から引き抜いた。予期した通り、その底には油紙で包んだものが入れてあった。彼は落ちつきはらって、その包みを解いて、右のポケットから一つの新らしい大型の札入れを取り出し、紙幣を半分ばかり（充分五千円はあった）その中に入れると、財布を元のポケットに納め、残った紙幣は油紙に包んで前の通りに植木鉢の底へ隠した。むろん、これは金を盗んだという証跡をくらますためだ。老婆の貯金の高は、老婆自身が知っていたばかりだから、それが半分になったとて誰も疑うはずはないのだ。

それから、彼はそこにあった座蒲団《ざぶとん》を丸めて老婆の胸にあてがい（これは血潮の飛ばぬ用心だ）、右のポケットから一挺《ちょう》のジャックナイフを取り出して刃をひらくと、心臓めがけてグサッと突き刺し、グイと一つえぐっておいて引き抜いた。そして、同じ座蒲団の布でナイフの血のりを綺麗《きれい》に拭《ふ》き取り、元のポケットへ納めた。彼は、絞め殺しただけでは、蘇生《そせい》のおそれがあると思ったのだ。つまり昔のとどめを刺すというやつだ。では、なぜ最初から刃物を利用しなかったかというと、そうしては、ひょっとして自分の着物に血潮がかかるかもしれないことをおそれたのだ。

ここでちょっと、彼が紙幣を入れた札入れと、今のジャックナイフについて説明しておかなければならない。彼は、それらを、この目的だけに使うために、ある縁日の露店で買い求めたのだ。彼はその縁日の最も賑《にぎ》わう時分を見計らって、最も客のこんでいる店を選び、正札通りの小銭を投げ出して、品物を取ると、商人はもちろん、たくさんの客たちも、彼の顔を記憶する暇がなかったほど、非常に素早く姿をくらました。そして、この品物は両方とも、ごくありふれた、なんの目印もあり得ないようなものだった。

さて、蕗屋は、充分注意して少しも手掛りが残っていないのを確かめた後、襖のしまりも忘れないで、ゆっくりと玄関へ出てきた。彼はそこで靴の紐《ひも》を締めながら、足跡のことを考えてみた。だが、その点はさらに心配がなかった。玄関の土間は堅いシックイだし、表の通りは天気つづきでカラカラに乾いていた。あとにはもう、格子戸をあけてそとへ出ることが残っているばかりだ。だが、ここでしくじるようなことがあっては、すべての苦心が水の泡だ。彼はじっと耳を澄まして、辛抱強く表通りの足音を聞こうとした……しんとしてなんの気はいもない。どこかの家で琴を弾じる音がコロリンシャンと至極のどかに聞こえているばかりだ。彼は思い切って、静かに格子戸をあけた。そして、なにげなく、今いとまをつげたお客様だというような顔をして、往来に出た。思った通り、そこには人影もなかった。

その一画は、どの通りも淋《さび》しい屋敷町だった。老婆の家から四、五丁隔たったところに、何かの神社の古い石垣が往来に面してずっと続いていた。誰も見ていないのを確かめた上、そこの石垣の隙間から、兇器《きょうき》のジャックナイフと血のついた手袋とを落とし込んだ。そして、いつも散歩の時には立ち寄ることにしていた、付近の小さい公園を目ざしてブラブラと歩いて行った。彼は公園のベンチに腰をかけ、子供たちがブランコに乗って遊んでいるのを、いかにものどかな顔をして眺めながら、長い時間をすごした。

帰りがけに、彼は警察署へ立ち寄った。そして、

「今しがた、この札入れを拾ったのです。百円札がいっぱいはいっているようですから、お届けします」

と言いながら、例の札入れをさし出した。彼は警官の質問に答えて、拾った場所と時間と（もちろんそれは可能性のあるでたらめなのだ）、自分の住所姓名と（これはほんとうの）を答えた。そして、印刷した紙に彼の姓名や金額などを書き入れた受取証みた

いなものを貰《もら》った。なるほど、これは非常に迂遠《うえん》な方法には違いない。しかし安全という点では最上だ。老婆の金は（半分になったことは誰も知らない）ちゃんと元の場所にあるのだから、この札入れの遺失主は絶対に出るはずがない。一年の後には間違いなく蕗屋の手に落ちるのだ。そして、誰憚《はばか》らず大っぴらに使えるのだ。彼は考え抜いた挙句この手段を採った。もしこれをどこかへ隠しておくとする。どうした偶然から他人に横取りされないものでもない。自分で持っているか。それはもう考えるまでもなく危険なことだ。のみならず、この方法によれば万一老婆が紙幣の番号を控えていたとしても、少しも心配がないのだ（もっともこの点はできるだけ探って、だいたい安心はしていたけれど）。

「まさか、自分の盗んだ品物を警察へ届けるやつがあろうとは、ほんとうにお釈迦《しゃか》さまでもご存じあるまいて」

彼は笑いをかみ殺しながら、心の中でつぶやいた。

翌日、蕗屋は、下宿の一室で、常と変らぬ安眠から眼覚めると、あくびをしながら、枕元に配達されていた新聞をひろげて、社会面を見渡した。彼はそこに意外な事実を発見してちょっと驚いた。だが、それは決して心配するような事柄ではなく、かえって彼のためには予期しない仕合わせだった。というのは、友人の斎藤が嫌疑者として挙げられたのだ。嫌疑を受けた理由は、彼が身分不相応の大金を所持していたからだと書いてある。

すのが自然だな」

「おれは斎藤の最も親しい友だちなのだから、ここで警察へ出頭して、いろいろ問い糺《ただ》

蕗屋はさっそく着物を着更《きが》えると、あわてて警察署へ出掛けた。それは彼がきのう札入れを届けたのと同じ署だ。なぜ札入れを届けるのを管轄の違う警察にしなかったか、いやそれとてもまた、彼一流の無技巧主義でわざとしたことなのだ。彼は過不足のない程度に心配そうな顔をして、斎藤に会わせてくれと頼んだ。しかし、それは予期した通り許されなかった。そこで、彼は斎藤が嫌疑を受けたわけをいろいろと問い糺して、ある程度まで事情を明らかにすることができた。

蕗屋は次のように想像した。

きのう、斎藤は女中よりも先に家へ帰った。それは蕗屋が目的を果たして立ち去ると間もなくだった。そして、当然、老婆の死骸を発見した。しかし、ただちに警察に届ける前に、彼はあることを思いついたに違いない。というのは、例の植木鉢だ。もしこれが盗賊の仕業なれば、或《あ》るいはあの中の金がなくなってはしまいか。多分それは、ちょっとした好奇心からだったろう。彼はそこを調べてみた。ところが案外にも金の包みがちゃんとあったのだ。それを見て斎藤が悪心を起こしたのは、実に浅はかな考えではあるが、無理もないことだ。その隠し場所は誰も知らないこと、老婆を殺した犯人が盗んだという解釈がくだされるに違いないこと、こうした事情は、誰にしても避けがたい強い誘惑に違いない。それから彼はどうしたか。警察の話では、なにくわぬ顔をして人殺

しのあったことを警察へ届け出たということだ。ところが、なんという無分別な男だ。彼は盗んだ金を腹巻のあいだに入れたまま平気でいたのだ。まさかその場で身体検査をされようとは想像しなかったとみえる。

「だが、待てよ。斎藤は一体どういうふうに弁解するだろう。次第によっては危険なことになりはしないかな」蕗屋はそれをいろいろと考えてみた。「彼は金を見つけられた時、『自分のだ』と答えたかもしれない。なるほど老婆の財産の多寡や隠し場所は誰も知らないのだから、一応はその弁明も成り立つであろう。しかし、金額があまり多すぎるではないか。で、結局、彼は事実を申し立てることになるだろう。でも、裁判所がそれを承認するかな。ほかに嫌疑者が出ればともかく、それまでは彼を無罪にすることは先《ま》ずあるまい。うまく行けば彼が殺人罪に問われるかも知れたものではない。そうなればしめたものだが……ところで、予審判事が彼を問い詰めて行くうちに、いろいろな事実がわかってくるだろうな。たとえば、彼が老婆の金の隠し場所をおれに話したことだとか、兇行の二日前におれが老婆の部屋にはいって話し込んだことだとか、さては、おれが貧乏で学資にも困っていることだとか」

しかし、それらは皆、蕗屋がこの計画を立てる前にあらかじめ勘定に入れておいたことばかりだった。そして、どんなに考えても、斎藤の口からそれ以上彼にとって不利な事実が引き出されようとは考えられなかった。

蕗屋は警察から帰ると、遅れた朝食をとって（その時食事を運んできた女中に事件について話して聞かせたりした)、いつもの通り学校へ出た。学校では斎藤の噂で持ち切りだった。彼はなかば得意げにその噂話の中心になってしゃべった。

3

さて読者諸君、探偵小説というものの性質に通暁せられる諸君は、お話は決してこれきりで終らぬことを百も御承知であろう。いかにもその通りである。実を言えば、ここまではこの物語の前提にすぎないので、作者が是非、諸君に読んでもらいたいと思うのは、これから後なのである。つまりかくも企《たく》らんだ蕗屋の犯罪がいかにして発覚したかという、そのいきさつについてである。

この事件を担当した予審判事〔注、当時の制度〕は有名な笠森《かさもり》氏であった。彼は普通の意味で名判官だったばかりでなく、ある多少風変りな趣味を持っているので一そう有名だった。それは彼が一種の素人心理学者だったことで、彼は普通のやり方ではどうにも判断のくだしようがない事件に対しては、最後に、その豊富な心理学上の知識を利用して、しばしば奏功した。彼は経歴こそ浅く、年こそ若かったけれど、地方裁判所の一予審判事としては、もったいないほどの俊才だった。今度の老婆殺し事件も、笠森判事の手にかかれば、もうわけなく解決することと、誰しも考えていた。当の笠森氏自身も同じように考えた。いつものように、この事件も、予審廷ですっかり調べ上げて、公判の場合には、いささかの面倒も残らぬように処理してやろうと思っていた。

ところが、取調べを進めるにしたがって、事件の困難なことがだんだんわかってきた。警察側は単純に斎藤勇の有罪を主張した。笠森判事とても、その主張に一理あることを認めないではなかった。というのは、生前老婆の家に出入りした形跡のある者は、彼女の債務者であろうが、借家人であろうが、単なる知合いであろうが、残らず召喚して、綿密に取調べたにもかかわらず、一人として疑わしい者はないのだ（蕗屋清一郎ももちろんそのうちの一人だった）。ほかに嫌疑者が現われぬ以上、さしずめ最も疑うべき斎藤勇を犯人と判断するほかはない。のみならず、斎藤にとって最も不利だったのは、彼が生来気の弱いたちで、一も二もなく調べ室の空気に恐れをなしてしまって、訊問《じんもん》に対してもハキハキ答弁のできなかったことだ。のぼせ上がった彼は、しばしば以前の陳述を取り消したり、当然知っているはずの事を忘れてしまったり、言わずともの不利な申立てをしたり、あせればあせるほど、ますます嫌疑を深くするばかりだった。それというのも、彼には老婆の金を盗んだという弱味があったからで、それさえなければ、相当頭のいい斎藤のことだから、いかに気が弱いといって、あのようなへまなまねはしなかったであろう。彼の立場は実際同情すべきものだった。しかし、それでは斎藤を殺人犯と認めるかというと、笠森氏にはどうもその自信がなかった。そこにはただ疑いがあるばかりなのだ。本人はもちろん自白せず、ほかにこれという確証もなかった。

こうして、事件から一ヶ月が経過した。予審はまだ終結しない。判事は少しあせり出していた。ちょうどその時、老婆殺しの管轄の警察署長から、彼のところへ一つの耳よりな報告がもたらされた。それは、事件の当日五千二百十円在中の一個の札入れが、老婆の家から程遠からぬ××町において拾得されたが、その届け主が、嫌疑者の斎藤の親友である蕗屋清一郎という学生だったことを、係りの疎漏から今まで気づかずにいた。が、その大金の遺失者が一ヶ月たっても現われぬところをみると、そこに何か意味がありはしないか。念のために御報告するということだった。

困り抜いていた笠森判事は、この報告を受け取って、一道の光明を認めたように思った。さっそく蕗屋清一郎召喚の手続が取り運ばれた。ところが、蕗屋を訊問した結果は、判事の意気込みにもかかわらず、大して得るところもないように見えた。なぜ事件の当時取り調べた際、その大金拾得の事実を申立てなかったかという訊問に対して、彼は、それが殺人事件に関係があるとは思わなかったからだと答えた。この答弁には充分理由があった。老婆の財産は斎藤の腹巻から発見されたのだから、それ以外の金が、殊に往来に遺失されていた金が、老婆の財産の一部だと誰が想像しよう。

しかし、これが偶然であろうか。事件の当日、現場からあまり遠くない所で、しかも第一の嫌疑者の親友である男が（斎藤の申立てによれば彼は植木鉢の隠し場所をも知っているのだ）この大金を拾得したというのが、これが果たして偶然であろうか。判事はそこに何かの意味を発見しようとして悶《もだ》えた。判事の最も残念に思ったのは、老婆が紙幣の番号を控えておかなかったことだ。それさえあれば、この疑わしい金が、事件に関係があるかないかも、ただちに判明するのだが。「どんな小さなことでも、何かひとつ確かな手掛りを摑《つか》みさえすればなあ」判事は全才能を傾けて考えた。現場の取り調べも幾度となく繰り返された。老婆の親族関係も充分調査した。しかし、なんの得るところもない。そうしてまた半月ばかりが徒《いたず》らに経過した。

たったひとつの可能性は、と判事は考えた。蕗屋が老婆の貯金を半分盗んで、残りを元通りに隠しておき、盗んだ金を札入れに入れて、往来で拾ったように見せかけたと推定することだ。だがそんなばかなことがあり得るだろうか。その札入れもむろん調べてみたけれど、これという手掛りもない。それに、蕗屋は平気で、当日散歩のみちすがら、老婆の家の前を通ったと申立てているではないか。犯人にこんな大胆なことが言えるものだろうか。第一、最も大切な兇器《きょうき》の行方がわからぬ。蕗屋の下宿の家宅捜索の結果は、何物をももたらさなかったのだ。しかし、兇器のことをいえば、斎藤とても同じではないか。では一体だれを疑ったらいいのだ。

そこには確証というものが一つもなかった。署長らの言うように、斎藤を疑えば斎藤らしくもある。だが、また、蕗屋とても疑って疑えぬことはない。ただ、わかっているのは、この一ヶ月半のあらゆる捜索の結果、彼ら二人を除いては、一人の嫌疑者も存在しないということだった。万策尽きた笠森判事はいよいよ奥の手を出す時だと思った。二人の嫌疑者に対して、彼の従来しばしば成功した心理試験を施そうと決心した。

4

蕗屋清一郎は、事件の二、三日後に第一回目の召喚を受けた際、係りの予審判事が有名な素人心理学者の笠森氏だということを知った。そして、当時既にこの最後の場合を予想して少なからず狼狽《ろうばい》した。さすがの彼も、日本に、たとえ一個人の道楽気からとはいえ、心理試験などというものが行なわれているという事実を、うっかり見のがしていた。彼は種々の書物によって、心理試験の何物であるかを、知り過ぎるほど知っていたのだ。

この大打撃に、もはや平気を装って通学をつづける余裕を失った彼は、病気と称して下宿の一室にとじこもった。そして、ただ、いかにしてこの難関を切り抜けるべきかを考えた。ちょうど、殺人を実行する以前にやったと同じ、或《あるい》はそれ以上の、綿密と熱心とをもって考えつづけた。

笠森判事は果たしてどのような心理試験を行なうであろうか。それは到底予知することができない。で、蕗屋は知っている限りの方法を思い出して、そのひとつひとつについて、なんとか対策がないものかと考えてみた。しかし、元来心理試験というものが、虚偽の申立てをあばくためにできているのだから、それを更に偽るということは、理論上不可能らしくもあった。

蕗屋の考えによれば、心理試験はその性質によって二つに大別することができた。ひとつは純然たる生理上の反応によるもの、今ひとつは言葉を通じて行なわれるものだ。前者は、試験者が犯罪に関連したさまざまの質問を発して、被験者の身体上の微細な反応を、適当な装置によって記録し、普通の訊問によっては到底知ることのできない真実を摑もうとする方法だ。それは、人間は、たとえ言葉の上で、または顔面表情の上で、嘘をついても、神経そのものの興奮は隠すことができず、それが微細な肉体上の徴候として現われるものだという理論に基づくので、その方法としては、たとえば automatograph などの力を借りて、手の微細な動きを発見する方法、或《あ》る手段によって眼球の動き方を確かめる方法、pneumograph によって呼吸の深浅遅速を計る方法、sphygmograph によって脈搏《みゃくはく》の高低遅速を計る方法、plethysmograph によって四肢の血量を計る方法、galvanometer によって手の平の微細なる発汗を発見する方法、膝《ひざ》の関節を軽く打って生じる筋肉の収縮の多少を見る方法、その他これらに類する種々さまざまの方法がある。

たとえば、不意に「お前は老婆を殺した本人であろう」と問われた場合、彼は平気な顔で「何を証拠にそんなことをおっしゃるのです」と言い返すだけの自信はある。だが、その時不自然に——脈搏が高まったり、呼吸が早くなるようなことはないだろうか。それを防ぐことは絶対に不可能なのではあるまいか。彼はいろいろな場合を仮定して、心のうちで実験してみた。ところが、不思議なことには、自分自身で発した訊問は、それがどんなにきわどい、不意の思い付きであっても、肉体上に変化を及ぼすようには考えられなかった。むろん微細な変化を計る道具があるわけではないから、確かなことはいえぬけれど、神経の興奮そのものが感じられない以上は、その結果である肉体上の変化も起こらぬはずだった。

そうして、いろいろと実験や推量をつづけているうちに、蕗屋はふとある考えにぶっつかった。それは、練習というものが心理試験の効果を妨げはしないか、言い換えれば、同じ質問に対しても、一回目よりは二回目が、二回目よりは三回目が、神経の反応が微弱になりはしないかということだった。つまり、慣れるということだ。これは他のいろいろの場合を考えて見てもわかる通り、ずいぶん可能性がある。自分自身の訊問に対しては反応がないというのも、結局はこれと同じ理窟《りくつ》で、訊問が発せられる以前に、すでに予期があるために違いない。

そこで、彼は「辞林」の中の何万という単語をひとつ残らず調べてみて、少しでも訊問されそうな言葉をすっかり書き抜いた。そして、一週間もかかって、それに対する神経の「練習」をやった。

さて次には、言葉を通じて試験する方法だ。これとても恐れることはない。いやむしろ、それが言葉であるだけに、ごまかしやすいというものだ。これにはいろいろな方法があるけれど、最もよく行なわれるのは、あの精神分析家が病人を見るときに用いるのと同じ方法で、連想診断というやつだ。「障子」だとか「机」だとか「インキ」だとか

「ペン」だとか、なんでもない用語をいくつも順次に読み聞かせて、できるだけ早く、少しも考えないで、それらの単語について連想した言葉をしゃべらせるのだ。たとえば「障子」に対しては「窓」とか「敷居」とか「紙」とか「戸」とかいろいろの連想があるだろうが、どれでも構わない。その時ふと浮かんだ言葉を言わせる。そして、それらの意味のない単語のあいだへ「ナイフ」だとか「血」だとか「金」だとか「財布」だとか、犯罪に関係のある単語を、気づかれぬように混ぜておいて、それに対する連想を調べるのだ。

先《ま》ず第一に、最も思慮の浅い者は、この老婆殺しの事件でいえば「植木鉢」という単語に対して、うっかり「金」と答えるかもしれない。即ち「植木鉢」の底から「金」を盗んだことが最も深く印象されているからだ。そこで彼は罪状を自白したことになる。だが、少し考え深い者だったら、たとえ「金」という言葉が浮かんでも、それを押し殺して、たとえば「瀬戸物」と答えるだろう。

かような偽りに対して二つの方法がある。ひとつは、一巡試験した単語を、少し時間を置いて、もう一度繰り返すのだ。すると、自然に出た答えは多くの場合前後相違がないのに、故意に作った答えは十中八九は最初のときと違ってくる。たとえば「植木鉢」に対して最初は「瀬戸物」と答え、二度目は「土」と答えるようなものだ。

もうひとつの方法は、問いを発してから答えを得るまでの時間を、ある装置によって精確に記録し、その遅速によって、たとえば「障子」に対して「戸」と答えた時間が一秒であったにもかかわらず、「植木鉢」に対して「瀬戸物」と答えた時間が三秒もかかったとすれば、それは「植木鉢」について最初に現われた連想を押し殺すために時間を取ったので、その被験者は怪しいということになるのだ。この時間の遅延は、当面の単語に現われるばかりでなく、その次の意味のない単語にまで影響して現われることもある。

また、犯罪当時の状況を詳しく話して聞かせて、それを暗誦《あんしょう》させる方法もある。真実の犯人であったら、暗誦する場合に、微細な点で思わず話して聞かされたことと違った真実を口走ってしまうものなのだ。

この種の試験に対しては、前の場合と同じく「練習」が必要なのはいうまでもないが、それよりももっと大切なのは、蕗屋に言わせると、無邪気なことだ。つまらない技巧を弄《ろう》しないことだ。「植木鉢」に対しては、むしろあからさまに「金」または「松」と答えるのが、いちばん安全な方法なのだ。というのは、蕗屋は、たとえ彼が犯人でなかったにしても、判事の取り調べその他によって、犯罪事実をある程度まで知っているのが当然だから、そして、植木鉢の底に金があったという事実は、最近の且《か》つ最も深刻な印象に違いないのだから、連想作用がそんなふうに働くのは至極あたり前ではないか。また、この手段によれば、現物の有様を暗誦させられた場合にも安全なのだ。ただ、問題は所要時間の点だ。これにはやはり「練習」が必要である。「植木鉢」ときたら、少しもまごつかないで、「金」または「松」と答え得るように練習しておく必要がある。彼は更にこの「練習」のために数日をついやした。かようにして、準備はまったく整った。

彼はまた、一方において、ある一つの有利な事情を勘定に入れていた。それを考えると、たとえ、予期しない訊問《じんもん》に接しても、更に一歩を進めて、予期した訊問に対して不利な反応を示しても、少しも恐れることはないのだった。というのは、試験されるのは、蕗屋一人ではないからだ。あの神経過敏な斎藤勇が、いくら身に覚えがないといっても、さまざまの訊問に対して、果たして虚心平気でいることができるだろうか。おそらく彼とても、少なくとも蕗屋と同様くらいの反応を示すのが自然ではあるまいか。

蕗屋は考えるにしたがって、だんだん安心してきた。なんだか鼻歌でも歌い出したいような気持になってきた。彼は今はかえって笠森判事の呼出しを待ち構える気持にさえなった。

5

笠森判事の心理試験がいかように行なわれたか。それに対して、神経質な斎藤がどんな反応を示したか、蕗屋がいかに落ちつきはらって試験に応じたか、ここにそれらの管々しい叙述を並べ立てることを避けて、直ちにその結果に話を進めることにする。

それは心理試験の行なわれた翌日のことであった。笠森判事が、自宅の書斎で、試験の結果を書きとめた書類を前にして、小首を傾けているところに、明智小五郎の名刺が通じられた。

「D坂の殺人事件」を読んだ人は、この明智小五郎がどんな男だかということを幾分ご存じであろう。彼はその後、しばしば困難な犯罪事件に関係して、その珍らしい才能を現わし、専門家たちはもちろん、一般の世間からも、もう立派に認められていた。笠森氏とも、ある事件から心易くなったのであった。

女中の案内につれて、判事の書斎に、明智のニコニコした顔が現われた。このお話は「D坂の殺人事件」から数年後のことで、彼ももう昔の書生ではなくなっていた。

「いや、どうも、今度はまったく弱りましたよ」

判事が来客の方にからだの向きを変えて、ゆううつな顔を見せた。

「例の老婆殺しの事件ですね。どうでした、心理試験の結果は」

明智は判事の机の上を覗《のぞ》きながら言った。彼は事件以来、たびたび笠森判事に会って詳しい事情を聞いていたのだ。

「いや、結果は明白ですがね」と判事「それがどうも、僕にはなんだか得心できないのですよ。きょうは脈搏の試験と、連想診断をやってみたのですが、蕗屋の方は殆《ほと》んど反応がないのです。もっとも脈搏では大分疑わしいところもありましたが、しかし、斎藤に比べれば、問題にもならぬくらい僅《わず》かなんです。これをごらんなさい。ここに質問事項と、脈搏の記録がありますよ。斎藤の方は実にいちじるしい反応を示しているでしょう。連想試験でも同じことです。この『植木鉢』という刺戟《しげき》語に対する反応時間を見てもわかりますよ。蕗屋の方はほかの無意味な言葉よりもかえって短かい時間で答えているのに、斎藤の方はどうです、六秒もかかっているではありませんか」

判事が示した連想診断の記録は次に表示したようなものであった。

「ね、非常に明瞭《めいりょう》でしょう」判事は明智が記録に眼を通すのを待ってつづけた。「これでみると、斎藤はいろいろ故意の細工をやっている。いちばんよくわかるのは反応時間

刺戟語	蕗屋清一郎		斎藤勇	
	反応語	所要時間	反応語	所要時間
頭	毛	0.9秒	尾	1.2秒
緑	青	0.7	青	1.1
水	湯	0.9	魚	1.3
歌う	唱歌	1.1	女	1.5
長い	短い	1.0	紐	1.2
○殺す	ナイフ	0.8	犯罪	3.1
舟	川	0.9	水	2.2
窓	戸	0.8	ガラス	1.5
料理	洋食	1.0	さしみ	1.3
○金	紙幣	0.7	鉄	3.5
冷い	水	1.1	冬	2.3
病気	風邪	1.6	肺病	1.6
針	糸	1.0	糸	1.2
○松	植木	0.8	木	2.3
山	高い	0.9	川	1.4
○血	流れる	1.0	赤い	3.9
新しい	古い	0.8	着物	2.1
嫌い	蜘蛛	1.2	病気	1.1
○植木鉢	松	0.6	花	6.2
鳥	飛ぶ	0.9	カナリヤ	3.6
本	丸善	1.0	丸善	1.3
○油紙	隠す	0.8	小包	4.0
友人	斎藤	1.1	話す	1.8
純粋	理性	1.2	言葉	1.7
箱	本箱	1.0	人形	1.2
○犯罪	人殺し	0.7	警察	3.7
満足	完成	0.8	家庭	2.0
女	政治	1.0	妹	1.3
絵	屏風	0.9	景色	1.3
○盗む	金	0.7	馬	4.1

○印は犯罪に関係ある単語。実際は百ぐらいの単語が使われるし、更に、それを二組も三組も用意して、次々と試験するのだが、右の表は解り易くするために簡単にしたものである。

のおそいことですが、それが問題の単語ばかりでなく、そのすぐあとのや、二つ目のにまで影響しているのです。それからまた、『金』に対して『鉄』と答えたり、『盗む』に対して『馬』といったり、かなり無理な連想をやっています。『植木鉢』にいちばん手間がくかかったのは、恐らく『金』と『松』という二つの連想を押さえつけるために手間どったのでしょう。それに反して、蕗屋の方はごく自然です。『植木鉢』に『松』だとか、『油紙』に『隠す』だとか、『犯罪』に人殺しだとか、もし犯人だったら是非隠さなければならないような連想を、平気でしかも短かい時間に答えています。彼が人殺しの本人でいて、こんな反応を示したとすれば、よほどの低能児に違いありません。ところが、実際は彼は××大学の学生で、それになかなか秀才なのですからね」

「そんなふうにも取れますね」

明智は何か考え考え言った。しかし判事は彼の意味ありげな表情には、少しも気づかないで、話を進める。

「ところがですね、これでもう、蕗屋の方は疑うところはないのだが、斎藤が果たして犯人かどうかという点になると、試験の結果はこんなにハッキリしているのに、どうも僕は確信が持てないのですよ。何も予審で有罪にしたといって、それが最後の決定になるわけではなし、まあこのくらいでいいのですが、御承知のように、僕は例のまけぬ気でね。公判で僕の考えをひっくり返されるのが癪《しゃく》なんですよ。そんなわけで実はまだ迷っている始末です」

「これを見ると、実に面白いですね」明智が記録を手にしてはじめた。「蕗屋も斎藤もなかなか勉強家だって言いますが、『本』という単語に対して、両人とも『丸善』と答えたところなどは、よく性質が現われていますね。もっと面白いのは、蕗屋の答えは、どことなく物質的で、理智的なのに反して、斎藤のは、いかにもやさしいところがあるじゃありませんか。叙情的ですね。たとえば『女』だとか『着物』だとか『花』だとか『人形』だとか『景色』だとか『妹』だとかいう答えは、どちらかといえばセンチメンタルな弱々しい男を思わせますね。それから、斎藤はきっと病身ですよ。『嫌い』に『病気』と答え、『病気』に『肺病』と答えているじゃありませんか。平生から肺病になりゃしないかと恐れている証拠ですよ」

「そういう見方もありますね。連想診断てやつは、考えれば考えるだけ、いろいろ面白い判断が出てくるものですよ」

「ところで」明智は少し口調をかえて言った。「あなたは、心理試験というものの弱点について考えられたことでありますから。デ・キロスは心理試験の提唱者ミュンスターベルヒの考えを批評して、この方法は拷問に代るべく考案されたものだけれど、その結果は、やはり拷問と同じように無実のものを罪に陥れ、有罪者を逸することがあるといっていますね。ミュンスターベルヒ自身も、心理試験の真の効能は、嫌疑者が、ある場所とか人とか物について、知っているかどうかを見いだす場合に限って決定的だけれど、その他の場合には幾分危険だというようなことを、どっかで書いていました。あなたにこんなことをお話しするのは釈迦に説法かもしれませんね。でも、これは確かに大切な点だと思いますが、どうでしょう」

「それは悪い場合を考えれば、そうでしょうがね。むろん僕もそれは知ってますよ」

判事は少しいやな顔をして答えた。

「しかし、その悪い場合が、存外手近にないとも限りませんからね、こういうことはいえないでしょうか。たとえば非常に神経過敏な無実の男が、ある犯罪の嫌疑を受けたと仮定しますね。その男は犯罪の現場で捕えられ、犯罪事実もよく知っているのです。この場合、彼は果たして心理試験に対して平気でいることができるでしょうか。『あ、これは僕を試すのだな、どう答えたら疑われないだろう』などというふうに興奮するのが当然ではないでしょうか。ですから、そういう事情の下に行なわれた心理試験は、デ・キロスのいわゆる『無実のものを罪に陥れる』ことになりゃしないでしょうか」

「君は斎藤勇のことをいっているのですね。いや、それは僕もなんとなくそう感じたものだから、今もいったように、まだ迷っているのじゃありませんか」

判事はますます苦い顔をした。

「では、そういうふうに、斎藤が無実だとすれば（もっとも金を盗んだ罪はまぬがれませんけれど）いったい誰が老婆を殺したのでしょう」

判事はこの明智の言葉を中途から引き取って、荒々しく訊《たず》ねた。

「そんなら、君は、ほかに犯人の目当てでもあるのですか」

「あります」明智はニコニコしながら、「僕はこの連想試験の結果から見て蕗屋が犯人だと思うのですよ。しかしまだ確実にそうだとは言いきれませんけれど。あの男はもううちへ帰したのでしょうね。どうでしょう。それとなく彼をここへ呼ぶわけにはいきませんかしら、そうすれば、僕はきっと真相をつき止めてお眼にかけますがね」

「なんですって、それは何か確かな証拠でもあるのですか」

判事が少なからず驚いて訊ねた。

明智は別に得意らしい色もなく、詳しく彼の考えを述べた。そして、それが判事をすっかり感心させてしまった。明智の希望が容《い》れられて、蕗屋の下宿へ使いが走った。

「御友人の斎藤氏はいよいよ有罪と決した。それについてお話ししたいこともあるから、私の私宅まで御足労を煩わしたい」

これが呼び出しの口上だった。蕗屋はちょうど学校から帰ったところで、それを聞くと早速やってきた。さすがの彼もこの吉報には少なからず興奮していた。嬉《うれ》しさのあまり、そこに恐ろしい罠《わな》のあることを、まるで気づかなかった。

6

笠森判事は、ひと通り斎藤を有罪と決定した理由を説明したあとで、こうつけ加えた。

「君を疑ったりして、まったく相すまんと思っているのです。きょうは、実はそのお詫《わ》びかたがた、事情をよくお話ししようと思って、来て頂いたわけですよ」

そして、蕗屋のために紅茶を命じたりして、ごくうちくつろいだ様子で雑談をはじめた。明智も話に加わった。判事は彼を知り合いの弁護士で、死んだ老婆の遺産相続者から、貸金の取り立てなどを依頼されている男だといって紹介した。むろん半分は嘘だけれど、親族会議の結果、老婆の甥《おい》が田舎から出てきて、遺産を相続することになったのは事実だった。

三人のあいだには、斎藤の噂をはじめとして、いろいろの話題が話された。すっかり安心した蕗屋は、中でもいちばん雄弁な話し手だった。

そうしているうちに、いつの間にか時間がたって、窓のそとに夕闇が迫ってきた。蕗屋はふとそれに気づくと、帰り支度をはじめながら言った。

「では、もう失礼しますが、別にご用はないでしょうか」

「おお、すっかり忘れてしまうところだった」明智が快活に言った。「なあに、どうでもいいようなことですがね。ちょうど序《つい》でだから……ご承知かどうですか、あの殺人のあった部屋に二枚折りの金屏風《びょうぶ》が立ててあったのですが、それにちょっと傷がついていたといって問題になっているのですよ。というのは、その屏風は婆さんのものではなく、貸金の抵当に預かってあった品で、持ち主の方では、殺人の際についた傷に違いないから弁償しろというし、婆さんの甥は、これがまた婆さんに似たけちん坊でね、元からあった傷かもしれないといって、なかなか応じないのです。実際つまらない問題で、閉口してるんです。尤《もっと》もその屛風は可なり値うちのある品物らしいのですがね。ところで、あなたはよくあの家へ出入りされたのですから、その屛風も多分ご存じでしょうが、以前に傷があったかどうか、ひょっと御記憶じゃないでしょうか、どうでしょう、屛風なんか別に注意しなかったでしょうね。実は斎藤にも聞いてみたんですが、先生興奮しきっていて、よくわからないのです。それに、女中は国へ帰ってしまって、手紙で聞き合わせても要領を得ないし、ちょっと困っているのですが……」

　屛風が抵当物だったことはほんとうだが、そのほかの点はむろん作り話にすぎなかった。蕗屋は屛風という言葉に思わずヒヤッとした。しかしよく聞いてみるとなんでもないことなので、すっかり安心した。

「何をビクビクしているのだ。事件はもう決定してしまったのじゃないか」

　彼はどんなふうに答えてやろうかと、ちょっと思案したが、例によってありのままにやるのがいちばんいい方法のように考えられた。

「判事さんはよく御承知ですが、僕はあの部屋へはいったのはたった一度きりなんです。それも、事件の二日前にね。つまり先月の三日ですね」彼はニヤニヤ笑いながら言った。こうした言い方をするのが愉快でたまらないのだ。「しかし、その屛風なら覚えてますよ。僕の見た時には確か傷なんかありませんでした」

「そうですか。間違いないでしょうね。あの小野小町の顔のところに、ほんのちょっとした傷があるだけなんですが」

「そうそう、思い出しましたよ」蕗屋はいかにも今思い出したふうを装って言った。「あれは六歌仙の絵でしたね。小野小町も覚えてますよ。しかし、もしその傷がついていたとすれば、見おとしたはずがありません。だって、極彩色の小野小町の顔に傷があれば、ひと目でわかりますからね」

「じゃあ、ご迷惑でも、証言をして頂くわけにはいきませんかしら。屏風の持ち主というのが、実に欲の深いやつで、始末にいけないのですよ」

「ええ、よござんすとも、いつでもご都合のいい時に」

蕗屋はいささか得意になって、弁護士と信ずる男の頼みを承諾した。

「ありがとう」明智はモジャモジャと伸ばした髪の毛を指でかきまわしながら、嬉しそうに言った。これは彼が興奮した際にやる一種の癖なのだ。「実は、僕は最初から、あなたが屏風のことを知っておられるに違いないと思ったのですよ。というのはね、この、きのうの心理試験の記録のなかで、『絵』という問に対して、あなたは『屏風』という特別の答え方をしていますね。これですよ。下宿屋にはあんまり屏風なんて備えてありませんし、あなたは斎藤のほかには別段親しいお友だちもないようですから、これはさしずめ老婆の座敷の屏風が、何かの理由で特別に深い印象になって残っていたのだろうと想像したのですよ」

蕗屋はちょっと驚いた。それは確かにこの弁護士のいう通りに違いなかった。でも、彼はきのうどうして屏風なんて口走ったのだろう。そして、不思議にも今までまるでそれに気づかないとは。これは危険じゃないかな。しかし、どういう点が危険なのだろう。あの時彼は、その傷跡をよく調べて、なんの手掛りにもならぬことを確かめておいたではないか。なあに、平気だ、平気だ。彼は一応考えてみてやっと安心した。ところが、ほんとうは、彼は明白すぎるほどな大間違いをやっていたことを少しも気づかなかったのだ。

「なるほど、僕はちっとも気づきませんでしたけれど、確かにおっしゃる通りですよ。なかなか鋭い御観察ですね」

蕗屋はあくまで、無技巧主義を忘れないで、平然として答えた。

「なあに、偶然気づいたのですよ」弁護士を装った明智が謙遜《けんそん》した。「だが、気づいたといえば、実はもうひとつあるのですが、いや、いや、決して御心配なさるようなことじゃありません。きのうの連想試験の中には八つの危険な単語が含まれていたのですが、あなたはそれを実に完全にパスしましたね。実際完全すぎたほどですよ。少しでもうしろ暗いところがあれば、こうは行きませんからね。その八つの単語というのは、ここに丸が打ってあるでしょう。これですよ」といって明智は記録の紙片を示した。「ところが、あなたのこれらに対する反応時間は、ほかの無意味な言葉よりも、皆ほんの僅《わず》かずつではありますけれど、早くなってますね。たとえば『植木鉢』に対して『松』と答えるのに、たった〇・六秒しかかかってない。これは珍らしい無邪気さですよ。この三十箇の単語の内で、いちばん連想し易いのは先《ま》ず『緑』に対する『青』などでしょうが、あなたはそれさえ〇・七秒かかってますからね」

蕗屋は非常な不安を感じはじめた。この弁護士は、いったいなんのためにこんな饒舌《じょうぜつ》を弄《ろう》しているのだろう。好意でか、それとも悪意でか。何か深い下心があるのじゃないかしら。彼は全力を傾けて、その意味を探ろうとした。

「『植木鉢』にしろ『油紙』にしろ『犯罪』にしろ、そのほか、問題の八つの単語は、皆、決して『頭』だとか『緑』だとかいう平凡なものより、連想しやすいとは考えられません。それにもかかわらず、あなたは、そのむずかしい連想の方をかえって早く答えているのです。これはどういう意味でしょう。僕が気づいた点というのはここですよ。ひとつあなたの心持を当ててみましょうか。え、どうです。なにも一興ですからね。しかしもし間違っていたらごめんくださいよ」

蕗屋はブルッと身震いした。しかし、何がそうさせたかは彼自身にもわからなかった。

「あなたは、心理試験の危険なことをよく知っていて、あらかじめ準備していたのでしょう。犯罪に関係のある言葉について、ああ言えばこうと、ちゃんと腹案ができていたんでしょう。いや、僕は決して、あなたのやり方を非難するのではありませんよ。実際、心理試験というやつは、場合によっては非常に危険なものですからね。有罪者を逸して無実のものを罪に陥れることがないとは断言できないのですからね。ところが、準備があまり行き届き過ぎていて、もちろん別に早く答えるつもりはなかったのでしょうけれど、その言葉だけが早くなってしまったのです。これは確かに大へんな失敗でしたね。

あなたは、ただもう遅れることばかり心配して、それが早過ぎるのも同じように危険だということを少しも気づかなかったのです。もっとも、この時間の差は非常に僅《わず》かずつですから、よほど注意深い観察者でないと、うっかり見逃がしてしまいますがね。ともかく、こしらえ事というものは、どっかに破綻《はたん》があるものですよ」明智の蕗屋を疑った論拠は、ただこの一点にあったのだ。「しかし、あなたはなぜ『金』だとか『人殺し』だとか『隠す』だとか、嫌疑を受け易い言葉を選んで答えたのでしょう。言うまでもない。そこがそれ、あなたの無邪気なところですよ。もしあなたが犯人だったら決して『油紙』と問われて『隠す』などとは答えませんからね。そんな危険な言葉を平気で答え得るのは、少しもやましいところのない証拠ですよ。ね、そうでしょう。僕のいう通りでしょう」

蕗屋は話し手の眼をじっと見詰めていた。どういうわけか、そらすことができないのだ。そして、鼻から口の辺にかけて筋肉が硬直して、笑うことも、泣くことも、驚くことも、一切の表情が不可能になったような気がした。むろん口は利けなかった。もし無理に口を利こうとすれば、それは直ちに恐怖の叫びになったに違いない。

「この無邪気なこと、つまり小細工を弄しないということが、あなたのいちじるしい特徴ですよ。僕はそれを知ったものだから、あのような質問をしたのです。え、おわかりになりませんか。例の屏風のことです。僕は、あなたがむろん無邪気にありのままにお答えくださることを信じて疑わなかったのですよ。実際その通りでしたがね。ところで、笠森さんに伺いますが、問題の六歌仙の屏風は、いつあの老婆の家に持ち込まれたのですかしら」

明智はとぼけた顔をして、判事に訊《たず》ねた。

「犯罪事件の前日ですよ。つまり先月の四日です」

「え、前日ですって、それはほんとうですか。妙じゃありませんか、今蕗屋君は、事件の前々日即ち三日に、それをあの部屋で見たと、ハッキリ言っているじゃありませんか。どうも不合理ですね。あなた方のどちらかが間違っていないとしたら」

「蕗屋君は何か思い違いをしているのでしょう」判事がニヤニヤ笑いながら言った。「四日の夕方までは、あの屏風《びょうぶ》が、そのほんとうの持ち主の家にあったことは、明白にわかっているのです」

明智は深い興味をもって、蕗屋の表情を観察した。それは、今にも泣き出そうとする小娘の顔のように変なふうにくずれかけていた。これが明智の最初から計画した罠《わな》だった。彼は事件の二日前には、老婆の家に屏風のなかったことを、判事から聞いて知っていたのだ。

「どうも困ったことになりましたね」明智はさも困ったような声で言った。「これはもう取り返しのつかぬ大失策ですよ。なぜあなたは見もしないものを見たなどと言うのです。あなたは事件の二日前から一度もあの家へ行っていないはずじゃありませんか。殊に六歌仙の絵を覚えていたのは致命傷ですよ。おそらくあなたは、ほんとうのことを言おう、ほんとうのことを言おうとして、つい嘘をついてしまったのでしょう。ね、そうでしょう。あなたは事件の二日前にあの座敷へはいった時、そこに屏風があるかないかというようなことを注意したでしょうか。むろん注意しなかったでしょう。実際それはあなたの計画にはなんの関係もなかったのですし、もし屏風があったとしても、あれは御承知の通り時代のついたくすんだ色合いで、ほかのいろいろの道具の中で、殊さら目立っていたわけでもありませんからね。で、あなたが今、事件の当日そこで見た屏風が、二日前にも同じようにそこにあっただろうと考えたのは、ごく自然ですよ。それに僕はそう思わせるような調子で問いかけたのですものね。これは一種の錯覚みたいなものですが、よく考えてみると、われわれには日常ザラにあることです。しかし、もし普通の犯罪者だったら決してあなたのようには答えなかったでしょう。彼らは、なんでもかんでも、隠しさえすればいいと思っているのですからね。ところが、僕にとって好都合だったのは、あなたが世間なみの裁判官や犯罪者より、十倍も二十倍も進んだ頭を持っていられたことです。つまり、急所にふれない限りは、できるだけあからさまにしゃべってしまう方が、かえって安全だという信念を持っていられたことです。裏の裏を行くやり方ですね。そこで僕は更にその裏を行ってみたのですよ。まさか、あなたは、この事件になんの関係もない弁護士が、あなたを白状させるために、罠を作っていようとは想像もしなかったでしょうからね。ハハハハハハ」

蕗屋はまっ青になった顔の、ひたいのところにビッショリ汗を浮かせて、じっとだまり込んでいた。彼はもうこうなったら、弁明すればするだけボロを出すばかりだと思った。彼は頭がよいだけに、自分の失言がどんなに雄弁な自白だったかということを、よくわきまえていた。彼の頭の中には、妙なことだが、子供の時分からのさまざまの出来事が、走馬燈《そうまとう》のように、めまぐるしく現われては消えて行った。長い沈黙がつづいた。

「聞こえますか」明智がしばらくしてから言った。「そら、サラサラ、サラサラという音がしているでしょう。あれはね、さっきから、隣の部屋で、僕たちの問答を書きとめているのですよ……君、もうよござんすから、それをここへ持ってきてくれませんか」

すると、襖《ふすま》がひらいて、一人の書生ふうの男が手に洋紙の束を持って出てきた。

「それを一度読み上げてください」

明智の命令にしたがって、その男は最初から朗読した。

「では、蕗屋君、これに署名して、拇印《ぼいん》で結構ですから捺《お》してくれませんか。君はまさかいやだとは言いますまいね。だって、さっき、屛風のことはいつでも証言してやると約束したばかりじゃありませんか。もっとも、こんなふうな証言だろうとは想像しなかったかもしれませんがね」

蕗屋は、ここで署名を拒んだところで、なんの甲斐《かい》もないことを、充分知っていた。彼は明智の驚くべき推理をも、あわせて承認する意味で、署名捺印《なついん》した。そして、今はもうすっかりあきらめ果てた人のようにうなだれていた。

「先にも申し上げた通り」明智は最後に説明した。「ミュンスターベルヒは、心理試験の真の効能は、嫌疑者が、ある場所、人、または物について知っているかどうかを試す場合に限って、決定的だといっています。今度の事件でいえば、蕗屋君が屛風を見たかどうかという点が、それなんです。この点をほかにしては、百の心理試験もおそらくむだでしょう。なにしろ相手が蕗屋君のような、なにもかも予想して、綿密な準備をしている男なのですからね。それからもう一つ申し上げたいのは、心理試験というものは、必ずしも、書物に書いてある通り、一定の刺戟《しげき》語を使い、一定の機械を用意しなければできないものではなくて、いま、僕が実験してお眼にかけたように、ごく日常的な会話によってでも充分やれるということです。昔からの名判官は、たとえば大岡越前守というような人は、皆自分でも気づかないで、最近の心理学が発明した方法をちゃんと応用していたのですよ」

地獄の道化師

彫像轢《れき》死《し》事件

東京市を一周する環状国鉄には、今もなお昔ながらの田舎めいた踏切が数ヶ所ある。踏切番の小屋があって、電車の通過するごとに、だんだら染めにした遮断の棒がおり、番人が旗を振るのだ。豊島区I駅の大踏切といわれている箇所も、その骨董《こっとう》的踏切の一つであった。

そこは市の中心から、人口の多い豊島区外郭にかけてのただひとつの交通路なので、昼となく夜となく、徒歩の通行者はもちろん、乗用自動車、トラック、自転車、サイドカーなどの交通頻繁をきわめ、それらが、長い貨物列車などを待合わせる場合は、踏切の遮断棒も折れんばかりに、あとからあとからと詰めかけて、戦争のような騒ぎを演じ、月に一、二度は必らず物騒な交通事故をひき起こす慣《なら》いであった。

春もなかば、なま暖かくドンヨリと薄曇ったある夕暮のことである。午後五時二十分の東北行貨物列車が、踏切付近の人家を震動させて、ノロノロと通過していた。例によって大踏切の遮断棒の前には、あらゆる種類の乗物が河岸のごもくのようにむらがり、遮断棒の上がるのを待ちかねて、一寸でも一尺でもほかの人々の先に出ようと、有利な地位を争いながら、人も車もひしめき合っていた。

やっと長い長い列車の最後部が、そこの窓からのぞく車掌の顔とともに、ひしめく人々を嘲笑《あざわら》うかのように、ゆっくりゆっくり過ぎ去って行った。踏切番の笛が鳴って、遮断棒が宙天にはね上がって行く。たちまち自動車の警笛がさまざまの音色をもって、お互いに威嚇し合うように鳴り響き、種々雑多の車どもは、洪水の堤を切ったように、線路の上へとあふれはじめた。

遮断棒は線路の両側にあるのだから、車の洪水もその両側から押し流されて、狭い踏切の通路をすれ違うのだ。洪水の波頭が何本かのレールの上でぶつかり合うのだ。まったくの混乱状態である。踏切番は声をからして整理しようとするのだが、この勢いを阻止する力はない。トラックの運転手が自転車の小僧さんをどなりつける。自転車は自転車で徒歩のおかみさんを叱りつけて、石畳みの通路のそとへ追い落とす。子供は泣き叫び、老人や娘さんは顔色をかえて、線路の横断を思いとどまるという有様である。

その混乱の自動車行列の中に、一台の異様なオープン・カーがまじっていた。箱型自動車ばかりの中に、オープン・カーというだけでも人目をひくのに、その上、その車の後部席には、人間ではなくて奇妙な、異様に目立つ品物が乗せられていた。

五尺以上の長いもので、それに白い大風呂敷《おおぶろしき》のようなものがかぶせてあるのだが、その白布の凹凸によって察するに、中身はどうやら人間の形をしたものらしいのである。それが強直したように直立の姿勢で、客席のクッションから後部の幌《ほろ》の上まで、ななめにヌーッと頭を突き出しているのだ。混乱の中で、注意する人もなかったけれど、もし神経質な観察者がこれを見たならば、その形が人間の裸体そっくりなのに、ギョッとしたかもしれない。

あの白布の中には、はだかにされた人間がはいっているのではないか。もしかしたら、強直状態になった死骸《しがい》ではないのか。それをあの運転手のやつ、昼日中、なに食わぬ顔で、どこか秘密の場所へ運んでいるのではないか。などと、白昼の悪夢にうなされた人もなかったとはいえない。

だが、その白布の中の物体がなんであるかは、やがて、不幸な偶然から、衆人の眼の前にさらされることとなった。

自動車の警笛が、悲鳴のようにけたたましく鳴り響いた。踏切番のすさまじい怒号が人々をハッとさせた。そして、何かしら恐ろしい物音がした。はげしく物のぶつかり合う響きであった。

人々はなにがなんだかわからないまま、自己防衛の身構えをして立ちすくんだ。大きなトラックがレールの上を地震のように波打ちながら進んで行った。その上から小さい荷箱が五、六個、こぼれるように地上に転落した。

トラックが過ぎ去ったあとには、例のオープン・カーが車輪を石畳みのそとへ踏みはずして、車体をかしげて停まっていた。泥除《よ》けが無残にねじ曲がっている。運転手が車上からほうり出されたと見えて、いま砂を払いながら起き上がっているところだ。いや、それよりも、後部席に横たわっていたあの不思議な荷物が影を消している。どうしたのかと見廻《まわ》すと、今の衝突のはずみをくらって、その白布に包まれた大荷物は、電車のレールの上へほうり出されていたのだ。

ほうり出された拍子に、白布の覆いものがとれて、中身がすっかり現われていた。それは案にたがわず人間であった。だが生きた人間ではない。石膏《せっこう》で造った裸女の立像なのだ。おそらく彫刻家のアトリエから展覧会へでも運ぶ途中であったのに違いない。

美術展覧会の会場に、林のように立ち並んでいるあの彫像の一種であった。しかし、それが、この雑沓《ざっとう》の中の、しかも電車のレールの上に、あらわな裸身を横たえた光景は、人々になんともいえぬ異様な感じを与えた。あり得べからざることが起こったような気持であった。白昼まっぱだかの人を見た、あの羞恥《しゅうち》と驚きであった。

若い美女の彫像は、大破もしないで、冷たいレールを枕に、捨てばちのように仰向《あおむ》きに寝ころんでいた。まっ白な裸身全体に大きなひび割れが走っていたけれど、首も手も足もそろっていた。頭髪だとか手足の指だとか、出っぱった部分が少しばかり欠け落ちているほかは、五体のそろった若い娘であった。「どんなにか恥かしいことだろう。まあ可哀そうに」と、群衆の中の若い娘さんなどは、眼をそらしたかもしれない。

オープン・カーの運転手は、しばらくは打身の痛さに、顔をしかめて立ちすくんでいたが、ふと向こうのレールの上の裸女に気がつくと、あわてふためいて、その方へかけ出そうとした。同時に向こう側からは、立腹した踏切番が手に信号旗を持ち、顔をまっ赤にして、何かわめきながら、裸女の方へ走り寄っていた。

けたたましく呼笛《よぶこ》が鳴り響いた。遠くからの電車の警笛が悲鳴を上げた。「危ないっ、危ないっ！」という叫び声が群衆の中からまき起こった。そして、黒山の群衆がワーッと後じさりをはじめた。踏切番は線路に片足をかけて立ちはだかり、死にもの狂いに赤い信号旗を振り廻した。時も時、国鉄電車が、裸女の石膏像のころがっているレールを、まっしぐらに突進してきたのだ。

群衆は恐ろしい地響きと、速度のまき起こす強嵐を感じた。心臓が早鐘のように鼓動した。五輛《りょう》連結の電車は、電車自身が、裸女を傷つけまいとする恐ろしい苦悶《くもん》を示していた。急停車のブレーキのきしみが、巨大な動物のうめき声のように響いた。

おそらく乗客は車内で将棋倒しになったことであろう。電車は惰力の法則を無視したかのような無理な恐ろしいとまり方をした。だが、熟練な運転手の懸命の努力もついに及ばなかった。裸女の石膏像は前部車輪にかかって、一間ほど引きずられてしまった。

切断はされなかったけれど、車輪の食い入った裸女の腰の部分の石膏が、しぶきのように飛び散った。そして、電車が静止した時には、石膏像はレールのそとへ押し出され、無残な傷口を露出して、俯伏《うつぶ》せに横たわっていた。

人々は遠くからこれをながめて、まるで生きた人間が轢《ひ》き殺されたような衝動を感じた。彫像がそれはどなまなましく巧みに造られていたからである。裸女の姿体がそれほどなまめかしくいきいきとして感じられたからである。腰部にパックリとひらいた傷口から、血潮が吹き出さないのが不思議にさえ思われた。

電車の運転手は、車台から地上に降りて、踏切番に何かどなりつけていた。五輌の電車の窓からは、男女の乗客の首が鈴なりになっていた。電車から飛び降りてくる気の早い若者も見えた。

群衆の眼は傷ついた石膏像に集中されていた。その曲線の美しさと、無残な傷口との対照が、何かしら彼らをひきつけたのだ。

「君、ごらんなさい。変ですぜ。あの石膏の割れ目から、なんだかにじみ出してきたじゃありませんか」

群衆の最前列にいた若い会社員風の男が、となりの大学生に話しかけた。

「そうですね。赤いものですね。まさか、石膏像から血の流れるわけはないが……」

学生もその方へ瞳《ひとみ》をこらして真剣な口調で答えた。

「君にも赤く見えますか」

そういう会話が、群衆の中の諸所にまき起こっていた。彫像の中にあんなまっ赤な液体がはいっているはずはない。しかも、いま眼の前の裸女の立像の傷口からは赤いものがにじみ出しているのだ。

群衆の中から、ワーッというただならぬざわめきが起こった。

電車の運転手と踏切番とは、石膏像の上へかがみこんで、青ざめた顔で傷口をしらべていた。

「死んだ人間でも塗りこめてあるんじゃないか？」

運転手が無気味そうにささやいた。

「ウン、そうかもしれない。この手の中にだって、ほんとうの人間の手が隠れているのかもしれない」

踏切番はそういって、手にしていた信号旗の柄で、石膏像の一方の手首を、はげしくたたきつけた。

それにしても、なんという途方もない着想であろう。本ものの人間を芯《しん》にして石膏像を製作するなんて、これが正気の沙汰《さた》であろうか。これほど巧みにできているところを見れば、専門の彫刻家の手になったものに違いないが、ではその彫刻家は気ちがいなのであろうか。

「これを運んできた自動車は、あすこにえんこしているあれだね。運転手はどうしたんだ」

「そうだ、あいつを探し出さなくっちゃ」

踏切番は群衆に向かって、怪自動車の運転手を探してくれるように、大声で頼んだ。

しかし、運転手の姿は、いつの間にか混雑にまぎれて、どこかへ消え失《う》せていた。彼はこの彫像の中に人間の死骸が塗りこめてあることを承知していたのか、それとも石膏像出血の騒ぎに気も顚倒《てんとう》して、後難を恐れて逃亡したのか。群衆の協力も甲斐《かい》なく、いつまでたっても自動車運転手の姿は現われなかった。

そうしているあいだにも、後から別の電車が進行してくるので、運転手は事件にかかわりあっていることはできない。石膏像はそのままにしておいて、電車は乗客の首を鈴なりにしたまま発車して行った。

踏切番も任務がある。彼はあわてて群衆を線路のそとへ追いやった上、騒ぎを聞いてかけつけたI駅の駅員に、この事を警察へ知らせてくれるように頼んだ。

それから、I駅長をはじめ多数の係員がかけつける。電話の知らせによって、I警察署の係官数名がやってくる。騒ぎは刻一刻大きくなって行った。

「こいつは大きな犯罪事件になりますぜ。まるで探偵小説にでもありそうな話じゃありませんか、裸体美人の像の中に、若い美しい女の死骸が塗りこめてあるなんて」

警官に追いまくられて、遠くの柵《さく》のそとに黒山を築いた群衆の中に、こんな会話が取りかわされていた。

「ほんとうですね。この犯人はよっぽど悪賢いやつだ。ああしてただの石膏像に見せかけて、展覧会へでも出品するつもりだったかもしれませんぜ」

「気ちがい沙汰だ。だが、気ちがいにしても、ひどく利口なやつですね」

追われても追われても、群衆はふえる一方であった。踏切の両側には、いつの間にかまた自動車や自転車の洪水が、あふれんばかりに押し寄せていた。警笛の音、どなりあう声、女子供の悲鳴。それを物ともせず、野次馬は後から後へと群がり集まってきた。

死体を包んだ石膏像は、ひとまずI警察署の一室に運ばれ、検事立ち会いの上、裁判医の手によって検屍《けんし》が行なわれた。石膏像のまま写真を撮影した上、全部石膏をはがして、死体を露出してみると、想像の通り、それは二十二、三歳の美しい女の死体であった。

だが、美しいというのはからだのことであって、顔のことではなかった。なぜというのに、この死体の顔面はほとんどその原形をとどめていなかったからである。

いうまでもなく殺人事件であった。あの群衆の中の物知り顔な会話は見事に的中していた。殺人も殺人、I署はもちろん、警視庁全管下にも前例をみない、極悪非道の大殺人事件であった。

顔がわからぬ上、からだにこれという特徴もないので、被害者の身元を調べることは非常な困難を覚悟しなければならなかった。また、例の怪自動車の運転手も、どこへ姿を隠したのかまったく行方不明であったが、幸いなことには、怪自動車そのものが、ちゃんと番号札をつけて、現場に取り残されていたので、まずその自動車の持主を調べた上、もし自家用車でなかったならば、そのガレージに石膏像運搬を依頼した人物を尋ね出すという、手っ取り早い方法があった。運搬を依頼した人物こそ、おそらくは犯人に違いないのである。

調査の結果、自動車の持主はたちまち判明した。I署管内の柴田《しばた》というハイヤー専門のガレージであった。そこで刑事がそのガレージをたずねて探ってみると、例の運転手はかかり合いを恐れるあまり、行方をくらましてしまったとみえて、まだ帰っていなかったが、運搬依頼者はわけもなくたずね出すことができた。やはりI署管内のSという淋《さび》しい町に住む、彫刻家綿貫創人という人物がそれであった。

柴田ガレージの主人の話によると、この創人という彫刻家は、三十五、六歳の髪を長く伸ばしたヒョロ長い男で、自分の建てたアトリエにただ一人住んでいる、奇人のひとりものであった。別に友だちもないらしく、めったにたずねてくる人もないという噂だし、別にどの美術団体に属しているということも聞かぬ。一風変った男だということであった。

そのアトリエのあるS町というのは、問題の起こった大踏切からは、そんなに遠いところでもないので、もしこの綿貫創人が犯人とすれば、とっくに騒ぎを知って身を隠しているに違いないが、ともかく付近まで行って様子を探ってみようと、刑事はその足でS町へ出かけて行った。

アトリエは新開住宅地の、生垣にはさまれた物淋《さび》しい場所に建っていた。型ばかりの門柱があって、扉もひらいたままなので、そこをはいって行くと、すぐ木造の荒れはてたアトリエの入口であった。ニスの剝《は》げたドアが閉め切ってある。把手《とって》を廻《まわ》してみても、ガタガタいうばかりでひらかない。鍵《かぎ》がかかっているのだ。

声をかけてみたが返事がないので、刑事は建物の横に廻って、ガラス窓からアトリエの内部をのぞきこんだ。等身大の男女の立像が三つ四つ、布もかけないで隅っこに立ててある。そのそばに古い鎧櫃《よろいびつ》が置いてある。一方の壁際には黒っぽい汚ならしい鎧が立ててある。石膏《せっこう》で作った男の首がころがっている。腕や脚がほうり出してある。一方の台の上には、粘土のかたまりのようなものが積み上げてある。そうかと思うと、一方の隅には水のはいったバケツが置いてある。ガス七輪の上に琺瑯《ほうろう》塗りの薬罐《やかん》がかけたままになっている。汚ない机があって、その上に、スケッチブックといっしょに罐詰や茶碗《ちゃわん》がほうり出してあるという、非常な乱脈、まるで化物屋敷である。

広い仕事場のそばに、寝室のような小部屋がついているが、そこもあけっぱなしで、万年床の敷いてあるのが丸見えだから、主人創人は不在に違いない。隠れようといっても、ひと眼で見渡せるこのアトリエの中に、隠れるような場所もないのだ。

刑事はひととおり屋内の様子を見届けてから門を出て、通り合わせた隣家の女中をとらえ、アトリエの主人がどこへ出かけたか知らないかとたずねてみたが、女中は顔をしかめて、「あんな風来坊の行く先なんか知るもんですか」という挨拶《あいさつ》であった。この一言によって、綿貫創人の近所での不人気は、およそ推察することができる。

そのほか付近の家を二、三軒聞き廻ったが、創人が想像以上の奇人であることが判明するばかりで、いつどの方角へ出かけたかということは少しもわからなかった。

この刑事の報告によって、ちょうどＩ署へかけつけていた警視庁捜査係長や、Ｉ署の司法主任や、数名の刑事などが、すぐさまアトリエへ出かけて、ひととおり屋内の捜索を行なったが、これという発見もなく、創人は風をくらって逃亡したものと推定された。

この上は、一方各署に被疑者の人相風体を報告して、非常線を張ると同時に、被疑者と多少でも交際のあった彫刻家仲間を探し出して、創人の立ち廻り先をつきとめるほかはないと、衆議一決し、それぞれその手配が行なわれた。

ところが、ここに一人、上官の決定に不満をいだく人物があった。それは最初アトリエの調査をしたあの刑事である。名は園田という三十歳を越したばかりの血気の若者だ。

彼はまだ新米の刑事だったので、上官に遠慮して、口に出しては主張しなかったが、心のうちでは、こんなふうに考えていた。

「とんでもない手抜かりじゃないか。なぜあのアトリエに張り込みをさせないのだ。被疑者は何もかもほうりっぱなしにして逃げ出したのだから、ひょっとして夜の闇にまぎれて、もう一度アトリエへ帰ってこないものでもない。いやきっと帰ってくる。あんな変人を匿《かくま》ってくれる友だちなんてあるはずがない。元の古巣へ、逆戻りしてくるにきまっている。

よし、おれがひとつ張り込みをやってやろう。なあに、たかがヘボ美術家なんか、一人で充分だ。幸い今夜は非番だから、手弁当で一つ張り込んでやれ。うまく行けば昇級ものだからな。同僚に手柄を分けてやるのはもったいないて」

血気にはやる野心家の園田は、そんなふうに自問自答して、いったん署から帰宅すると、腹ごしらえをした上、身軽な服装に着かえて、S町の怪アトリエへ出かけて行った。もう夜の八時に近く、昼間でも淋しいその付近は、まるで深夜のように静まり返っていた。曇っているので、星影一つ見えず、なんとなく無気味な夜であった。

昼間聞いたところによると、綿貫創人はこのごろひどく窮していて、電燈《でんとう》料さえ支払わないので、送電を断たれてしまって、夜はロウソクの光で暮らしていることであったが、なるほど門燈もなければ、アトリエの中もまっ暗闇である。

園田刑事は闇の中を手探りで、昼間覚えておいたアトリエの横のガラス窓をソッとあけて、そこから屋内へ忍び込んで行った。そして、用意してきた懐中電燈で、アトリエの内部を照らしてみたが、別に異状はない。創人が立ち戻ったらしい様子は見えぬ。

「さて、ひと晩ゆっくり籠城《ろうじょう》するかな。隠れ場所はこの鎧櫃だ。なんとうまい思いつきじゃないか。たとえあいつが帰ってきて、ロウソクをふり照らしたところで、鎧櫃の中までは気がつくまいて」

刑事は得意らしく心のうちにつぶやいて、鎧櫃の蓋《ふた》をひらき、何もはいっていないことを確かめた上、その中へスッポリと身を入れた。園田が小柄な上に、ひどく大きな鎧櫃なので、足を曲げて少し窮屈な思いをすれば、頭の上からピッタリ蓋をしめることもできた。

「フフフフフ、こいつは案外居心地がいいぞ。眠くなったら居眠りをしてやるかな。だが、宵の内は先《ま》ずキャラメルでもしゃぶって……」

園田はポケットに忍ばせてきたキャラメルをさっそく頬張りながら、鎧櫃の蓋を細目にあけて、闇の中に眼を見はっていた。

時々窮屈な姿勢のまま難儀をして懐中電燈を点じ、腕時計を見るのだが、時間は遅々として進まなかった。死に絶えたような暗闇と静寂の中では、時計まで速度がにぶるのではないかと疑われた。

八時から九時までの一時間は一と晩ほど長かったが、それから十時までの一時間はさらに一そう長く感じられ、この調子で朝まで我慢ができるかしらと危ぶまれるほどであった。

だが、十時少し過ぎたころ、戸外にけたたましい犬の鳴き声がしばらくつづいたかと思うと、アトリエのそとに人の足音が聞こえた。どうやら門をはいってこちらへ近づいてくるらしい。

園田はそのかすかな物音にハッと緊張して、思わず聞き耳を立てたが、すると、足音はちょうどアトリエの入口とおぼしきあたりで止まって、やがて、カチカチと鍵を廻すらしい音が聞こえてきた。

「ああ、やっぱりそうだ。創人が帰ってきたのだ。創人でなくて、ほかに鍵を持っている者があろうとは考えられぬ。それにしても、まだ十時じゃないか。なんてずうずうしいやつだ。よしッ、いよいよ戦争だぞ」

園田は胸躍らせて、鎧櫃の蓋の隙間から、入口の方角をにらみつけた。

たてつけの悪いドアがギーッときしむ音がした。それからコツコツと床を踏む靴音、闇の中をためらいもせず歩く様子が、確かにアトリエの主人である。

足音はどこか部屋の向こうの隅の辺で立ち止まったまま、しばらく途絶えた。何をしているのかカタカタとかすかな音が聞こえていたが、やがて、シュッとマッチをする音がして、パッと赤い光が射した。ああ、ロウソクをともしたのだ。

燭台《しょくだい》を手にして、ソロソロと部屋のまん中へ歩いてくる姿が真正面からながめられる。頸筋《くびすじ》まで下げた長髪、ダブダブの背広服、折り目の全く見えなくなった太いズボン、非常にヒョロ長い背恰好《せかっこう》まで、話に聞いた綿貫創人に間違いはない。

だが、ああ、こいつはなんという恐ろしい形相をしているのだ。ロウソクの陰影のせいもあったのだろうが、頬骨の突き出た、思いきり痩《や》せ細った顔は、まるで骸骨《がいこつ》そっくりではないか。その畸《き》形《けい》な細長い顔の中に、二つの眼だけが異様に大きく飛び出して、熱病やみのように爛々《らんらん》と輝いている。気ちがいだ。気ちがいの眼だ。

「待てよ、こいつ一体ここへ何をしに帰ってきたのだろう。まさか呑気《のんき》にアトリエの中で寝るつもりじゃあるまい。よし、こいつが何をするか、ゆっくり見届けてやろう。とらえるのはそれからでもおそくはない」

園田は自問自答しながら、一刻も怪人物から眼を離さなかった。燭台を持った男は、部屋のまん中までくると、そこに立ち止まって、何か不審らしくあたりを見廻していたが、妙なしゃがれ声で独りごとをはじめた。

「おや、変だぞ。誰かここへはいったやつがあるな。フフン」

言いながら、怪人物はジロリと鎧櫃の方を見たので、園田はハッとして首をすくめた。

「あいつおれの隠れているのを悟って、当てこすりをいったのかしら。だが、まさか鎧櫃の中とは気がつくまい。なあに、いざとなりゃ一人と一人だ。力ずくでひけを取るはずはない。もう少し様子を見てやろう」

　園田がそんなことを考えているあいだに、怪人物はまた部屋の隅へ行って、そこの机の引出しをあけて、何かガタガタいわせていたが、やがて、ゆっくりゆっくり、こちらの方へ歩いてくる。

「すてきだぞ。すばらしいインスピレーションだ。ワハハハハハ、さあ仕事だ。すてきな仕事をはじめるぞ。愉快、愉快、ワハハハハハ」

　わけのわからぬことをわめいて、さもおかしくてたまらないというように笑い出した。笑うたびに、長髪を振り乱して骸骨のような顔を天井に向けるのだが、すると、ロウソクの赤茶けた光に照らされて、上下の黄色い長い歯がむき出しになり、異様にドス黒い舌がヘラヘラと動いて、この世の人とも思われぬ無気味さである。

　仕事といって、この夜中に、あれほどの大罪を犯したあとで、大胆不敵にも、何か彫刻の仕事でもはじめるのであろうか。手には大きな金槌《かなづち》を下げている。さいぜん何かポケットへ入れた様子だが、あれが鑿《のみ》だったのかしら。そして、これから木彫でもはじめるつもりなのであろうか。

相手のあまりに意表外な突飛な行動に、何を考える暇もなく、園田は鎧櫃《よろいびつ》の蓋の隙間をできるだけ細くして、なおもじっと様子をうかがっていた。

怪人物は、右に金槌、左手に燭台を持った異様な姿で、そろそろとこちらへ近づいてきたが、鎧櫃から五、六歩の距離になると、何を思ったのか、まるで飛鳥のような素早さで、パッと鎧櫃に飛びかかり、その上に腰をおろしてしまった。

「ワハハハハハ、愉快愉快、オイ、中にいるやつ、おれの声が聞こえるかね。ワハハハハ、おれが鎧櫃の隙間に気づかないような、そんなのろまだとでも思っていたのかい。おれの眼はね、猫の眼だよ。いや、豹《ひょう》の眼だよ。どんな暗いところでも昼間のようにハッキリ見えるのだ。

おれが仕事をするといったのを聞いていたかね。一体なんの仕事だと思ったね。ワハハハハ、つまり釘《くぎ》と金槌の仕事さ。早くいえば貴様を生捕りにする仕事さ。ホラ、こうするのだ。聞こえるかね。これは釘を打つ音だぜ」

怪人物は、憎々しくしゃべりながら、鎧櫃の蓋に長い釘を打ち込みはじめた。

園田はその音を聞いて、やっと相手の真意を悟ることができた。ああ、油断であった。さいぜん謎のような言葉を聞いた時、そこへ気がつかなければならなかったのだ。それにしても、なんという恐ろしいやつであろう。まるで狂人のように譫言《たわごと》を口走りながら、この暗闇の中で、咄嗟《とっさ》に彼の隠れ場所を発見し、間髪を容れず、蓋の上に腰をおろしてしまうとは。青二才の園田などが、とても太刀打ちできる相手ではない。

しかしかなわぬまでもと、園田は満身の力をこめて、下から鎧櫃の蓋を押し上げようとしたが、悲しいかな足を折り曲げた窮屈な姿勢では、充分力を出すこともできず、あの痩せっぽちのからだが、千鈞《せんきん》の重さでのしかかっているように感じられ、頑丈なかぶせ蓋は微動だもしないうちに、一本、二本、三本、またたく間に釘づけにされて行くのであった。

園田は力ずくではだめだと悟ると、今度は精一杯の声でどなりはじめた。動かす余地のある限り、手足をバタバタさせながら、喉《のど》も裂けよとわめきにわめいた。

しかし、隙間もなく密閉された頑丈な鎧櫃だ。たとえ声が漏れたにしても、遠くまで聞こえるはずはない。ああ、こんなことなら同僚の誰かを連れてくるのだったと、悔んでみても、もう取り返しはつかない。

叫んだりあばれたりしたのと、焦躁《しょうそう》の気持のために、喉はカラカラに乾き、心臓は恐ろしい早さで脈搏《う》っている。いやそれよりも、なんだか息苦しくなってきた。酸素がとぼしいのだ。昔の職人が手間を構わずこしらえた鎧櫃のことだから、密閉してしまえば息の通う隙間もないのに違いない。

園田刑事は、それを思うとゾッとしないではいられなかった。彼は酸素がなくなるという予感におびえて、もう鯉のように口をパクパクさせ、その口をだんだん大きくあきながら、喉をゼイゼイいわせて、窒息の一歩前にもがきあえぐのであった。

焔《ほのお》の中の芋虫

泣いてもわめいても、なんの甲斐《かい》もなかった。怪人物はなにかわけのわからぬ呪いの言葉をはきながら、鎧櫃の蓋《ふた》を踏みつけ、たちまちのうちに釘を打ちつけてしまった。

「ワハハハハハ、こうしておけば大丈夫。さて、貴様のもがく音でも聞きながら、それを肴《さかな》に一杯やるかな」

なんという大胆不敵の曲者《くせもの》であろう。怪彫刻師はそんなことをつぶやきながら、部屋の隅へ行って、ウイスキーの瓶とコップを持ち出してきた。そして、鎧櫃の上にドッカリ腰をおろし、チビリチビリとやりはじめたのである。

光といっては、床に置いた燭台のただ一本のロウソクばかり。その赤茶けた光線が、骸骨のような創人の顔を、顎《あご》の下から照らしている。まるで冥府《めいふ》からはい出してきたような恐ろしい形相だ。パクパクひらくたびに暗いほら穴のように見える口、皺《しわ》だらけの頬、ギラギラ光る野獣のような眼。

「ワハハハハハ、しきりにもがいているね。もっともがくがいい。この鎧櫃は貴様なんかの力では、なかなか毀《こわ》れないぞ」

そんなことを繰り返しどなっては、気ちがいのように笑い出す。そして、ウイスキーをあおっては、長い舌でペロペロと舌なめずりをするのだ。

「だが、待てよ。このままでは面白くない。ああ、そうだ。おい、先生、いいことを思いついたぞ。待て、待て、今貴様を楽にしてやるからな。ちょっとの辛抱だ。楽になるぞ。ハハハハハ、楽にしてやるぞ」

創人は何かわけのわからぬことをわめいて、ヨロヨロと立ち上がった。もうひどく酔っている様子だ。

鎧櫃の中では、園田刑事が無我夢中でもがいていたが、そとからかすかに、かすかに、「楽にしてやる」という声が繰り返し聞こえて、腰かけていた怪彫刻師が立ち上がった様子に、思わずギョッとして、身動きをやめた。「楽にしてやる」とは一体なにを意味するのであろう。もしや、あいつはおれを殺すのじゃあるまいか。そうだ。それに違いない。ただこの中へとじこめただけでは、犯人はここを立ち去るわけにはいかぬではないか。おれに顔を見られてしまっているからだ。犯人にしては、おれを殺してしまわなければ、安心ができないのだ。

そんなことを考えているうちに、創人は鎧櫃のそばに帰ってきた。かすかな足音が一度遠ざかって、また近づいてきたのだ。「楽にする」道具を取りに行ったのに違いない。ピストルじゃないのか。あいつは櫃のそとから、いきなりピストルを発射して、ひと思いにおれを殺すつもりじゃないのか。

園田刑事は心臓も凍る思いで、全身に冷汗をかいて、身を縮めていた。

あいつは気ちがいだ。あの眼は気ちがいの眼だ。殺人狂に違いない。そいつが「楽にしてやる」といって、櫃のそとへ忍び寄ってきたのだ。

今にも、パンと音がして、鎧櫃に穴があき、胸の中へ鉛の玉が食い込むのではないかと思うと、生きた心地もなかった。

ところが、ピストルの音はいつまでも聞こえなかった。その代りに、妙な板のきしむような音が聞こえはじめた。そして、鎧櫃がかすかに震動するのが感じられた。

何かで鎧櫃に傷をつけているのだ。いや、穴をあけようとしているのだ。きっと鋭いものに違いない。刀じゃないか。そうだ、刀だ、刀の切先で、櫃の板をゴシゴシこすっているのだ。

「わかった。気ちがいめ、櫃のそとから刀を突き刺して、おれを殺す気だな」

園田刑事はその刹那《せつな》、妙な光景を思い浮かべた。いつか見た奇術の一場面である。舞台に、ちょうどこの鎧櫃のような木の箱が置いてあった。その中へ一人の少女がとじこめられる。そこへ、西洋の魔法使いのような姿をした奇術師が、ピカピカ光る長剣を、七、八本も携えて現われるのだ。

奇術師はその長剣を、一本一本、木箱の中へ突き通して行く。上からも、横からも、ななめからも、そして中の少女は無残な芋刺《いもざ》しになるのだ。箱の中からキャーッという物悲しい悲鳴が聞こえてくる。

「あれだ。今おれはあれとそっくり同じ目にあうのだ」

ギリギリという刃物の音は、だんだん櫃の板へ食い込んでくる。やがて鋭い切先が現われるだろう。身をかわそうにも、かわす余地がないのだ。切先はまともに胸を刺すに違いない。

園田はもうたまらなくなって、あの奇術の少女のように悲鳴を上げようかと思った。

プツッと音がして、櫃に穴があいた。暗くてわからぬけれど、刀の切先のようなものが突き出てきた様子だ。

ハッとして眼をつむったが、何事もなかった。変だ。刀はそれ以上中へはいってこないのだ。眼をひらいて見ると、そこに大きな穴があいていた。ロウソクの光がさし込んでいる。今まで息苦しかったのが、気のせいか呼吸が楽になったような気がする。

「ハハハハハ、やっこさんびっくりしているな。殺されると思ったのか。ワハハハハハ、まだ殺さないよ。ちょいと寿命を延ばしてやったのさ。窒息されてしまっちゃ面白くないからね。息抜きの穴をこしらえてやったのさ。どうだ、おれの声がよく聞こえるだろう」

いかにも、怪人物のしゃがれ声が、今までよりもハッキリ聞こえてきた。酒くさい息の匂いさえするような気がした。

「おい、君は、僕をどうしようっていうんだ」

板の穴に口をよせるようにして叫ぶと、怪彫刻師はまた、さもおかしそうに笑った。

「ワハハハハハ、心配かね。なあに取って食おうとはいわないよ。ただね、ちょっと酒の肴にするまでさ。貴様の声が聞こえなくては、いっこう肴にならないからね。ワハハハハハ」

怪物はまた鎧櫃《よろいびつ》に腰かけて、舌なめずりの音を立てながら、酒を飲みはじめた様子だ。ひと口飲んでは何か毒口をたたいた。そして、途方もない笑い声を立てた。最初から気ちがいのようなやつが、酔っぱらってきたのだから、もう言うことはメチャメチャであった。

はじめのうちは、園田も真剣に受け答えをしていたが、やがて、ばかばかしくなった。酔っぱらいに何をいってみても仕方がないと思った。そして、だまり込んだまま、しきりに鎧櫃を抜け出す方法を考えめぐらすのであった。

創人は一時間ほど、言いたいままの毒口をたたいて悦に入っていたが、そのうちに、だんだん言葉が不明瞭《ふめいりよう》になって行った。呂律《ろれつ》が廻《まわ》らなくなった。そして、しばらくすると、怪しげなたわごとのあいだに、妙な物音がまじるようになった。鼾《いびき》だ。腰かけたまま鼾をかきはじめたのだ。

ガチャンとガラスの割れるような音がした。手に持っていた洋酒の瓶かコップが床に落ちたのであろう。それからつぎには、もっと大きなにぶい音を立てて、創人自身が床の上にころがり落ちた。そして、あとはひっそりと静まり返ったアトリエの中に、怪物の鼾だけが、絶えてはつづいていた。

この機会だ。このまに鎧櫃を破って、あいつをしばりあげるのだ。

園田は力をこめて、何度も何度も、鎧櫃の蓋に頭突きをこころみた。だが、頑丈な櫃はなかなか毀れない。ただ釘《くぎ》がゆるんだのか、蓋がいくらか持ち上がったように思われるばかりだ。

力が尽きてぐったりとなっていると、櫃のそとにふと何かのけはいが感じられた。かすかな物音がしているのだ。では創人が眼をさましたのかと、聞き耳を立てたが、やはり鼾はつづいている。その鼾にまじって、別のかすかな物音が聞こえてくるのだ。

創人のほかに何者かがいるのだ。それにしても、いつのまに誰がはいってきたのであろう。ドアのあく音も聞かなかった。足音もしなかった。しかし、確かに誰かがいる。かすかな息遣いの音さえ聞こえてくるのだ。

園田はなぜかゾーッとした。もう十二時をすぎた真夜中、ロウソクも燃え尽きようとするアトリエの中へ、何者かが忍び込んで、声も立てず、ゴソゴソと動き廻っている。人間かそれとも人間よりももっと恐ろしいものか。

じっと息をこらえて聞き耳を立てていると、やがて、そのかすかな物音はやんでしまったが、別に立ち去る足音も聞こえない。薄暗い部屋の隅にじっとうずくまっているのかもしれない。だが、なんのために？　ああ、一体なんのために？

創人の鼾は、何事も知らぬかのようにつづいている。泥酔して前後不覚に眠っているのだ。

園田はどうしていいのか見当がつかなかった。その誰とも知れぬ闖入《ちんにゅう》者に声をかけてみようか。しかし、もし創人の同類であったら……

とつおいつ、ためらううちに時がたって行った。いくら待っても、もう身動きの音は再び聞こえてこなかった。だが、あれはなんだろう。人のけはいではない。何かしら異様な音が、部屋の一方からかすかに響いてくる。パチパチと物のはぜるような音だ。かすかだけれど、なんとなくただならぬ物音だ。

妙な匂いがする。物の焦げる匂いだ。では、あのかすかなパチパチいう音は、火が燃えているのだろうか。誰かがそとで焚火《たきび》をはじめたのかしら。

おお、そうだ、やっぱり何かが燃えている。匂いは強くなるばかりだ。パチパチとはぜる音もだんだんはげしくなる。そればかりではない。櫃の穴から、スーッとひとすじの白いものがはいこんでくるように感じられた。煙だ。むせっぽい。では火の燃えているのは部屋の中かしら。

何か妙に胸騒ぎがした。途方もないことが起こっているような予感がした。

煙はますますはげしくなっていった。そして、もう一刻も櫃の中にいたたまらなくなったころ、ほのかな暖かみが園田のからだにまで感じられ、櫃の穴に、ロウソクの光と違った、異様に無気味な赤い光がチロチロとまたたきはじめた。

火事だ。アトリエは火焰《かえん》につつまれているのだ。

それと知ると、園田は気ちがいのようにあばれ出した。全身の力をふりしぼって、もがき廻った。からだの諸所にすり傷ができ、血さえ流れたが、そんなことをかまっている余裕はなかった。もがきにもがき、あばれにあばれているうちに、死にもの狂いの力は恐ろしいもので、さしも頑丈な鎧櫃も、メリメリと音を立ててこわれはじめた。いや、こわれるよりも、蓋《ふた》を打ちつけた釘《くぎ》のゆるむ方が早かった。ハッと思う間に、彼は渦巻く煙の中に身をさらしていた。蓋がとれて、櫃の中に立ち上がることができたのだ。

見廻せば、アトリエの中は昼のように明かるかった。一方の板壁はすでになかば焼けくずれて、まっ赤な火焰が千百の毒蛇の舌のように、天井をなめていた。床には黄色い煙が渦巻き流れ、その煙の底から、赤いものがチロチロとひらめいていた。

創人はと見ると、その煙の中に倒れたまま、むせ返りながら、ゴロゴロところげ廻っていた。酔いつぶれて足も立たないのかと思ったが、そうではない。いつの間に、誰がしたのか、怪彫刻家は、麻縄で全身をグルグル巻きにしばられていたのだ。

手足の自由を失った殺人鬼は、ただ芋虫のようにのたうち廻るほかはなかった。まだほんとうに酔いがさめぬのか、えたいの知れぬたわごとを口走りながら、煙の中にうめきもだえるのであった。

芋虫だ。焚火の中に投げ込まれて、苦悶《くもん》するあの無気味な虫けらにそっくりだ。

だが、このままほうっておくわけにはいかぬ。ほうっておけば焼け死ぬにきまっているからだ。誰がしたのかわからぬけれど、幸い、縄がかけてある。もう逃げ出す心配はないのだ。よしッ、こいつを警察署へかつぎこんでやろう。

園田は咄嗟《とっさ》に思案をきめて、いきなり創人をだきあげると、小脇にかかえ、引きずるようにして、走り出した。渦巻く火焰と煙の中を、入口とおぼしき方角へ突進した。

なく、

入口のドアを蹴《け》ひらき、無我夢中で冷たい闇の中へかけだして、ホッと息をつく暇もなく、

「火事だア、火事だア」

と近隣の人々にどなりながら、ぐったりとなっている創人を引きずって、I警察署へと急ぎに急いだ。

新参の刑事は、この激情的な功名手柄に、有頂天になっていた。新聞に出る自分の写真が眼先にちらついた。そして、もし老練な刑事なれば当然いだくべき疑念を、物忘れでもしたように気づかなかった。

いったいこの火災はどうして起こったのだ。酔いつぶれた創人自身がロウソクを倒したのか。いや、どうもそうではないらしい。第三者がいるのだ。なんとも知れぬ異様な人物が介在しているのだ。でなければ、創人がグルグル巻きにしばられるはずがないではないか。

園田刑事も、心の底ではそれを知っていた。しかし、不意の火災に気をとられ、犯人をとらえたうれしさにわれを忘れて、ついそこまで考えめぐらす余裕がなかったのだ。

刑事の立ち去ったあとに、一軒建ちの木造アトリエは、まっ赤なひとかたまりの火焔となっていた。闇夜の中に血のような焔《ほのお》が燃え狂っていた。何千何万とも知れぬ赤い蛇が軒を伝い、屋根にはい上がり、闇の空に昇天しようとしているかに見えた。

アトリエを囲む木立は、絵具をぬったようにまっ赤にいろどられていた。そして、な

んとも知れぬ無気味な風が、その辺一帯を狂い廻り、モクモクと上がる黄色い毒煙を、右に左にあおっていた。

その渦巻く煙の中から、木材のはぜ割れる物音にまじって、異様な声が聞こえてきた。物狂わしい声であった。時ならぬ火焰にたわむれる夜の怪鳥《けちょう》の鳴き声であろうか。いやいや、そうではない。鳥があのように笑うはずはない。それは明かに笑い声であった。毒煙の蔭《かげ》に、何者かが笑い狂っているのだ。それは渦巻く火焔そのものが、世を呪って嘲笑《ちょうしょう》しているようにも聞こえた。どこか地の底からわき上がる、冥府《めいふ》の鬼の笑い声のようにも聞きなされた。

怪アトリエの不思議な火災、いつの間にかしばられていた犯人。この異様な謎は、いったい何を意味するのであろう。もしこれを第三者の仕業とすれば、その第三者とはそもそも何者であろう。

怪人の正体

園田刑事がグッタリとなった怪彫刻家をかかえて、I警察署にかけこむと、署内はたちまち大騒ぎとなった。署長の官舎へ電話がかけられる、司法主任の宅へ使いが走る、警察医が呼びよせられる、そして、深夜の三時というに、調べ室には明々と電燈《でんとう》が点じられ、時ならぬ被疑者の取調べが開始されたのである。

ほんとうに頭から水をぶっかけられて、やっと正気にかえった綿貫創人は、まるで狐につままれたように頓狂《とんきょう》な顔をして、調べ室の机の前によろめきながら立っていた。

「しっかりしろ、君のアトリエは、すっかり焼けてしまったんだぞ」

司法主任がどなりつけると、怪彫刻家は不思議そうに眼をパチパチまたたきながら、だらしなく舌なめずりをした。首を左右に振って、何かしきりと考えている様子だ。

「おい、なにをぼんやりしているんだ。まだ酔いがさめないのか」

司法主任が、拳《こぶし》でドンと机をたたいた音に、創人はビクッとして、また眼をパチパチやった。

「あっ、そうだ。火事だった……おれは焼き殺されるのかと思った……すると、警官がおれを助け出してくれたんだね」

創人はやっと思い出したらしく、へんに無邪気な調子でつぶやくのであった。

「そうとも、ほうっておいたら、君は今頃は黒焦げになっていたところだ」

それを聞くと、なぜか創人の顔に恐怖の表情が浮かんだ。青ざめていた顔がいっそう灰色になって、無気味に大きな眼が飛び出すかと見ひらかれ、鼻の頭に脂汗がわいてきた。

「いけないっ。大変だ。君、大変だ。おれはすっかり忘れていた。おれは人を殺してしまった」

わけのわからぬことをわめき出した。殺人犯人が人を殺したといっているのだから、別に不思議はないわけだが、なんとなく変である。人を殺したって、あの女のことか」

「おい、しっかりしろ。何をいっているんだ。おれの見知らぬ男を、アトリエの鎧櫃《よろいびつ》の中へと
「女だって？　いや女じゃない。男だ、おれの見知らぬ男を、アトリエの鎧櫃の中へとじ込めたんだ。そして、酒をのみはじめたんだ。そこまでは覚えている。それから何がなんだかわからなくなってしまった。しかし、アトリエが焼けたとすると、あの男は……おい君、火事場のあとに、人間の死体が見つからなかったか。ああ、おれは大変なことをしてしまった。あの男、あの頑丈な鎧櫃を破ることもできなかっただろう。きっと、焼け死んでしまったに違いない。君、どうだった。死骸《しがい》はなかったか。それとも、誰か鎧櫃を運び出してくれた人があるのか。え、君、そいつを調べてくれ。ああ、大変なことになったぞ」

　どうも狂言ではなさそうであった。綿貫創人はほんとうに半狂乱のていで、園田刑事の身の上を心配しているのだ。だが、今にも殺しかねない権幕を見せていた彼が、園田刑事が焼死したかもしれぬといって、何も今さら騒ぎ出すことはないはずだ。いったいこれはどうしたというのであろう。

「ハハハハハ、安心しろ。君が鎧櫃にとじこめた人はちゃんとここにいる。おい、しっかり眼をあいて見ろ、この人だ。貴様にあんなひどい目にあわされながら、その恨みも忘れて、貴様を火事場から救い出してくれたのもこの人なんだぞ。よく礼をいうがいい」

　司法主任が、何くわぬ顔でかたわらに腰かけていた園田刑事をさし示した。

そういわれて、創人ははじめて園田刑事の存在に気づいたらしく、キョトンとした顔でその方をながめたが、

「よく見ろ、おれだよ」

と、からかい顔に突き出す刑事の顔を、じっと見ているうちに、彼の大きな眼が、また飛び出しはじめ、なんともいえぬ驚愕《きょうがく》の表情になった。

「やっ、貴様、あいつだな。畜生っ」

叫びざま、何を思ったのか恐ろしい勢いで刑事に飛びかかり、いきなりその胸倉をつかんだ。

「うぬ、もう逃がさないぞ。ざまあ見ろ……おい、君、何をボンヤリしているんだ。こいつは泥棒なんだ。さいぜんおれのアトリエへ忍び込んでいた空巣狙いだ。早く縄をかけてくれ」

園田刑事に、むしゃぶりついて、わけのわからぬことをわめき立てる創人を、司法主任が立ち上がって、突き離した。

「おい、何をばかなことをいっているのだ。この人は泥棒どころか、警察官だ。園田という腕利きの刑事だよ」

「えっ、ほんとうですか。だが、この顔には確かに見覚えがある……どうしても鎧櫃にとじこめたやつにちがいない」

めんくらったように立ちすくむ創人を、園田刑事は椅子から立ち上がってにらみすえ

た。

「おい、つまらない狂言はよせっ。貴様はおれを泥棒と思い違えて、鎧櫃へとじこめたと言いのがれるつもりだな」

「えっ、なんだって？　サッパリわけがわからなくなってきたぞ。だが、君はどうやらほんものの刑事さんらしいね。でなくて、警察署の中でいばっているはずはないからね……しかし、そうだとすると、君はなぜ、おれのアトリエなんかへ忍び込んでいたんだ。いくら刑事だって、無断で人のアトリエへはいって、鎧櫃の中へもぐり込むという法はなかろう」

　園田刑事はそれを聞くと、なんだか腑《ふ》に落ちないという顔で、司法主任と眼を見合わせた。どうも変だ。創人は石膏《せっこう》像の轢死《れきし》事件を、まるで知らぬ様子である。知っていてこんなヌケヌケしたとぼけ面ができるはずはない。ほんとうに刑事を泥棒と思い込んだのかもしれぬ。

「おい、綿貫君、君はきょうの夕方、いや、正確にいえばもうきのうの夕方だが、柴田ガレージの自動車を頼んで、大きな石膏像をどこかへ運ばせただろう。その石膏像がどうなったか、君はまだ知らないとみえるね」

　司法主任が静かに尋ねた。

「えっ、石膏像を？　おれが自動車で運ばせたって？　きのうの夕方？　そりゃ何かの間違いだろう。おれはこのごろ、そんな景気のいいんじゃないんだ。スランプになっちまって、毎日おでん屋をのみ歩いている始末なんだからね」

創人はますます意外の面持である。

「ハハハハハ、空っとぼけてもだめだ。この辺には、君のほかに彫刻家なんて住んでいないいんだからね。それに、ちゃんと証人がある。柴田ガレージの主人が、あの像は確かに君に頼まれて運搬したといっているんだ」

「へえ？　柴田ガレージのね。だが、おれは柴田ガレージなんていっこう知らないね。このごろ自動車なんてものと縁がないのでね。しかし、なんだか妙だぞ。まさか警官ともあろうものがうそをいうわけはないし……いったいその石膏像がどうかしたのですか」

創人のとぼけ方が真に迫っていて、どうもお芝居とも考えられなくなったので、司法主任はきのうの夕方の大踏切での椿事《ちんじ》を、かいつまんで話して聞かせた。それを聞いた彫刻家はまたしても鼻の頭におびただしい脂汗を浮かべて、灰色になって震え上がってしまった。余りの驚きに、しばらくは口をきく力もないように見えたが、やがて、妙なうなり声を立てはじめた。

「ウーム……それで刑事さんが、僕のアトリエへ忍び込んでいたのですね。そうですか。そうだったのですか。それとは知らぬものですから、あんなひどいまねをして、実に申しわけありません」

彼はぞんざいな言葉をにわかにあらためて、無邪気にピョコリとお辞儀をした。

「その上、火事場から僕を救い出してくださったのですね。実になんともお詫《わ》びの言葉もありません。まったく泥棒だとばかり思い込んでいたのです。ああして鎧櫃へとじこめておいて、朝になったら警察へ引き渡すつもりだったんです。勘弁してください。ね、君、勘弁してください」

そういってペコペコ頭を下げる様子を見ると、アトリエで赤いロウソクの光に照らし出された、あの恐ろしい骸骨《がいこつ》のような顔が、妙におどけた滑稽《こっけい》な感じに変ってきた。

「だが、君は僕を殺すといったぜ、あの刀で」

園田刑事は半ば冗談のような、なかば本気のような、変な調子で詰問した。

「いや、あれは、冗談ですよ。まったく冗談です。あなたを泥棒だと思い込んでいたものだから、つい、あんないやがらせをやってみたのです。むろん殺す気なんてあるもんですか。僕にそんなまねができるもんですか。ハハハハハ」

泣いているような笑い声であった。怪彫刻師も、見かけ倒しの臆病《おくびょう》者にすぎないことがだんだんわかってきた。

「そういえば、こちらにも、少し腑に落ちないことがあるんだ。君はアトリエに火災が起こった時、酔いつぶれたまま麻縄でグルグル巻きにしばられていた。園田刑事は、鎧櫃の中にいたので、誰がしばったのか見ることができなかったのだ。まさか君が自分のからだへ縄をかけたのではなかろう。それについて、何か思い当たることはないかね」

司法主任が調子をかえて、真剣な表情で尋ねた。

「実にだらしのない話ですが、まったく記憶がないのです」

創人はそういって、恐縮したようにうなだれていたが、やがて、何を思ったのか、ヒョイと顔を上げて、大きな眼を異様に光らせながらしゃべりはじめた。

「待ってください。これにはなにかわけがありそうです。僕も被害者の一人かもしれませんよ。まあ、聞いてください。その石膏像を造ったのはむろん僕ではありません。犯人はほかにいるのです。そして、僕を犯人の身がわりに立てて殺してしまうつもりだったのです。

そいつは、はじめから、ちゃんと計画を立てていたのかもしれません。僕だといって自動車を呼び、その石膏像をどこかへ運ばせておいて、知らん顔をしているつもりだったのでしょう。ところが、石膏像の秘密がばれてしまったのだから、いよいよ僕を真犯人に仕立て上げようと思いついたのです。

そいつは、ちょうど僕が酔いつぶれていたのを幸いに、身動きができぬようにしばっておいて、アトリエに火をつけたのです。そうです。それに違いありません。そうして僕が焼け死んでしまえば、死人に口なしですからね。僕が犯人だったということになって、事件は落着し、そいつは生涯安全なわけですからね。畜生め、うまく考えやがったな。

どうです、あなた方は、そうお考えになりませんか。そのほかに判断のくだしようがないじゃありませんか。でなければ、僕をしばったり、アトリエに火をつけたりした理由がわからないじゃありませんか。

ところが、そいつはまさか刑事さんが鎧櫃《よろいびつ》の中にとじこめられているとは気がつかなかった。僕にはそれが仕合わせだったのです。でなければ、まんまと焼き殺された上、犯人の汚名を着なければならなかったのですからね」

無実の罪におびえきった彫刻家は、もう一所懸命であった。その一所懸命がこんな筋道の通った想像説を造り出した。

「で、君はその真犯人というやつに、何か心当たりでもあるかね。日ごろ君を憎んでいる同業者とか何か」

司法主任は、おだやかな調子になって尋ねた。

「いや、そういう心当たりは少しもありません。ありませんけれど、今いったように想像するほかに考えようがないじゃありませんか。僕はもうそれに違いないと思うのです」

二人の警察官は顔見合わせてうなずき合った。どうやらこの男は無実らしい、お芝居にしてはうますぎるのだ。しかし、例の行方不明になった柴田ガレージの運転手を探し出して、創人と対決させるまでは、迂闊《うかつ》に放免するわけにはいかぬ。いずれにせよ明朝、署長とも相談したうえ今後の処置を取るほかはない。司法主任はそう考えて、彫刻家はそのまま留置所に入れておくことにきめた。

取調べが終って、創人を納得させ、留置室に寝かせたのは、もう朝の五時に近い時刻であった。司法主任も、園田刑事も、今から帰宅しても仕方がないというので、そのまま署内にとどまって、宿直の警官たちと、お茶を飲みながら雑談をかわしていた。

すると、その早朝、同署に意外な訪問者があった。まだ朝の六時を過ぎたばかり、署長をはじめ誰も出勤していない時刻に、いかめしい警察には不似合いな、美しい女性が顔色をかえて飛び込んできた。

司法主任が引見してみると、それは、まだ二十歳前後のうら若い、非常に美しい娘さんであった。気取った洋髪がよく似合って、派手な和服を美しく着こなしていた。しかし、そのあでやかな顔は紙のように色を失い、恰好《かっこう》のよい唇が恐怖のためにワナワナとふるえていた。

用件を尋ねると、I署の管内のKという町に住む野上あい子と名乗り、きのうの石膏像事件の女の死体を一見したいというのであった。

その死体は、きょう解剖に付する予定で、まだ署内の一室に置いてあったので、野上あい子の希望に応じるのはわけのないことだけれど、むやみなものに理由もなく死体を見せるわけにはいかぬ。司法主任は先《ま》ずその理由をただしてみた。

「あの、その死体が、もしやあたくしの姉ではないかと思いますので……」

美しい娘さんは意外なことをいった。それを聞くと、司法主任もハッとして居住まいを直さないではいられなかった。

「フーン、で、あれがあんたの姉さんではないかと考えたわけは？　その姉さんというのはなんという名で、いくつぐらいの人なんだね」

「はい、姉は野上みや子と申します。二十二でございます。六日ほど前、妙なふうにして家を出ましたきり帰らないものですから、心配していましたのですが、けさの新聞を見ますと、なんだかあの事件の死体が姉ではないかと、ふとそんな気がしまして、もうじっとしていられなくなったものですから……」

「フーン、そうですか。しかし、六日も前に家出したのをなぜほうっておいたのです。あの事件で、家出人の中に相当したものはないかと調べてみたので、私はよく知っているのだが、野上なんて家出人の届け出はなかったようですぜ」

　司法主任はなかなか用心深い。

「ええ、それが、家出してしまったともきまらなかったものですから……」

「なぜですか」

「あの、家を出ましてから、いちど手紙をよこしましたので……でも、その手紙が文章も筆蹟《ひっせき》も、なんだか姉らしくございませんの。けれども、けさの新聞を見るまでは、深く疑ぐってても見なかったのですが、あの記事を読みますと、どうしても姉に違いないという気がしまして……それに、姉が家出します前に、いろいろ変なことがあったものですから……」

「変なことというのは？」

「あの、家出します前日に、姉のところへ妙な小包みが届きましたの。差出人の名も何もない小包みなんです。姉はなんの気もなく、それをひらいてみたのですが、すると、中から、道化師の指人形が出てまいりました。あの、夜店などで売っております、指にはめて、首や手を動かす、おもちゃの土人形なのです。

あたくしなんか、誰かお友だちのいたずらでしょうと考えたのですが、姉は、妙なことに、一と眼そのお人形を見ますと、まっさおになってしまいました。ほんとうに姉があんなに青ざめたのを、あたくし、生れてから一度も見たことがございません」

「フーン、妙ですね。あなたはそのわけを尋ねてみましたか」

司法主任は、娘さんの話の異様さに、つい引入れられて、だんだん熱心な聴き手になっていた。

「ええ、尋ねました。でも、姉は何も言わないのでございます。そのくせ、その晩二人が床を並べてやすんでいました時、あい子ちゃん、もし姉さんが死んだら、あなたどうするって、いやあなことを聞いたり、それから、真夜中に蒲団《ふとん》をかぶって、シクシク泣いていたりしたのでございます。

そして、その翌日、姉は、どこへともいわず、家を出たまま、きょうまで帰ってまいりませんの」

「で、その出先からよこした手紙には住所は書いてなかったのですか」

「ええ、住所はございませんの。そして、手紙には、今お友だちのところにいるから、心配しないように、近いうちに帰るからというようなことが、姉らしくない手で書いてございました」

「お友だちのところへ聞き合わせてみましたか」

「ええ、お友だちといっても、あたしの知っておりますのは二、三人しかございませんが、その方たちには聞き合わせてみましたけれど、皆さんご存じないのでございます。でも姉には、あたくしの知らないお友だちもございましたから……

それから、あの、きのうの朝、又気味のわるいことが起りましたの。あたくし、どうしたらいいかと思って……ほんとうに気味がわるくて、きのうの事件が起らないでも、いちど警察へ御相談しようかと、思っていたのでございます」

「気味がわるいってどんなことなのです」

「あの、これがまた小包みでまいりましたの。そして、今度はあたくしにあてて送ってきましたの」

野上あい子は、そう言いながら、持っていた風呂敷《ふろしき》包みをひらいて、中から、赤い水玉模様の着物を着た、土製の指人形を取り出して見せたのである。

司法主任はそれを受け取って、調べてみたが、別になんの変ったところもない、よく露店で見かける指人形の道化師であった。赤と白のだんだら染めの尖《とん》り帽子をかぶって、まっ白な胡粉《ごふん》の顔の両頰と顎《あご》とを、赤い絵具で丸く染めて、大きな鼻をツンと空に向けて、眼を糸のように細くして、まっかな口をいっぱいにひらいて、ニタニタと笑っている。

司法主任はそれを手にして、じっと眺めていたが、見ているうちに、何かしらゾーッと薄気味わるくなってきた。恐ろしい殺人事件と、無邪気な指人形の取り合わせ。その人形の道化師が、何か意味ありげに、ニタニタ笑っている形相が、事になれた警察官を、ふと変な気持にしたのである。

「では、ともかく、いちど死体を見てごらんなさい。まさか、あなたの心配なさっているようなことはあるまいと思うけれど」

司法主任は、なぜかホッと溜息《ためいき》をつきながら、立ち上がって、美しい娘さんを、死体のある部屋へと導くのであった。

そこはなんの装飾もない板敷きの殺風景な部屋であった。その片隅にゴザを敷いて、無気味なものが横たえてある。全身に白布がかぶせてあったけれど、その白布がそのまま女の裸身をまざまざと現わしていた。

野上あい子は、それを見ると、部屋の入口に立ちすくんでしまって、急には死体に近づく勇気もないように見えたが、ながい躊躇《ちゅうちょ》のあとで、やっと、おずおずそのそばに歩みより、ひざまずいて、打ち震う手に白布をかかげた。そして死体の頭髪をチラッと見ると、ギョッとしたように、身を動かして、もう夢中になって、次には右の腕を調べていたが、やがて、何を確かめたのか、いきなり床の上に打ち伏して、身も世もあらず泣き入るのであった。

「やっぱり見覚えがあるのですか」

司法主任は、あい子の泣き入るさまを気の毒そうに見おろしながら、やさしく尋ねた。

「ええ、こ、この右腕の疵痕《きずあと》です……この疵痕は姉さんが十六の年に、あやまちをして小刀で切った疵でございます。……場所も疵の恰好も、姉さんのとそっくりです。こんな同じ疵痕がこの世に二つあるはずはございません」

とぎれとぎれに、泣きじゃくりながら答えて、又してもそこに泣き伏してしまった。

幻の凶笑

それから三十分ほどのち、野上あい子は、泣きはらした眼をまぶしそうにして、とある淋《さび》しい屋敷町をトボトボと歩いていた。警察からの帰りみちである。

姉の死体とわかって、その場に泣き伏していると、しばらくして、署長さんが会うからというので、署長室へ呼び入れられ、いろいろの事を尋ねられた。あい子は問われるままに、姉は六日前に家出したこと、その家出の前に、誰からともなく姉のところへ土製の道化人形を送ってきたこと、姉の家出とその小さなおもちゃの道化人形とのあいだに、何かしら関係があるらしいこと、家出の時、姉は自分の貯金十万円を、すっかり持ち出していること、犯人はひょっとしたら、その金を奪うために姉を殺したのではないかということ、などをできるだけくわしく答えた。

何か犯人に心当たりはないかと、くどく尋ねられたが、あい子はそういう心当たりが何もなかった。姉をこんな目にあわせるほど、恨んでいた者があろうとは考えられなかったし、そうかといって貯金に目がくれて姉をおびき出すような人も思い当たらなかった。

それだけの話では、なんの手掛りもつかめないが、警察としては全力をつくして犯人を捜索する。いずれ署の刑事などがあなたの家をたずねるだろうし、また警察へ出頭してもらうこともあるだろうが、今後も気のついたことはできるだけ早く、こちらへ知らせてもらいたい。姉さんの死骸《しがい》は解剖しなければならぬかもしれぬので、すぐ引き渡すことはできないが、決して疎略には扱わぬから心配しないようにという署長の言葉を聞いて、すごすごと警察署を出たのであった。

あい子はむろんあの事も署長にうちあけた。道化人形は姉のところへ送られたばかりではない。それとそっくりの人形が、けさ、自分のところへも小包みで配達された。もしや私も姉と同じ恐ろしい目にあうのではないかと思うと、どうしていいかわからないと、恥かしい泣き声を出して保護を頼んだが、現実家の署長は、そんな怪談めいた話には取り合わなかった。あなたのことも充分気をつけて上げるから、そんな人形のことなど大袈裟《おおげさ》に考えなくてもよろしいと、本気になってくれなかった。

足元を見つめながら、あれこれと思いわずらって歩いているうちに、もう家の近くまで来ていた。大通りをそれた淋しい屋敷町、両側には生垣や板塀ばかりつづいて、人通りもなく、ひっそりと静まり返っている。

朝、起きぬけに、無我夢中で飛び出して行ったので、警察で三時間あまりついやしたのに、まだ十時になっていなかった。よく晴れた、風のない、ウラウラと暖かい春の日であった。太陽はもう高くあがって、真正面からまぶしい光を投げかけ、ひっそりとした往来には、眼まいのするような陽炎《かげろう》が立ち昇っていた。

あい子はふと、署長室の机の上へ置いてきた道化人形のことを思い出していた。参考品としてあずかっておくといわれたので、これ幸いと、悪魔でもはらい落とすように、警察へあずけて帰ったのだが、しかし、いくら品物を手放しても、心の底に焼きついている記憶はどうすることもできなかった。

衣裳《いしょう》の下から手を入れて、土製の首と両手を指先にはめて、ヒョイヒョイと動かすと、まるで生きているように見える指人形であった。赤地に白い水玉模様の衣裳が、異様に印象的で、その上にクッキリと白い土製の首が、紅白だんだら染めのとんがり帽子をかぶって、笑っていた。

まっ白な顔の額と両頬を、まん丸に赤く染めて、眉《まゆ》のない眼を糸のように細くして、まっ赤にぬれた大きな唇を三日月型にして、ニタニタと薄気味わるく笑っているあの顔が、今のあい子には、どんなお化けよりも幽霊よりも恐ろしかった。

歩いていると、眼の前の白くかわいた土が、チロチロと動いてみえる陽炎の中に、ともすれば、あの道化人形の無気味な笑い顔が、百倍にも千倍にも拡大されて、薄ぼんやりと浮き上がってきた。

いけない、いけないと、眼をそらせばそらす先へ、つきまとってきて、眼界いっぱいの人形の顔が、キューッと唇をまげて、一人ぼっちのあい子に笑いかけるのだった。

あい子は眼をつむるようにして、足を早めた。だが、とじた瞼《まぶた》の闇の中にも、やっぱりあいつが笑っていた。クッキリと白い顔で笑っていた。

ふと気がつくと、向こうの方から人の近づいてくる足音がする。ああ、うれしい。やっと人通りがあった。これでもう安心だと、眼をあいて見ると、ヒョイと町角を曲がってくる人影、なんだかパッと花が咲いたように派手やかな色彩が眼にうつった。それは胸に太鼓をつり、背中に幟《のぼり》を立てた、一人のチンドン屋であった。

「まあ、こんな淋しい町をチンドン屋が歩いてるなんて」

なんとなくいぶかしく思ったが、チンドン屋でもなんでもいい、とにかく人の顔を見れば助かる。幻の恐怖から救われるのだ。

チンドン屋は妙に静かな足どりで、こちらへ近づいてきた。あい子は眼を上げて正面からその顔を見たが、一と眼見たかと思うと、クラクラと眼まいがした。そこには幻が歩いていたのだ。指人形が人間の大きさに膨脹して、足が生えて、こちらへ歩いてくるのだ。

あい子は心を静めるために立ち止まった。

「なんてあたしはおばかさんでしょう。偶然の符合なんだわ。チンドン屋が道化師の服装をしているのは、ちっとも珍らしいことじゃないのだもの」

心に言い聞かせても、偶然にしてはあまりによく似ているのが恐ろしかった。

チンドン屋は、やっぱり赤地に水玉模様の衣裳を着ていた。紅白だんだらのトンガリ帽子をかぶっていた。顔には壁のように白粉《おしろい》をぬって、額と頬とにまっ赤な日の丸がかいてあった。眉毛はなくて、眼が糸のように細かった。赤い唇の両方の隅が三日月型にキューッとつり上がって、薄気味わるく笑っていた。

あい子は、気のせいだ、気のせいだと、われとわが心を引きたてながら、それでも相手をよけるように、道の片側に身を避けて、すれ違ったが、その時、道化師はなぜか彼女の顔を穴のあくほど見つめながら、白い歯を出してニタニタ笑いかけた。

あい子はゾーッとして、もう無我夢中で、あとをも見ずに、かけ出さんばかりにして、わが家の方へ急いだ。

すると、いったんすれ違ったチンドン屋が、クルッと向きをかえて、あい子のあとから送り狼のように、足音を殺して尾行しはじめた。あい子は少しもそれを知らなかったけれど、道化師の白い顔は、彼女の背中のすぐうしろに、たえずニヤニヤと笑っていたのである。

一丁ほど歩いて、ふと気がつくと、耳朶《みみたぶ》の辺になま暖かい人の息吹が感じられた。あい子はギョッとして立ちすくんだ。

「振り向いてはいけない。きっとあいつがいるんだ。あいつがうしろから襲いかかっているんだ」

心のうちにそんなつぶやき声が聞こえた。振り向こうとする頸《くび》の筋肉を、何者かがしきりと引き止めていた。

立ちすくんでいると、耳朶の辺の息吹はいっそうあたたかく近づき、いやらしい呼吸の音さえ聞こえてきた。そして、突然、ネチネチとした太いしゃがれ声が鼓膜をくすぐったのである。

「オイ、お前には、この世に絶望した人間の気持がわかるかね。ウフフフフフ、それがどんな気持だかわかるかね」

その声を聞くと、あい子はツーンと頭の中がしびれたようになって、今にも倒れそうな気がしたが、それをやっとこらえて、こわいけれども、振り向かないではいられなかった。

首をねじ向けて、ヒョイと見ると、肩の上に道化師の顎《あご》が乗っかっていた。眼の前がまっ白な顔でいっぱいになった。その巨大な顔の皹《ひび》割れた白粉の壁の中に、細い眼が異様な光をたたえて笑っていた。まっかな厚い唇が、ヌメヌメと唾《つば》にぬれて、三日月型に笑っていた。

あい子はもう我慢ができなかった。なんとも意味のわからぬ悲鳴をあげて、いきなり気ちがいのように走り出した。走りに走って息も絶えだえになって、やっとわが家にたどりついた。

玄関をかけあがると、待ちかねていた母親が、青ざめた涙ぐんだ顔で、おずおずと、

「どうだったね。やっぱりあれはみや子だったのかい」

とささやき声で尋ねるのに、返事をする元気もなかった。あい子は何かわけのわからないことを言い捨てて、いきなり二階の自分の部屋へかけあがり、机の前に俯伏《うつぶ》してしまった。

「お前どうしたというの？　どこか加減が悪いのかい。まあ、その顔は、まるで血の気はありゃしない。さあ、お母さんに話してごらん。警察で何かあったの？」

母親がはいってきて、背中に手をあてて、やさしく尋ねても、あい子は何も答えなかった。答えるかわりに、ゾッとするようなひとりごとをはじめた。

「きっとそうだわ。あいつが姉さんを殺したのだわ。そして、今度はあたしの番だっていうのよ。あいつだわ。あのいやらしいチンドン屋に違いないわ」

譫言《うわごと》のように言いつづけて、その部屋に恐ろしい者が忍び込んででもいるように、キョロキョロとあたりを見廻《まわ》すのであった。

「お母さん、玄関はよくしまっていまして？　あたしのあとから誰かはいってきやしなかった？」

視線は宙にただよったまま、しきりと階下のけはいを気にしている。

「まあ、何をいっているの？　誰かに追っかけられでもしたの？」

「ええ、あいつが、あたしのあとをつけてきたのよ。まだその辺にウロウロしているかもしれない」

あい子はそういったかと思うと、じっとしていられないように、ソワソワと立ちあがって、表に面した窓に走り寄り、そこの障子をソッとひらいて、眼の下の道路をのぞいてみた。

だが、白くかわいた道路には、眼のとどく限り人影らしいものもなくて、ただ春の陽炎がチロチロとたち昇っているばかりであった。

いくらのぞいていても、向こうの町角から現われる人もなく、町全体が幻の国のように異様に静まり返っていた。

ふと気がつくと、下ばかり見ていた眼のすみに、チラッと動いたものがあった。視野のそとに何かしらただならぬことが起こっているような感じがした。

それはどこか上の方であった。急いで眼を上げると向こう側の二階家の窓が視線にはいった。道路をはさんで、十間ほど隔てた真正面に、その窓の障子がクッキリと白く見えていた。

その障子の一枚が、まるで機械仕掛けのように、ソロソロとひらいているのだ。一寸《ちょっと》ずつ、一寸ずつ、ちょうど芝居の幕でもあけるように、様子ありげにひらいて行くのだ。

見ていると、障子一枚分がすっかりひらかれた。おや、子供のいたずらかしら。障子をひらいておいて、バアと顔を出して笑うつもりかしら。

障子の中は妙に薄暗く見えた。一枚歯がかけたように、その部分だけが黒い穴になっている。そこの薄闇の中に、何かしらうごめいているように感じられたが、やがて、そのものがソロソロと、ひらいた窓へ近づいてきた。

あい子はハッとして顔をそむけようとしたが、もう間に合わなかった。彼女の網膜にそのものの姿が、焼けつくようにハッキリとうつった。

それは赤い着物を着た、まっ白な顔の人物であった。その顔がヒョイと窓のそとをのぞくと、白い日光が半面に直射して、ギラギラと光った。

そいつはトンガリ帽子をかぶっていた。糸のような眼をしていた。赤い唇が三日月型に笑っていた。何から何まであの指人形とソックリであった。つまり、さいぜん彼女に恐ろしい言葉をささやいた、あの道化師がそこにいたのであった。

あい子は「アッ」とかすかに叫んで、ピッシャリ障子をしめると、その場に俯伏してしまった。

向こうの窓の道化師は、あい子がおびえて障子をしめたのを見て、細い眼をいっそう細くしながら、ニヤニヤと笑った。赤い唇の両隅を異様につり上げて、真昼の化物のように白粉の顔を、明るい日光にさらしながら、いつまでも、いつまでも笑いつづけていた。

ゼンマイ仕掛けの小悪魔

あい子は、この白昼の悪魔のようなものを見て、そのまま気を失ったように、机の上に俯伏していたが、ちょうどその時、下の玄関の格子戸のあく音がして、誰かが尋ねてきた。

「お前、白井さんだよ。白井さんがきてくだすったのだよ」

母親は階段の降り口まで行って、階下をのぞいて、それと察すると、救われたように、あい子に声をかけるのであった。

あい子も白井と聞いて、ひとりぼっちでお化けにおびやかされていた子供が、急にすがりつく人に出会ったような、ホッとした喜びを感じた。

「お前も早く降りていらっしゃい。白井さんはきっと新聞をごらんになったのだよ。こちらからお知らせしようと思っていたのに」

母親はいそいそと言って、もう階段を降りていた。あい子も、机のそばを離れて、鏡台の前でちょっと顔をなおしてから、急いで階下の座敷へ降りて行った。

白井は心安い間柄なので、もうズカズカと奥の八畳の座敷に上がり込んでいた。

「やっぱりそうだったってね。僕も新聞を見て、なんだか虫が知らせたものだから……」

あい子が座敷へはいって行くと、緊張した表情で、ささやくように言った。

あい子は、この懐かしい人の顔を見ると、もう何も言えなかった。我慢しようとしても涙がこみ上げてきた。まさか膝《ひざ》に取りすがることはできなかったけれど、白井の前に身を投げ出すようにして、泣き伏すほかはなかった。

白井清一は若いピアニストであった。野上の家とは遠い親戚《しんせき》にあたり、死んだみや子とは幼い時からの許嫁《いいなずけ》になっていた。だが、みや子の方ではそうでもないようであったが、白井はこの結婚には気が進まぬように見えた。何かと口実を作っては、半年一年とその実行を延ばしていた。

白井は姉のみや子よりは、妹のあい子にひきつけられているように見えた。あい子の方では姉にはすまぬと思いながら、このたのもしい青年芸術家への愛情を押さえることができなかった。姉の目をはばかりながら、二人の親しみはだんだん深まって行って、今では恋人といってもいい間柄になっていた。だから、母の目さえ無ければ、いきなり白井の胸に取りすがっても、二人だけの気持では少しも不自然ではないのであった。

あい子は涙のあいだから、朝早く警察へかけつけたことから、つい今しがた、無気味な道化師に追われたことまで、くわしく物語った。

「変だなあ、いくらなんでも、みやちゃんを殺したやつがチンドン屋にばけて、向こうの家に隠れているなんて、君、何かを見違えたのじゃないかい。幻じゃないのかい」

白井はあまり変な話なので、急には信用しなかった。

「いいえ、そうじゃないわ。確かにいるのよ。今でもまだきっといるわ。二階のこちらがわの部屋よ」

「フーン、君がそれほどまで言うなら、よし、僕がこれからそのうちへ行って、確かめてきてあげよう。きっとそんな者いやしないよ。君は姉さんがあんな目にあったので、頭が変になっているんだよ」

白井はそう言ったかと思うと、止めるひまもなく、もう勢いよく玄関へかけ出していた。

「お前、さっき二階で、そんなものを見たのかい」

白井の出て行く格子戸の音を聞きながら、母親はおずおずとあい子のそばによって、声をひそめるようにして尋ねるのであった。

「ええ、はっきり見たのよ。今でもまだ瞼《まぶた》の裏に残っているくらいよ」

「じゃ、なぜあの時私に言わなかったの？」

「言えなかったのよ、こわくって……あんなものお母さんに見せたくなかったのよ」

「お前の眼がどうかしていたんじゃないのかい。そんな怪談みたいなことがあるもんだろうか……わたしはみや子の死んだっていうことさえ、まだほんとうには思えないくらいなのに、またお前がそんなやつに狙われるなんて、もうどうしていいんだか、わけがわからなくなってしまったよ」

母親はそうつぶやいて、ホッと深い溜息《ためいき》をついた。悲しみも、こんな突飛な形で襲ってくると、素直には悲しめないのであろう。彼女の頬には涙のあとがついてはいたけれど、まだ心の底からわが子の死を嘆き悲しむいとまもないのであった。

しばらくすると、白井が変な顔をして帰ってきた。

「やっぱりあいちゃんの見たのは幻じゃなかったんだよ」

彼は座敷にはいって、縁側に近くあぐらをかいて、小首をかしげながら、報告した。

「あのうちは、二階の部屋を貸しているんだってね。前にいた人がいなくなったものだから、いい借り手がないかって、方々に頼んであったらしいんだ。

その頼んであるなんとかいう人の名をいって、今しがたチンドン屋がたずねてきたそうだ。部屋が借りたいから見せてくれといってね。奥さんは、チンドン屋さんではごめんだと思って、ていよく断ろうとしたんだが、そいつはあつかましいやつで、ともかく部屋を見せてくれといって、止めるのも聞かないで、ドンドン二階へ上がって行ったんだそうだ。そして、押入れをあけたり、窓をひらいたりして、部屋を見ていたっていうから、君はそれを見たんだよ」

「まあ……それじゃあ、もうあいつは、あのうちにいないのね」

「ウン、そのまま名もいわないで帰ってしまったそうだが、そんな手があるもんかねえ。実に大胆不敵じゃないか。むろん、部屋を借りたいなんて、出鱈目《でたらめ》にきまっているよ。君に顔を見せてこわがらせるためだよ」

「じゃあ、やっぱり道で会ったチンドン屋と同じ人ですわね」

「そうらしいね。だが、変なことをするやつだね。たぶん君をこわがらせるためなんだろうが、実に手数のかかるまねをしたものじゃないか。道化人形を送ってみたり、自分で道化師に化けたり、なんだか偏執狂みたいな気がするね。あたりまえの人間じゃないよ」

「そうよ。ですから、あたしこわくってしようがないのよ。正体もわからないし、これから何をするか、まるで見当もつかないんですもの」

「気ちがいだね。石膏《せっこう》像の思いつきだって、常識では考えられないような、おそろしい着想だからね。だが、実行力のある気ちがいだ。油断はできない。早速このことを警察へ知らせておかなくちゃ」

「ええ、そして、清ちゃん、ここへ泊ってくださらないかしら。あたしたち、お母さんと二人きりじゃ、気味がわるくていられやしないわ」

「ウン、僕もそうした方がいいと思っているんだ。姉さんの事もあるんだからね。決して油断はできない」

そんなことを話し合っているところへ、表の格子戸のひらく音がしたので、二人はハッと眼を見合わせたが、それは訪問者ではなくて、小包郵便が配達されたのであった。

「どこからだろうね。こんなものが届いたよ」

母親が持ってきたのを受け取ってみると、その小包みには差出人の署名がなかった。切手の消印は市内の麻布区になっている。

「野上あい子様としてあるが、この字見覚えがある？」

「いいえ、こんな下手な字書くお友だちってないわ」

言いさして、あい子の顔色がハッと変った。

「あたしこわい……この字、見覚えがあるのよ。きのうきた小包みとおんなじ手よ」

彼女は甲高い声でいって、小包みのそばから身を避けるようにした。

「じゃあ、あいつからかもしれないね。僕があけてみよう」

白井も頬を緊張させて、息を殺すようにして、その小包みをといていった。

「おや、おもちゃらしいよ」

ボール箱の蓋《ふた》をとると、可愛らしいチンドン屋がはいっていた。又しても道化師だ。だが、これは指人形よりもずっと小さな、ほんとうの玩具《がんぐ》である。

「そんなもの、捨てちゃってください。もうたくさんだわ。やっぱり赤地に白の水玉模様でしょう」

あい子は遠くからそれをのぞきながら、おびえた声でいった。

「ウン、そうだよ。太鼓をかかえて、背中に幟《のぼり》を立てている」

白井はそれを箱から取り出して、畳の上に立たせてみた。

すると、ちゃんとゼンマイが巻いてあったものとみえて、足が地に着くやいなや、その六寸ほどのチンドン屋は、覚束《おぼつか》ない手つきで前の太鼓をたたきながら、いきなりヨチヨチと畳の上を歩き出した。

畳を歩く豆チンドン屋は、非常に可愛らしかった。おさない子供に与えたら、どんなにうれしがるかと思われた。だが、それが可愛らしければ可愛らしいだけ、あい子にはいっそう無気味であった。五分にもたらぬおもちゃの顔が、まっ白い絵具をぬられて、あいつと同じ細い眼をして、あいつと同じ赤い唇をして、ニヤニヤと笑っている。笑いながら、まるで生あるもののように、畳の上を歩いている。

「こんな可愛いおもちゃを送ってよこして、一体どうしようっていうんだろうね。予告の意味なら指人形だけでたくさんじゃないか……おやッ、ちょっとごらん。こいつの背中の幟に、なんだかこまかい字が書いてあるぜ」

彼はそれに気づくと、人形をつかんで、その幟を抜き取った。長さ一寸ほどの白絹の豆幟だ。その白絹の表面に、虫でもはったように字が書いてある。

彼は素早くその文字を読みくだしたかと思うと、そのまま白絹をくしゃくしゃと丸めて、ズボンのポケットに押し込んでしまった。

「あら、なぜそんなことなさるの？」

あい子がおびえきって尋ねると、彼はしいて笑顔になって、

「なに、なんでもないんだよ。君はこんなもの読まない方がいい。つまらないいたずら書きさ」

と答えたが、その豆幟には、到底あい子に見せられないほど、恐ろしい宣告文がしたためてあった。ゼンマイ仕掛けの小悪魔は、その幟を背負って、太鼓をたたきながら、いまわしい「死」のチンドン屋を勤めていたのである。

断崖

白井と、あい子と、あい子の母とは、それからしばらくのあいだ額を集めて、この無気味な脅迫者の正体について語り合ったが、いくら考えてみても、本人のあい子はもちろん、誰にも、かすかな心当たりさえなかった。

「姉さんだって、あんなひどい目にあうほど、人に恨まれていたとは考えられないしね」

「そうよ、警察でも尋ねられたのだけれど、あたしそんなことは決してないと思うわ」

「それじゃあ、一体これはどういう種類の犯罪なんだ。まったくわけがわからないね。たとえ気ちがいの仕業にしても、その気ちがいがなぜこの家のものばかり狙うか、その理由がわからないじゃないか。

だが、なんの理由もなく、これほど念のいった罪をおかせるものだろうか。僕にはなんだか、この事件の裏には、想像もつかないような、重大な意味がかくれているんじゃないかという気がする」

「まあ、それはどんなことなの？　何を考えていらっしゃるの？」

あい子が不安にたえぬもののように、かわいた唇で聞き返した。

「いや、むろんハッキリした考えがあるわけじゃない。ただ、あの石膏像なんかの犯罪手段のたくみなことを考えると、犯人はたとえ偏執狂にしても、どんなに頭のいいやつだかということがわかる。その頭のいいやつが、なんの利益にもならぬ無意味な罪をおかすはずがないと思うのだよ。そんなばかばかしいことはあり得ないと感じるのだよ。

でね、僕はさっきから考えていたんだが、あいちゃんは明智小五郎っていう私立探偵の名を聞いたことがあるだろう。非常な名探偵なんだ。僕の友だちがあの人を知っているんだよ。むろん警察の保護を願うのはいうまでもないが、そのほかに、僕は明智探偵にも相談してみてはどうかと思うんだ。こういう気違いめいた不思議な事件は、明智探偵のもっとも得意とするところなんだよ。これまでに先生が解決した有名な事件といえば、たいてい偏執狂の犯罪なんだからね」

「ええ、あたしも、明智探偵のことは、考えないでもなかったわ。そういう伝手《つて》があるのでしたら、ぜひお願いしてくださいません？」

あい子も名探偵の名を知っていて、ひどく乗り気であった。

「ウン、じゃあ、これから僕は君の代理になって、警察へ行ってチンドン屋のことを話し、このゼンマイ人形を見せて、警戒を厳重にしてくれるように頼んでおいて、それから、その足で友だちのところへ行って、いっしょに明智探偵をたずねることにしよう」

もう正午を過ぎていたので、白井は昼食を御馳走《ごちそう》になって、大通りでタクシーを拾うつもりだといって、あわただしく出かけて行った。

それからの数時間は別段のこともなく過ぎ去った。あい子の友だちが二人、何も知らないで遊びにきたのを、しいて引き止めて、トランプなどをして気をまぎらしているうちに、やがて日暮れになったが、どうしたのか白井はまだ帰ってこなかった。

六時頃、表に自動車が止まって、格子戸があいたので、やっとその人が帰ったのかと、玄関へ出てみると、そこには自動車の運転手らしい青年が立っていて、白井さんからの使いだといって、一枚の名刺をさし出した。

それは清一の名刺で、裏に鉛筆で左のような意外な通信がしたためてあった。非常に急いで書いたものらしく、ひどく文字がみだれている。

君の身辺に危険がせまっている。すぐこの車に乗って明智探偵のところへ逃げてください。探偵はすべての事情を知っている。僕はいま悪人の監視を受けているので行くことができない。一刻も躊躇《ちゅうちょ》しないで。

文句が簡単なので、白井がどこでどんな目にあっているのか、少しもわからなかったけれど、文意といい、みだれた文字といい、事態の急迫をまざまざと語っていた。

あい子は息もつまるような思いで、母にこのことをつげ、あわただしく身支度をした。そうしているうちにも、あのいやらしい道化師の顔が、うしろからおおいかぶさってくるような気がして、何をいうひまも、考えるひまもなかった。

「明智さんのところご存じでしょうね」

使いの青年にたずねると、彼は強くうなずいてみせて、

「わかっています。何もかもくわしく指図を受けているのです。さあ早く乗ってください」

とたのもしげにいって、せき立てるのであった。

母が不安がって、私もいっしょに行こうというのを、しいて止めて、別れの挨拶《あいさつ》もそこそこに、飛び込むように車に乗ると、車はたちまち非常な速力で走り出した。

どこをどう走っているのか、そとの景色などは少しも眼にはいらなかった。ただ町の電燈《でんとう》が矢のようにうしろへ飛び去って行くのが感じられるばかりであった。

二十分ほどもたったころであろうか、ふと気がつくと、窓のそとはなんの光もなかった。どこかしらまっ暗な野原のようなところを走っていた。明智の事務所は麻布と聞いている。麻布への道に、こんな淋《さび》しい場所があったかしらと思うと、急に不安を感じないではいられなかった。

「運転手さん、ここはどこですの」

声をかけても、ハンドルを握っている男も、その隣に腰かけているさっきの青年も、だまりこんだまま振り向こうともしなかった。

聞こえなかったはずはない。聞こえてもわざと返事をしないのだと思うと、ますます不安がこみ上げてきた。

「ね、ここはどこですの。もう麻布へ着くころじゃありませんの」

甲高い声でいうと、やっと助手席にいたさっきの青年が答えた。

「麻布？　ハハハハハハ、あんた麻布へ行くつもりですか」

ひどくぞんざいな口調である。おかしい。なんとなくただならぬけはいが感じられる。

「だって、明智さんのうちは麻布じゃないの？」

「ハハハハハハ、明智小五郎、あんなやつのところへ行ってたまるもんか。ねえ、あい子さん、僕の声に聞き覚えはありませんか」

あい子はツーンと心臓がしびれていくように思った。その声には確かに聞き覚えがあったのだ。「この世に絶望した人間の気持がわかりますか」といって、うしろから、ヌーッと首を出した、あの道化師の声とそっくりであった。

ハッと息をのんで身をちぢめていると、青年の首がまるで轆轤《ろくろ》仕掛けのように、一種異様のぎこちない動きかたでグーッとうしろを振り向いた。

ああ、その顔！

いつの間にか青年の顔は白壁のようにまっ白に変っていた。今までまぶかくかぶっていた鳥打帽が、あみだになって、眉《まゆ》も何もないぬっぺらぼうの顔の中に、糸のように細い眼と、まっ赤な口が、ニヤニヤと笑っていた。

あい子はそれを見ると、妙なおしつぶされたような叫び声を立てて、席から及び腰になり、ドアの把手《とって》にしがみついた。走っている車から飛び降りるつもりらしく見えた。だが、把手を握るのが精いっぱいで、そのまま、後部席の床の上に、クナクナとくずおれてしまった。

まっ黒な重い水の中を、無我夢中でもがき泳いでいるような、なんともいえぬ苦しみが、長いあいだつづいて、やっとのことで、その墨のような水面に顔を出すことができた。

ほっと深い息をついて、眼をひらいてみると、はじめのあいだは、どことも知れなかったが、やがて、そこはやっぱり自動車の中であることがわかってきた。ルーム・ランプが消えているので、すぐにはそれと察しられなかったのだ。

ああ、そうだ。私は助手台の青年の顔が、道化師の顔になったのを見て、気を失ったのに違いない。では、あいつはまだ車の中にいるのかしらと、こわごわ首を上げて、運転台をのぞいてみると、そこには人影はなくて、自動車の中には、あい子ただ一人であることがわかった。

むろん車は走っていない。窓のそとを見ると、町中ではなくて、どこか郊外の原っぱらしく、なんの光も眼にうつらなかった。

どうして運転手と助手がいなくなったのか、よくわからないが、ともかく、監視者の姿はどこにも見えぬのだ。たぶん、あい子が気を失っているのに油断して、車を止めてその辺をうろついているのかもしれない。

逃げるなら今だ。この機会をのがしたら、もう二度と自由は得られないかもしれぬ。

あい子はとっさに思い定めると、まず右側のドアを押しこころみたが、なぜかどうしてもあかない。では、私が逃げ出さないように、そとから仕掛けがしてあるのかしらと、ハッとしたが、思いなおして今度は左側のドアの把手を廻《まわ》してみた。すると、ああ、ありがたい。そのドアにはなんの故障もなく、サッとひらいた。そとはあやめもわからぬ闇であった。

だが、そんなことを構ってはいられない。あい子はドアがひらくのといっしょに、いきなり車のそとへ飛び出した。

右足が地についた。次には左足だ。だが、左足を前に出して、ギョッとした。その足の下には地面がなかったからだ。

はずみがついているので、右足だけで立ちなおることはできない。踏み出した左足は、底知れぬ空虚の中へ引き込まれて行った。

なにごとともわからぬうちに、彼女のからだはズルズルとすべりはじめた。地面が突然消えうせて、奈落《ならく》へ落ち込んで行くような気持であった。

あい子は無我夢中で、何かにすがりつこうとあせった。自分のからだがだんだん速度をくわえて、下へ下へと、無限の底へ落ちて行くのが、形容もできぬ恐ろしさであった。

何かしら手にふれた。細い木の枝のようなものであった。

彼女は死にもの狂いで、それにすがりついた。ズルズルとなお一尺ほどすべり落ちたが、その木の根がしっかりしていたとみえて、やっと踏みとどまることができた。

両手で枝につかまりながら、足で下を探ってみると、そこは切り立ったような土の壁であることがわかった。どこかに足がかりがと、足でまさぐっても、踏みつけるたびに土がくずれて、サラサラと下へ落ちて行くばかりであった。

ああ、わかった。ここは断崖《だんがい》なのだ。自動車はいつの間にか、こんな深い崖《がけ》の上へきていたのだ。それとも知らず、原っぱとばかり思い込んで、車を飛び出したものだから、たちまち崖を踏みはずして、転落してしまったのだ。

それにしても、いったいここはどこだろう。これほどの崖があるからには、町からは遠い山の中に違いない。こんな場所を、夜よなか、人通りがあるはずはない。こんな姿で夜の明けるまで我慢していなければならないのかしら。

だがそんな我慢ができるものではない。今つかまったばかりなのに、もう手の平がすりむけて、両手が抜けそうな気持である。ああ、もう十分だって、五分だって、辛抱できやしない。

「誰かきてくださーい。助けてえ……」

あい子はもう見得も外聞もなかった。おさない少女のような大声を上げて、わめき立てた。

二度三度叫びつづけているうちに、その声を聞きつけたのか、崖の上になにか人のうごめくけはいがした。

ああ、うれしい。やっと救われたかと、瞳《ひとみ》をこらして、一間ほど上の崖の端を見つめると、そこには、確かに一人の人間が、うずくまって、じっと下をのぞいていた。

いくらか闇に眼がなれたので、おぼろげながらその人の顔を見わけることができた。

それはあの顔であった。あのまっ白な壁のような顔であった。いつの間に着かえたのか、例の水玉模様のダブダブの上衣を着て、とんがり帽子をかぶって、巨大な指人形のように、崖の上からのぞいていた。

まっ白な顔の中で、そこだけ黒く見える大きな唇が、異様に動いたかと思うと、低いのろのろした声が響いてきた。

「フフフフフ、自業自得だよ。おれはただ自動車をここへとめておいたばかりだからね。それを勝手に飛び出して、こんな目にあったのは、お前の自業自得だよ」

道化師はそこまで言って、今の言葉の反応を見るように、しばらくだまっていた。しかし、あい子が何も答えないので、又のろのろとはじめた。

「お前、おれを誰だと思うね。フフフフフ、なぜこんなひどい目にあうのかと不思議に思っているだろうね」

そこで又しばらく言葉を切った。

「お前のそのか弱い指の力がいつまでつづくものじゃない。お前は今に、底知れぬ谷底へ落ちて行くのだ。だから、この世の名残りに、おれがなぜこんなまねをするかということを、話して聞かせてやろう。フフフフフ、今わの際によく聞いておくがいい」

そして、又だまり込んでしまった。

あい子は今にも抜けるかと思われる両腕に、最後の力をこめて、はげしい怒りに燃えながら、じっと耳をすましていた。それを聞くまでは、死んでもこの手を離すまいと、歯を食いしばっていた。

挑戦状

春の夜ふけ、私立探偵明智小五郎は、書斎の机の前に腰かけて、妙なことをしていた。大きな書きもの机の上には、つみ重ねた書物にもたれかかって、道化師の指人形が滑稽《こっけい》な様子をしてすわっていた。その前にはブリキ製のチンドン屋のおもちゃが、ゼンマイ仕掛けで、チンドン、チンドンと太鼓をたたきながら、机の上を歩いていた。

名探偵は道化人形の収集でもはじめたのであろうか。だが、彼はおもちゃに打ち興じているような顔つきではない。机の前に腕を組んで、苦虫を嚙《か》みつぶしたような渋面をして、じっとそれらのおもちゃをにらみつけているのだ。

明智は野上みや子という娘が、何者かに惨殺されて、その屍体《したい》が石膏《せっこう》像の中にぬりこめられていた事件を、新聞で読んで、ひどく興味をそそられていた。できれば、この怪事件を自分の手で解決してみたいと考えていた。

すると、ちょうどそこへ、ある夕方、被害者野上みや子の許嫁《いいなずけ》の白井というピアニストがたずねてきて、同じ犯人がみや子の妹のあい子という娘をつけねらっているらしいと言い、明智にその犯人捜査を依頼したのであった。

名探偵は、すすんでこの奇怪な犯罪の渦中に飛び込んでみたいと思っていた際なので、喜んで白井の依頼に応じた。そして、その晩、白井の案内で野上あい子の家をたずねたのだが、一と足違いで、あい子はすでに犯人のために誘拐されたあとであった。犯人は白井からの使いと称して、あい子を自動車に乗せ、どことも知れず連れ去ってしまったのである。

それからもう一週間経過していた。だが警察のあらゆる捜索にもかかわらずあい子の行方は全く不明であった。明智も白井やあい子の母親などから、前後の事情をくわしく尋ねて、いろいろ仮説を組み立ててみたが、まだ明確な判断をくだすまでになっていなかった。

犯人は何者か。あい子はどこへ連れ去られたのか。この犯罪の動機はいったいどこにあるのか。復讐《ふくしゅう》か、痴情か、それとも単なる狂人の仕業なのか。あい子もその姉と同様にすでに殺害され、思いもよらぬ奇妙な場所にかくされているのではないか、等々、疑問百出、しかもその一問さえも明確に解くことはできないのであった。

その何とも知れぬ犯人は、世にも可愛らしい道化師の扮装《ふんそう》をしていた。顔には壁のように白粉《おしろい》をぬり、頬に赤い日の丸を描き、口紅をぬり、まっ赤な水玉模様のダブダブの衣裳《いしょう》を着ていた。そして、被害者のところへ、前もって、自分と同じ姿の道化人形を郵送するくせがあった。ある時は土製の指人形を、ある時はブリキ製のチンドン屋の人形を送りつけて、被害者を震え上がらせるのであった。

今、明智の机の上にある二つの道化人形は、野上あい子の母親から借り受けた、その犯罪予告の人形であった。明智はほかにも事件を持っているので、そればかり考えているわけにはいかなかったが、少しでも暇があれば、それらの道化人形を取り出して、チンドン屋を歩かせてみたり、指人形を指にはめたりして、この奇妙な事件について思いわずらうのであった。

「道化師とは妙な着想だ。この犯人はユーモアを解しているとでもいうのか。いったい殺人にユーモアがあるのか。あれば地獄のユーモアだ。新聞記者が『地獄の道化師』という見出しをつけたのももっともだ。フフン、相手にとって不足はないぞ。さあ、人形さん、これから知恵くらべだ。お前とおれの知恵くらべだよ」

明智は冗談らしくそんなことをつぶやきながら、手首に道化人形をはめて、ヒョイヒョイと踊らせてみるのであった。

「先生、白井さんがいらっしゃいました」

振り向くと、助手の小林少年がドアをあけて立っていた。明智が道化人形とたわむれている様子をびっくりしたように見つめている。

「エ、白井さんが、こんな夜ふけに？　何かあったんだな。すぐここへ通したまえ」

少年助手が立ち去ると、引き違いにピアニストの白井清一が、ただならぬ様子ではいってきた。演奏会の帰りと見えて、タキシードを着ているのだが、カラーはゆがみ、ネクタイはほどけかけて、日頃身だしなみのよい彼にも似合わぬ恰好《かっこう》である。

「先生、また新らしい事件が起こったのです」

彼は挨拶《あいさつ》もしないで、いきなりそういうと、ガックリと椅子に腰をおろした。

「え、新らしい事件？　こいつがですか」

明智は手首にはめたままの、道化人形を持ち上げて見せた。

「ええ、そいつです。今度は舞台の天井から短剣が降ったのです。相沢麗子が今少しでやられるところでした」

「相沢麗子ですって？」

相沢といえば世に聞こえた新進のソプラノ歌手なので、明智もその名を知っていた。

「今度はあの人がねらわれているのです。つい今しがたのことです。僕が伴奏して、シューベルトの『垣根の薔薇《ばら》』を歌いかけたところへ、突然、舞台の天井から、サッと短剣が降ってきたのです。そして、あの人の肩をかすめて舞台の板の間へ突きささったのです。

場所はH劇場です。社会事業へ寄付の会で、会場いっぱいの入りで、非常な盛会だったのですが、その中へ短剣が降ったのですから、大変な騒ぎになってしまいました。とても独唱なんかつづけられやしません。おまわりさんがかけつけて、舞台の天井から、楽屋から、地下室まで調べたのですが、犯人はとうとう発見されませんでした。

僕も取調べを受けましたが、それがすむと、すぐこちらへおたずねしたのです」

白井は息もつかずそこまでしゃべりつづけると、ひとまず口をつぐんで、まっさおな顔で、じっと明智を見つめた。

「短剣を天井から投げつけたのですか、それとも、何かの仕掛けで、適当な時に落ちるようにしてあったのですか」

探偵はすぐさま要点の質問にはいって行った。

「投げつけたらしいのです。舞台係の者が、チラッとそいつの姿を見たというのです。なんだか、まっ赤な着物を着たやつが、舞台の天井を這《は》っていたというのです。天井には芝居に使ういろいろな道具が吊《つ》ってあって、ひどくゴタゴタしているのですが、その天井裏の細いあゆみ板の上を、まっ赤なやつが、非常なはやさで走って行くのを、チラッと見たというのです」

「道化服ですね」

「ええ、そうらしいのです」

「で、そいつは結局見つからなかったのですね」

「どこから逃げたか、まったくわからないのです。見物席の方からはむろん逃げられませんし、楽屋口の方にも、たくさん人がいたのに、誰もそんな赤い着物のやつを見かけなかったというのです。警察の意見では、その赤い服をぬいで、別の姿になって、何食わぬ顔で出て行ったのだろうというのですが」

「そうかもしれませんね。演奏会などでは、楽屋にも、日頃お馴染《なじみ》のない人がたくさんいたわけでしょうから、赤い上衣をぬいで、普通の背広姿かなんかになれば、ちょっと見わけがつかなかったでしょうからね」

「そうです。警察の人の意見もそうなのです」

「フフン、あいつのやりそうなことだ。演奏会の華やかな舞台の上で、恐ろしいお芝居をやって見せようとしたのですね。石膏像の場合と同じ着想です。虚栄心というか、見せびらかしというか、あいつのやり方には、いつも常識では判断のできない気違いめいたところがある。でも、短剣が的をはずれたのはなによりでしたね」

「ええ、しかし、これきり犯人があきらめてしまうはずはないので、相沢麗子はもうおびえきって、ほんとうに気の毒です。

やっぱり相沢さんのところへも、けさ、それと同じ道化人形が郵送されてきたんだそうです。僕は舞台へ出る少し前に、相沢さんからその話を聞いて、ハッとしたのですが、まさか、あいつが演奏会の中へやってくるとは思わないので、ともかくプログラムを進めたのです」

「やっぱり予告をしたのですね」

「ええ、それと同じ人形らしいのです。相沢さんは、すぐそのことを警察へ届けておいたのだそうです。だから、演奏会にも、私服の刑事がたくさんはいり込んで、警戒はしていてくれたんだそうですが、なんの甲斐《かい》もなかったのです」

「で、相沢さん、無事に帰宅しましたか」

「ええ、警察で充分警戒してくれて、家にも見張りをつけるということでした。しかし、相手が相手ですから油断はできません。やはり先生にもあの人のことをお願いしたいと思いまして。相沢さんにも先生のことはちょっと話してあるのです」

「相沢さんのうちはどこです。電話は、ありますか」

「やはりこの麻布区のS町です。電話もあります」

「それじゃ、あなた電話をかけて、その後の様子をたずねてみてください。又あい子さんのようなことが起こっては大変だから、どんなことがあっても決して外出しないように、よく注意して上げてください」

「ええ、そうですね。じゃ電話を拝借して……」

白井は明智の卓上電話を借りて、相沢麗子の家に電話をかけ、本人を呼び出して、明智に事件を依頼していることをつげ、にせの使いなどにだまされぬようにと、くれぐれも注意を与えた。麗子の身辺にはその後別に変ったことも起こらず、二人の私服刑事が厳重に見張りをつづけていてくれるということであった。

その通話がすむと、明智は警視庁の兵藤捜査係長に電話をかけて、この事件に関係するつもりだからと、諒解《りょうかい》を求めた。兵藤係長は明智とは非常にしたしい間柄なので、先方からも、この事件の捜査の困難なことをこぼしたりして、こころよく諒解を与えてくれた。

「君の力で犯人を発見してくれれば、大助かりなんだが」

などと、冗談をいったりした。

明智は電話をかけ終ると、白井の方に向きなおって、また質問をしはじめた。

「相沢さんにはむろん心当たりはないのでしょうね。誰かに恨みを受けているというような……」

「少しも心当たりがないというのです。それについて、僕は不思議に思うのですが、野上のみや子やあい子と、こんどの相沢さんとは、知り合いでもありませんし、そのあいだになんの関係もないのです。それに突然あいつが相沢さんをねらい出したというのは、どういう心持なのだか、まるで見当がつきません。でたらめの気違いざたとしか考えられません」

白井はぶっつかっていく相手のないのを、もどかしがるように、拳《こぶし》を握りしめるのであった。

「あなたと相沢さんとは親しい間柄ですか」

明智が何か意味ありげにたずねた。

「ええ、二年ほどの交際ですが、相当親しくしています。伴奏はきまって僕がすることになっていますし、個人的にも親しくつき合っています」

「じゃあ、こんどの事件は、必らずしもでたらめともいえませんね」

「えっ、それはどういう意味でしょうか」

白井はびっくりしたように探偵の顔を見た。

「考えてごらんなさい。野上みや子さんはあなたの許嫁《いいなずけ》だったでしょう。その妹さんのあい子さんは、むろんあなたと親しい間柄ですし、それからこんどの相沢さんもそういうふうにあなたのお友だちじゃありませんか。だから、あなたを中心にして考えれば、この三つの事件には、決して連絡がないとはいえませんよ」

「だから、どういうことになるのでしょう。僕にはよく呑《の》み込めませんが」

白井は変な顔をして、眼をパチパチさせた。

「いや、だからどうというわけではありません。ただ、まったく連絡がないのではないということを言ったまでです。僕はね、そういうふうに連絡をつけてみて、あなたにはげしい嫉妬《しっと》を感じているような人が、どこかにいるのではないかと、ふと考えたのです。そういうお心あたりはないのですか」

明智は微笑を浮かべながら、相手の男らしい美貌《びぼう》を見やった。

「ああ、その意味だったのですか。いや、残念ながらそんな艶福《えんぷく》はありませんよ。それに、なるほどみや子とは許嫁でしたが、あい子も相沢さんも、別にそんな関係があるわけじゃないのですから」

白井は少し眼のふちを赤くして打ち消すのであった。

「なるほど、あなた自身から考えればそうですがね。しかし、そのほかに、三人の被害者にはこれという連絡がないのだから、やはり探偵の仕事の上では、一つの要素として考えに入れておかなければならないのです。たとえなんの関係がなくても、嫉妬というものは、そんな理性的なものじゃないのですから、少しでももしやというようなお心あたりがあれば、打ち明けておいてほしいと思うのですが」

明智はなぜか執拗《しつよう》にその点を問いつめるのだ。

「いや、そういうことはまったくありません。僕を中心として考える場合には、そういう嫉妬を感じるのは女性のがわですが、第一、こんどの犯人は女性じゃないのですし、それに、僕はその方面にひどく臆病《おくびょう》な方で、従来そういう関係を結んだ女なんて、まったくないのですから」

白井は青年らしくむきになって弁明するのであった。

「いや、失礼失礼、ついあなたの感情を考えている余裕がなかったものだから。探偵なんていう仕事は、どうも物言いがあけすけになりがちで困るのです。気をわるくしないでください」

明智は笑いながら詫《わび》ごとをしたが、ちょうどその時、ピシッという音がして、どこからか、小さな矢のようなものが飛んできて、机の上のチンドン屋の人形の前に、まっ逆さまに突き刺さった。

二人はハッとして思わず立ち上がった。

さすがに明智は素早く、立ち上がったかと思うと、部屋の一方のあけ放された窓にかけ寄って、庭をのぞいていた。

だが、せまい庭には人のかくれるような場所もなく、一眼で誰もいないことがわかった。おそらくそのすぐ向こうの塀越しに投げ込んだものであろう。塀のそととすると、今さら追っかけてみてもむだなことはわかっていた。

明智は机の前にもどって、ソッとその矢のようなものを抜き取って調べてみた。それは子供のおもちゃの吹き矢であった。紙を細く巻いて、その先に針をつけた、長さ三寸ほどの吹き矢であった。

「おや、なんだか中に巻き込んであるぞ」

吹き矢の紙の筒の中に、小さな字を書きならべた、薄い紙がはいっていた。明智はそれをつまみ出して、ていねいに机の上にひろげた。

「やっぱりあいつの仕業だ。ハハハハハハ、あいつ、僕がこわいのですよ。ごらんなさい。僕にまで、こんな脅迫状をよこしましたよ」

その薄い紙片には、細かい文字で左のようにしたためてあった。

明智君、おせっかいはよしたまえ。もし君がつまらない手出しをすると、おれは一人余計に殺生をしなければならないからだ。つまり君の命があぶないからだ。わかったかね。だまって引っ込んでいる方が君のためだ。第一君がどんな知恵をしぼってみたって、この事件の謎がとけるはずはない。それは人智ではかり知ることのできない地獄の秘密だからだ。理窟《りくつ》をこえた神秘の謎だからだ。

地獄の道化師より

「フフン、味なまねをやるな。地獄の道化師だなんて、新聞記者のつけた名を、ちゃんともう使っている。白井さんこいつはなかなかインテリですよ。ありきたりの犯罪者じゃない。このお芝居はどうです。地獄の秘密だ、神秘の謎だなんて、古くさい探偵小説にでも出てきそうな文句じゃありませんか」

明智はこともなげに笑っていたが、その脅迫状を読んだ白井は、いよいよ恐怖の渦の中へ巻き込まれて行くような、なんともいえぬ不安を感じないではいられなかった。

綿貫創人

挑戦状の中に「君がどんなに知恵をしぼっても、この事件の謎がとけるはずはない。それは人智でははかり知ることのできない地獄の秘密だからだ。理窟をこえた神秘の謎だからだ」という文面があった。

これはかならずしも賊のこけおどしとのみは考えられなかった。この事件には最初から、何かしら賊のいわゆる「地獄の秘密」とか「神秘の謎」とかいうようなものが感じられた。これだけの大罪をおかしながら、いまだに犯人の正体が想像さえもつかないという一事だけでも、「神秘の謎」に違いなかった。被害者たちは、彼女らの生命をねらう相手にまったく心当たりがないというのだが、そういうことがはたしてあり得るのだろうか。

狂人の仕業といってしまえばそれまでである。だが、狂人にこんな綿密な計画がたてられるものではない。この犯罪はまったく出鱈目《でたらめ》な殺人狂の仕業のように見えて、案外そうではないところがあった。彼の犯罪計画には、よく考えてみると、ちゃんと筋道が立っているようでもあった。

「白井さん、面白いといってはなんですが、僕はこの事件を非常に面白く感じているのです。この事件の裏には、犯人自身も言っているように、何か途方もない秘密がかくれているのです。表面に現われた出来事からは、まったく想像もできないような事柄が、どこかにひそんでいるのです。

僕はさっきから、ここで、あの道化人形をおもちゃにしながら、いろいろ考えていたのですが、すると、あの人形が、僕にそんなことをささやくような気がしたのです。この賊の挑戦状を読むと、いっそうそれがはっきりしてきました。表面に現われているだけでも、ちょっと前例のないような犯罪事件ですが、その裏にはもっともっと恐ろしいものがかくれているのですよ」

明智は真剣な表情で、宙を見つめながら、なかばひとりごとのように言うのであった。

「あなたがそうおっしゃるようでは、いよいよ安心ができません。相沢さんは大丈夫でしょうか。あいつはまるで神通力を持ったようなやつですからね。こうしていても、なんだか不安で……」

白井清一はじっとしていられないように、椅子から立ち上がろうとするのだ。

「なんでしたら、あなたはもういちど相沢さんのところへ行って上げてはどうですか。そしてね、窓を注意するようにいってください。毒の吹き矢ということもあるのですからね。あいつが吹き矢の名人だとすると、その点も注意しなければなりません」

「あっ、そうですね。先生、もういちど電話を貸してください。一刻もはやくそのことをいってやる方がいいと思いますから」

　白井はまた卓上電話にしがみついて、麗子を呼び出し、窓という窓をしめきるように注意を与えた。

「では、僕、これからもういちど相沢さんのところへ行ってみますが、もしおさしつかえなかったら、先生もおいでくださいませんでしょうか」

「ええ、むろん僕も行きますが、あなたといっしょではなく、僕は僕で、別に行くことにしましょう」

　明智が意味ありげに微笑して答えた。

「え、別といいますと」

「明智と名乗らないで、或《あ》るまったく別の人物になりすまして行くのです。敵を謀るためには、まず味方を謀らなければなりません。ね、わかったでしょう。つまり、僕はあなた方のまるで予期しないような、意外な方法で相沢家を訪問しようというわけです」

　明智は白井の耳に口を寄せて、ささやくようにいうのであった。

「あ、そうですか。わかりました。ではどうかよろしく願います。僕はこれからすぐあちらへまいりますから」

白井は相沢麗子の住所を書きとめた紙片を明智に渡し、挨拶《あいさつ》もそこそこに、そそくさと探偵事務所を立ち去った。

それから間もなく、明智も事務所から姿を消したが、どんな風体をして、どこから出て行ったのか、誰も知るものはなかった。表門からも裏門からも、明智らしい人物が立ち出《い》でた様子はさらになかったが、しかし、彼はその夜じゅう、彼の家にはいなかったのである。

警察の厳重な警戒が功を奏したのか、明智探偵の側面からの護衛がものをいったのか、その夜は、相沢麗子の身に別段の出来事もなく明けた。

その翌日午前十時、いつの間に帰ったのか、明智は事務所の書斎で、又しても例の道化人形をおもちゃにして、何か考えごとにふけっていた。

「先生、この人がぜひお眼にかかりたいといって聞かないのですが……」

助手の小林少年が困ったような顔をしてはいってきた。彼は明智がゆうべそとで徹夜したことを察しているので、はじめての訪問者を追い返そうとしたのだが。

明智は名刺を受け取って、一と眼見ると、にわかにいきいきとした顔になった。

「いいから、ここへ通したまえ。綿貫創人がやってきたんだよ。君忘れたのかい。綿貫といえば、道化師の事件で、最初下手人の嫌疑を受けた奇人彫刻師じゃないか。先生疑いがはれて、帰宅を許されたんだ」

やがて、その創人が、小林少年に案内されて、あの骸骨《がいこつ》のように骨ばった顔の中に、大きな眼をキョロキョロさせてはいってきた。しばらく警察に留置されていたあとなので、いっそう憔悴《しょうすい》して、彼のダブダブの背広服もひどくしわくちゃになっていた。

挨拶がすむと、明智はいたわるように彫刻家に椅子をすすめた。

「僕は、いちどあんたとお眼にかかりたいと、前から思っていたんです。探偵って、いい仕事ですねえ。僕も、探偵ということには興味を持っているのですよ」

創人は美術家らしい無遠慮な調子で、いきなりそんなことをいった。

「大変な御災難でしたねえ、アトリエまで焼かれてしまったというじゃありませんか」

明智もニコニコして応じた。

「いや、アトリエなんて、あんなぼろアトリエなんてどうでもいいんですよ。それよりか、僕はこんどの殺人事件に興味を持っているんです。実はおととい警察から帰されましてね、それから新聞を読んで、やっとこの事件の大体がわかった始末ですが、なんだか、僕もこの事件を探偵してみたいような気がするのですよ」

創人は骸骨のような顎《あご》をガクガクいわせて、ひどく熱心にいうのである。

しかし、明智はそれを聞いて、なんとなく腑《ふ》に落ちぬ感じがした。創人は明智がこの事件に関係していることを、まるでわかりきったことのようにしゃべっている。明智がこの事件の依頼を受けたなどと新聞に出たわけではないし、それを知っている者は、白井清一と、野上あい子の母親と、相沢麗子のほかにはないはずだ。創人はいったいその秘密をどうしてかぎつけたのであろう。

「で、僕に御用とおっしゃるのは、どういうことですか」

明智はいささか警戒気味になって、しかし、さりげなくたずねた。

「いや、それは、なんです、変なことですが、先生、僕をひとつ弟子にしてくれませんか。探偵の方のですよ。あんたがこの事件に関係していられるということは、おおかた察しているのです。明智探偵ともあろう人が、これほどの大事件に興味を持たれないはずはありませんからなあ。ハハハハハハ、で、この事件の犯人捜査を僕にも手伝わせてほしいのですよ」

怪彫刻家はいよいよ無遠慮なことを言い出した。素人のくせに、ひとかど役にたつつもりでいるのだ。

「まるで、僕がこの事件を引き受けているときめたようなお話ですね」

明智が皮肉にいうと、彫刻家はまん丸な眼をむいて、

「いや、僕はそうきめているのです。直覚力のするどい方でしてね。めったに間違いません。先生、あんたむろんこの事件には御関係なのでしょう」

と、ヌーッと首を前に突き出して、明智の顔をのぞき込むようにするのだ。

「それは、御想像にまかせますが、しかし、あなたが、この事件の探偵にそれほど興味をお持ちになるのは、何か特別の理由があるのですか」

「ありますとも、あいつを見つけ出して復讐《ふくしゅう》してやりたいという気持もむろんあります

が、それよりも、この事件のなんともいえぬ怪奇味が僕を引きつけるのです。おわかりでしょう。探偵本能というやつですよ。

ゆうべは第三の被害者がすんでにやられるところだったというじゃありませんか。どうです。あいつは若い女ばかりねらっていますね。いったい何が目的なんでしょうな。先生は、もうちゃんとおわかりかもしれませんが」

創人はまたしてもヌーッと首をつき出して、まるで相手の腹の中を見抜こうとでもするように、大きな眼を光らせるのであった。

明智はその地獄からはい出してきたような奇怪な顔を見ているうちに、ふと妙なことを考えた。

もしやこいつがあの吹き矢の主ではあるまいか。こいつこそ恐るべき道化師その人なのではあるまいか。

このギョッとするような考えが、名探偵をはなはだしく喜ばせた。ああ、こいつがあの殺人鬼だとしたら、眼の前にその大敵が笑っているのだとしたら！

「関係しているいないは別として、むろん僕もこの事件には興味を持っていますが、まだ何もわかっていないのです。犯人が誰であるかということはもちろん、犯人の目的がなんであるかも、僕には少しもわからないのです」

「ほんとうですか。名探偵らしくないお言葉ですね……僕はいろいろ想像をめぐらしたのですが、青ひげじゃありませんか。え、よく西洋の話にある、あれじゃありませんか。

被害者がみんな若い女ですからね。ああ、被害者といえば、僕は最初にやられた野上みや子という娘を知っているのですよ」

「え、みや子を御存じですか」

「そうです。実は、きょうはそれもお知らせしたいと思って、やってきたのです。あの女は以前、僕の弟子だったことがあるのですよ。ちょっと風がわりな女でしてね。油絵を習いにきていたのです。絵の方は僕は専門じゃありませんが、素人の女に教えるくらいのことはできるもんですからね」

「いつごろのことですか」

「もう二年ほど前になります。まだ女学校を出たばかりでした。半年ほども僕のアトリエへ通ったことがあるのです」

「妹のあい子も御存じですか」

「いや、家族のことは何も知りません。みや子とは、女学校の絵の教師をしている僕の友だちの家で知り合いになったのですが、どういうものか、僕が気にいったとみえましてね、いつの間にか僕のうちへ稽古《けいこ》にくるようになったのです」

「すると、第一の被害者とあなたとはまんざら無関係ではなかったわけですね。こんどの事件で、犯人があなたに嫌疑がかかるように仕向けたのも、偶然ではないともいえますね」

明智はふとその点に気づいて、ちょっと驚いたように相手の顔をみた。

「そうです。犯人は僕とみや子の関係を知っているやつではないかと思うのです」

「しかし、関係といっても、ただ絵を教えられたばかりなのでしょう」

明智は、創人が関係という言葉に一種の調子をつけたことを聞きのがさなかった。

「いや、それが、かならずしもそうではないのです」

　創人がなぜかニヤニヤと笑った。

「と言いますと？」

「みや子という娘は一風かわっていましてね。なんと言いますか、ロマンチストと言いますか、まあ夢見る女なのですね。この僕のどこがよくてか、あの娘は僕に師弟以上の好意をよせたのですよ」

　明智はそれを聞いて、思わず相手の骸骨のような顔をながめないではいられなかった。同性が見ては、およそ恋には縁遠い顔である。だが夢見る少女には、外貌《がいぼう》よりも、この彫刻家らしい精神が好もしかったのかもしれない。

「ところが、僕はどうもあの娘が好きになれなかったのです。あの娘には、なんと言いますか、どうしても好きになれないところがあるのです。宿命的に僕とあの娘とは肌が合わないとでも言いますか、先方が好意を見せれば見せるほど、僕はゾーッとして、顔を見るのもいやになったのです。それで、とうとう僕の方から師弟の関係を絶ってしまったのですがね」

「みにくい人だったのですか」

「いや、そうでもないのです。美しいとはいえないかもしれませんが、まあ普通ですね。みにくいのじゃありません」

「おかしいですね。それじゃあなたがこんどの事件に巻き込まれた理由がわからなくなるじゃありませんか。みや子さんと親しい間柄なればとにかく、今のお話ではその反対なのに、みや子さんを憎む者があなたに仇《あだ》をするというのは、考えにくいことですね」

「そうです。僕もその辺のところが、まるでわからないのですがね。別に理由なんかなく、ただちょうどいい位置に僕のアトリエがあったので、僕を嫌疑者に仕立てる気になったのかもしれません。それにしても、ひどいやつです。あいつ僕を焼き殺すつもりだったのですからね。園田という刑事が救い出してくれなかったら、僕は今頃こうしてはいられなかったのです」

「だから、僕は、偶然位置の関係からあのアトリエがえらばれたにしては、あなたはひどい目にあいすぎていると思うのですよ。いくら悪人でも、なんの恨みもないあなたを焼き殺そうとくわだてるなんて、少しひどすぎるように思うのです。これには何かわけがあるのかもしれませんね」

　明智はそういって、じっと相手の眼の中を見つめた。創人も何かギョッとしたような表情になって、探偵を見かえした。二人はそうしてやや一分間ほども、だまり込んで顔を見合わせていた。

「明智先生、あんた、もしや僕を疑っているんじゃありませんか。被害者の一人と見せかけていたやつが、実は犯人だったという実例はたくさんあるんですからね」

創人が大眼玉をギョロギョロさせて、思いきったように言い出した。

「ハハハハハハ、そうですよ。さきほど、ちょっとそんなふうに思ったのですが、あなたのお話を聞いているうちに、そうでないことがわかりました。あなたは人殺しなんかできる人じゃありませんよ」

明智はこともなげに笑ってみせた。

「じゃ、僕に探偵の助手をさせてくれますか」

「ええ、手伝ってください。これから先、あなたでなければできないような仕事があるかもしれませんからね」

明智は何か意味ありげにいって、ニコニコしながら、彫刻家の骸骨《がいこつ》のような顔を見つめるのであった。

巨人の影

その夜のことである。

麻布区S町相沢麗子の家は、四名の私服刑事によって守られていた。刑事たちはそれと眼立たぬ扮装《ふんそう》をして、或《あ》いは表門の前を、裏口を、或いは塀外の闇を、通行人の一人一人に注意の眼を光らせながら、行ったりきたりしていた。

むろん明智小五郎も、どこかで夜の警戒にあたっているはずであったが、相沢家の人たちも、刑事たちも、そのことは少しも気づいていなかった。彼は唯《ただ》一人、思いもよらぬ人物に扮装して、意外な場所に身をひそめていたのである。

麗子は奥まった彼女の部屋で、父の相沢氏と、今夜もたずねてきた白井清一とに見守られながら、雑談に不安をまぎらしていた。

庭に面した八畳の日本間を、洋風にしつらえて、椅子テーブルを置き、一方の壁際にはピアノをすえ、壁面には新進洋画家M氏の風景画などをかけて、しっとりと落ちついた色彩が、麗子の上品な趣味を語っていた。

庭に面しては日本障子のそとにガラス戸がしめきってあった。吹き矢の注意を受けてからは、昼間でもガラス戸をあけたことはなく、睡眠中は、日頃使用したことのないガラス戸のそとの雨戸もしめることにしていた。

麗子は純白の絹のブラウスを着て、グッタリと肘掛《ひじかけ》椅子にもたれていたが、青ざめた顔がひとしお冴《さ》えわたって、日頃とは別様の美しさであった。

三人が話題もつきて、ちょっとだまり込んでいるところへ、襖《ふすま》がひらいて、女中が一通の手紙を持ってきた。

「あら、琴野さんからよ。おたずねする約束を、お断りもしないでほうっておいたものだから、きっとそのことだわ」

麗子は救われたように元気づいて、その手紙を開封した。琴野というのは音楽学校の同窓の親しい女性なのだ。

だが、封をひらいて、用箋《ようせん》をひろげたかと思うと、麗子の上半身がビクッと動いて、みるみる顔色がかわって行った。

「どうしたんだ、麗子」

父の相沢氏が、びっくりして、娘を見つめた。相沢氏は半白の髪をふさふさとわけた、細面の、弱々しい人であった。五十歳を越しているのであろう。銘仙の不断着に黒い兵《へ》児帯《こおび》を巻いている腹の辺が、カマキリのように痛々しくやせていた。

「白井さん、またよ。琴野さんの名をかたって、あいつがよこしたのよ」

麗子はどうしていいかわからないというように、紙のように青ざめた顔で、ささやきながら、その用箋をテーブルの上に置いた。

白井がそれを読んでみると、憎むべき悪魔は左のような恐ろしい脅迫の言葉を書きつらねているのであった。


今宵こそ、君の身辺に一つの異変が起こるであろう。用心したまえ、道化師はあくまで地獄の道化を思いきらないのだ。今宵こそ、君はその美しい顔を、底知れぬ恐怖のためにゆがめなければならないだろう。

「麗子さん、あいつの思う壺《つぼ》にはまっちゃいけませんよ。こんなことをいって、君をこわがらせようとしているのです。それだけです。なんでもないのですよ。

それにお父さんも僕もついているんだから、いくらあいつだって、何ができるものですか。安心していらっしゃい。安心していらっしゃい」

白井はともかくも、麗子をなぐさめるほかはなかった。

「そうだよ。今夜は四人の刑事さんが、家のまわりを見張っていてくださるんだからね。それに、さっき白井さんもおっしゃったように、あの明智探偵が、お前のことは引き受けていてくださるんだ。ちゃんとどこかで見張りをしていてくださるんだ。

この厳重な見張りの中を、いくらあいつだって、お前のそばへ近よることなんかできやしないよ。何も心配することはない。それよりもどうだ。ひとつ白井さんにピアノをひいていただいて、なにか歌ってみたら」

相沢氏も、一人娘のいとしさに、わが恐怖をおしかくして、麗子を力づけるのであった。

「そうね、何もこわがることはないわね」

麗子はしいて微笑しながら、二人を安心させるために、虚勢を張ってみせた。

「じゃ、白井さん、歌いましょうか」

「ええ、それがいいでしょう。ひとつウンと歌いまくって、悪魔をびっくりさせてやろうじゃありませんか」

白井は気軽に立ってピアノの前に腰かけ、譜本を撰《よ》りはじめた。

麗子は歩く力もないほど、心も萎《な》えていたけれど、せい一ぱいの気力で立ち上がって、ピアノの方へ近づいて行った。

ちょうど、その時、

障子一面にパッと、稲妻のような恐ろしく強い光がさした。眼もくらむ青白い光だ。それにくらべては、部屋の電燈《でんとう》などは行燈《あんどん》のように薄暗く感じられるほどであった。とっさにその光線を判断することはできなかった。雷の鳴るような空模様ではなかったし、サーチライトの直射でも受けない限り、こんな強い光がさすわけがなかった。

三人は思わず立ち上がって、昼のように明るい障子を見つめた。

まんなかの二枚の障子いっぱいに、何かの影がまっ黒に写っていた。木の影かしら。いや、庭にこんな木はなかったはずだ。

その影は、頂上が鋭角を描いてとがっていた。その鋭角の三角形の下に、何かえたいの知れぬデコボコのものがあった。そして、障子の下端に近く、その影は左右にスーッとひろがっていた。

なんだか、べら棒に大きな人の顔のようでもあった。幅一間以上の人の顔……あっ、あの三角形のものは、帽子じゃないのか。道化師のとんがり帽子じゃないのか。

あまり大きすぎるために、急にはそれとわからなかったが、いちど気がつけば、もう疑うところもない道化師の影であった。道化師の頸《くび》から上の影であった。その影が、すざまじい光の物の中を、ゆらゆらとこちらへ近づいてくるように見えた。

「あ、あ、あ、あ、あ……」

というような、世にも悲しげな、するどい悲鳴が響きわたった。

その悲鳴を合図のように、青白い光がパッと消え去って、あの怪物の影のうつっていた部分が、網膜の残像現象によって、しばらくのあいだ、白い巨人となって障子の上に残っていた。

相沢氏は畳の上にすわって、気を失った麗子をかかえていた。そして、何か言おうとしているのだが、唇が小刻みに震えるばかりで、声とはならなかった。

白井は物につまずきながら、恐ろしい勢いで障子の方へかけ寄って立った。そして、はげしい音をたてて障子を引きあけると、縁側に出て身構えした。道化師と組打ちをする覚悟なのだ。

ガラス戸のそとは灌木《かんぼく》の茂った庭であった。室内の電燈の光がさしてはいるけれど、ハッキリ物の形を見わけられるほど明るくはない。

ガラス戸越しに見ていると、暗い茂みの蔭《かげ》に、何かうごめいているように感じられた。闇の中から、二つの眼を光らせて、じっとこちらをうかがっているやつがあるような気がした。

白井は勇気をふりしぼってガラス戸をひらいた。そして、今にも庭へ飛び降りようと身構えていると、向こうの庭木がガサガサと鳴って、その闇の中から、人の形をしたものがスーッとこちらへ近づいてくるのが見えた。

乞食《こじき》少年

「誰だッ、そこにいるのは誰だッ」

白井がどなりつけると、相手は案外おだやかな調子で答えた。

「私ですよ。今恐ろしい光ものがしましたね。驚いてかけつけてきたんです」

近づいてくると、なんのことだ、麗子を守っていてくれる警視庁の刑事の一人であった。

「ああ、あなたでしたか。今、そこの障子へ、あいつの影が写ったのです。道化師の顔が大きくうつったのです」

「エッ、道化師の顔が？」

「そうです。だから、あいつ、その辺にかくれているんじゃないかと思って……」

「じゃあ、今の光で、あいつの影がうつったのですね。光りものはこの見当でしたが……」

刑事は庭木の向こうの生垣の辺を指さした。

するとまるでそれが合図でもあったように、その生垣のそとの辺から、ただならぬ人声が聞こえてきた。

「オイ、待てっ。お前たち、そんなところで何をしていたんだ」

「なんでもいいから、ちょっとこっちへこい」

「貴様手向いする気かっ」

二人の刑事らしい声が交互にどなっていた。相手は何者であろう。低い声で応答しているので、言葉の意味はわからない。

それを聞くと白井の前にいた刑事も「ちょっと失礼します」と言いすてて、いきなり表門の方へかけ出して行った。二人の刑事を助けて、曲者《くせもの》をとらえるためであろう。

やがて、生垣のそとの人声はだんだん遠ざかって行ったが、しばらくすると、さっきの刑事が先頭に立って、数人の人影が、ドヤドヤと庭へはいってきた。三人の刑事にとりかこまれて、引っ立てられてきた曲者というのは、大小二人づれの乞食のような風体の人物であった。

おとなの方は破れた古ソフト帽を、眼がかくれるほど深くかぶり、よごれたジャンパーに、綿ズボン、草履ばきという、むさくるしい風体、その男に手を引かれているのは、まだ十四、五歳のボロボロに破れた木綿縞《じま》の和服を着た乞食少年であった。

「この二人のやつが、ちょうどあの光りもののしたあたりで、なんだかゴソゴソやっていたのです」

さっきの刑事が白井に説明しておいて、二人の乞食に向かって叱りつけるようにたずねた。

「お前たちは、いったいあすこで何をしていたんだ。お前たち職業があるのか。見たところ乞食のようだが、こんなさびしい町になんの用があったのか」

「見張りをしていたのですよ」

おとなのルンペンが低い声で答えた。

「見張りだって？　いったい、なんの見張りをしていたんだ」

「道化師ですよ」

「えっ、道化師？　それじゃあ、お前はここが誰のうちか知っているんだな」

「知っています」

「おいっ、君は誰だ。なんだって道化師の見張りなんかしていたんだ。君はどこのものだ」

「明智っていうもんです」

なにか笑いを噛《か》み殺しているような声であった。

「なに、明智？　君はまさか……」

「そうです。その明智小五郎ですよ」

男は帽子をとって、一歩前に出た。部屋からの光線の中に、風体に似てもつかぬ知識的な顔が浮き上がった。

刑事たちはアッといったまま、言葉もなく立ちすくんでしまった。彼らは明智の顔をよく知っていたからである。

「アッ、明智先生ですか。変装していらっしゃるとは聞いていましたが、まさかそんな変装とは思いませんでした……皆さん、明智先生には僕からご依頼してあったのですよ」

白井が刑事たちに説明した。

「そうでしたか。ハハハハハ、明智さん　人がわるいですね。それならそうと早くおっしゃってくだされば、あんな失礼なことするのじゃなかったのです」

刑事たちは、明智が上官兵藤捜査係長の親友であることを忘れなかった。

「いや、失敬失敬、しかし、あなたがた決して見当違いをやったわけじゃないのですよ。ちゃんと犯人をつかまえたんですからね」

明智はニコニコ笑いながら、例の気軽な調子で言った。

「えっ、犯人ですって？」

「そうですよ。こいつが犯人なんです」

明智は手を引いていた乞食少年を、グッと皆の前に引き出してみせた。

「この子供がですか。しかし、さっきこの部屋の障子にうつったのは、例の道化師の影だったということですが」

「そうです。それは僕もそとから見ました。あいつはまだそこにいるんですよ」

「えっ、そこと言いますと？」

明智の意外な言葉に、刑事たちはハッと色めきたった。

「その茂みの中です」

明智は庭木のかなたを指さした。

「あすこに道化師のやつがかくれているのですか」

　刑事が声をひそめた。

「そうです。僕がここへつれてきますから、ちょっとこの子供をあずかってください。逃がさないように」

　明智は平気で大声に言いながら、乞食少年を一人の刑事にわたして、ツカツカと庭木の中へわけ入って行った。

　その暗闇の中で、何かガサガサ音をさせていたが、やがて手に妙な形のものを持って、元の縁側のそばへ帰ってきた。

「これですよ。ハハハハハ、さっきの影の正体は、このおもちゃなんです」

　見ると、長さ五寸ほどの細い板の一方の端に、厚紙を切り抜いた道化師の顔がはりつけてある。板の他の端には針金がくくりつけてあって、その先に何か白い灰のようなものがさがっていた。

「この針金の先にマグネシュームの線がつないであったのです。そのマグネシュームに火をつけたので、あんな強い光が出たのですよ。そして、この切り抜き絵の道化師の影をうつしたのです」

「その板が木の枝か、なんかにくくりつけてあったのですね」

　白井があきれ返ったように口をはさんだ。

「そうです」

「じゃあ、そのマグネシュームに誰か火をつけなければならなかったわけですね」

「ええ、その火つけの犯人がこの小僧なんですよ。僕はごらんのような変装をして、この家のまわりを、あちこちと歩きながら見張っていたのですが、さっきの光を見て、そこの生垣のそとへ近づくと、この小僧が生垣の隙間から這《は》い出してくるのを見つけたのです。早速ひっとらえて、誰に頼まれたかと聞きただそうとしているうちに、あべこべに僕の方が、皆さんにつかまってしまったというわけです」

「そうでしたか。それで、すっかり様子がわかりました。それじゃあ、明智さん、この小僧の取り調べは、あなたにお願いしたいと思いますが」

刑事はお詫《わ》び心に、素人探偵の顔をたてようとした。

「それじゃあ、僕から聞いてみましょう。おい、小僧、こっちへおいで、嘘をいうとひどい目にあうよ。ほんとうのことをいえば御褒美を上げる。さあこれだ。小父《おじ》さんのたずねることを正直に答えたら、これをお前に上げるよ」

明智はズボンのポケットから百円札を二枚取り出して、見せながら、

「お前、誰に頼まれて、これに火をつけたんだい」

「チンドン屋のおじさんだよ」

小僧は案外素直に答えた。

「どこのチンドン屋だい。お前の知ってる人かい」

「ウウン、知らないおじさんだ。道で会ったんだよ。この向こうの角で会ったんだよ」

「ほんとうかい。そのチンドン屋には、その時はじめて会ったのかい。嘘をいうと警察へつれて行かれるよ」

「嘘なもんか。知らないおじさんだといったら、知らないおじさんだ」

小僧が反抗的な眼で明智をにらみながら叫んだ。

「よしよし、それで、ここの庭にこういう仕掛けがしてあるから、忍び込んで火をつけてこいと頼まれたんだね」

「ウン、ちょっといたずらするばかりだから、わるいことじゃないっていったよ。おれもそう思っているんだ。警察へつれていかれるわけはないや」

なかなかふてぶてしい小僧である。

「おかねを貰《もら》ったんだね」

「ウン、お礼をくれなきゃ、こんなことするもんか」

小僧はそういって、帯のあいだから百円札を一枚取り出してみせた。

なお刑事も横から加勢して、いろいろとたずねてみたが、それ以上のことは何もわからなかった。

「よし、それじゃあ約束通りこれを上げるよ。今に帰してやるから、少しのあいだ待っているんだ」

明智は二枚の百円札を小僧に与えておいて、刑事たちを少し離れた場所に呼んで、ヒソヒソとなにごとか相談していたが、それがすむと、小僧を刑事にあずけて、縁側の白井に向きなおった。

「白井さん、ちょっと電話を拝借したいのですが」

「ええ、それじゃ、ここからお上がりください。僕がご案内しましょう」

明智は草履をぬいで縁側に上がった。そして、縁側づたいに電話室にはいって、ややしばらく、どこかへ電話をかけていたが、再び縁側にもどってくると、そこに待っていた白井に声をかけた。

「相沢さんは？」

「麗子さんは、さっきの影を見て、気を失うほど驚いたのですが、もうすっかりよくなっています。あなたにお眼にかかりたいといっています。どうかこちらへ」

そこで、明智はきたならしいルンペンの服装のまま麗子の部屋へ案内された。

麗子は父の介抱で正気をとりもどし、さっきの影法師が子供だましのいたずらだと聞かされたので、やや元気を回復して椅子にもたれていたが、しかし、その顔色は病人のように青ざめていた。

白井の引き合わせで挨拶《あいさつ》がすむと、明智はすぐさま、麗子の父の相沢氏に、女中さんをここへ呼んでもらいたいと頼んだ。

相沢氏はこの奇妙な申出《もうしい》でに面くらったようであったが、別に聞き返しもせず、みずから立って行って女中をつれてきた。まだ二十歳を越したばかりらしい若い女であった。

「早速ですが、あなたは、さっきの騒ぎの時に、どこにいましたか」

明智がなんの前置きもなく質問をはじめた。

「あの、お台所におりましたけど、皆さんの声が聞こえたものですから、何かしらと思って、向こうの部屋から縁側の方へ出てみました」

「それじゃあ、あの影も見たんですか」

「ええ、見ました」

「それからどうしました」

「びっくりして、立ちすくんでいますと、旦那《だんな》様がお呼びになったのでございます。それで、このお部屋へきてみますと、お嬢さまが大変なので、旦那様といっしょにお嬢さまのお世話をいたしました」

「すると、そのあいだずっと台所の方はからっぽになっていたのですね」

「ええ、そうでございます」

相沢家の雇い人はその女中のほかにもう一人書生がいたけれど、書生部屋は台所からは遠い玄関脇にあった。

「台所に何か麗子さんだけの召し上がるようなたべ物とか飲み物とか置いてないだろうか」

明智があらためて妙な質問を発した。

「さあ、別にお嬢さまだけ召し上がるものって……」

女中は上眼遣いをして、しばらく考えていたが、やがて、思い出したように答えた。

「ああ、ございますわ。葡萄《ぶどう》酒がございます。旦那様は葡萄酒は召し上がりませんから……」

「強壮剤でございますの」

麗子は弁解するように言い添えた。

「じゃあ、それを瓶ごと持ってきてください」

明智はいよいよ妙なことを言い出したが、女中が台所から持ってきた瓶を受け取って、栓を抜いて、ちょっとにおいをかいで、また栓をすると、そのまま椅子の横に置いた。

「これは僕がおあずかりして、調べてみることにしましょう」

「毒ですか」

白井がやっとそこへ気づいて、緊張した面持でたずねた。

「そうです。ひょっとしたら僕の思い違いかもしれませんが、万一の場合を考えて、念のために調べてみたいのです。

あいつはマグネシュームの光で、妙な影絵を見せましたが、あいつのことですから、ただ麗子さんをこわがらせるために、あんなまねをしたとも考えられます。しかし、考えようによっては、あの子供だましのいたずらの裏に、別のもっと恐ろしいわるだくみがかくされていたとも取れるのです。

ああいう途方もないいたずらをやって見せれば、家じゅうの人がこの部屋へ集まってきて、庭を調べ廻《まわ》ったりするに違いない。また刑事諸君もほかの場所はほうっておいて、庭へ集まってくるに違いない。そうすると、裏口の方はからっぽになるわけです。台所もからっぽになるわけです。

あいつは、厳重な警戒にそういう隙ができることを予期して、あのいたずらをやったのかもしれません。そして、誰もいない裏口から台所に忍び込んで、麗子さんの口にはいる何かの中へ、毒薬をいれたという想像もなり立つのです。

そういう早業は、並々のやつにはできないことですが、あの道化師は特別のやつですからね。気ちがいですからね。こちらも、あらゆる可能な場合を考えて、用心しなければなりません。

この葡萄酒はおあずかりして帰って、僕が調べてみますが、今夜台所に残っている材料はなるべくお使いにならない方が安全だと思います」

それを聞くと麗子はもちろん、相沢氏も白井も、ゾッとしたように、互いに顔を見合わせるのであった。

「まあ、こわい！　白井さん、あたしどうすればいいのでしょう」

麗子は広い世界に身をかくす場所もないというような、奥底の知れぬ恐怖にうちひしがれていた。

「いや、そんなに御心配なさることはありません。相手が魔法使いなら、こちらも魔法使いになるばかりです。相手が気ちがいなら、こちらも気ちがいの気持を想像して用心するのです。僕も今夜は、ちょっと魔法を使ってみるつもりですよ。ハハハハハハ」

「え、魔法ですって？」

白井がびっくりしたように聞き返した。

「ええ、ちょっとした小手先の魔法ですがね。今にその魔法使いの声が聞こえてくるはずです。僕はそれを待っているのですよ」

それからしばらくのあいだ、おびえる麗子をなぐさめるために、明智と白井とは快活な雑談をかわしていたが、ふと麗子が何かを聞きつけて、宙を見つめながらつぶやいた。

「あれどこでしょう。聞きなれないメロディーですわね。なんだかさびしくって、ゾーッと身にしむような……」

どこからともなく、かすかに口笛の音が響いてきた。専門家の麗子も白井も聞いたこともない異様な節を吹いていていた。

するとと、明智がニッコリ笑っていった。

「あれが魔法使いの声ですよ」

「え、あれが？」

麗子がおびえて明智の顔を見つめた。

「いや。御心配なさることはありません。魔法使いといっても、僕の手下なのですからね。白井さん、ちょっと女中さんに、刑事さんをここへ呼んでもらってくださいませんか」

「いや、それなら、僕が呼んできましょう」

白井は気軽に立って、玄関の方へ出ていったが、やがてひとりの刑事をともなって帰ってきた。

「御足労でした。それじゃあ、さっき打ち合わせた通り、あの乞食《こじき》の子供を表門から帰してやってください」

明智が言うと、刑事はうなずいて、

「じゃあ、もうそとへきているんですか」

とわけのわからぬことをたずねた。

「ええ、来ているんです。大丈夫ですから、すぐはなしてやってください」

刑事が承知して立ち去ると、明智は妙な微笑を浮かべて、謎のようなことを言った。

「相沢さん、この魔法がうまく行けば、あなたはまた演奏会へ出られますよ。もう短剣なんか降る心配がなくなるからです」

悪魔の家

乞食少年は釈放されて、フラリと相沢家の門を出た。

十一時を過ぎた屋敷町は、墓場のように静まりかえっていた。少年はその暗い町に立って、キョロキョロとあたりを見廻していたが、やがて何か思い定めた様子で、急ぎ足に歩きはじめた。

乞食少年が相沢家の門前を十間も離れた頃、生垣の蔭《かげ》から一つの人影が現われて、同じ方角へ歩いて行く。それも乞食のようなみすぼらしい服装の少年であった。先の少年よりは一つ二つ年上であろうか。これは和服ではなくて、破れたシャツに破れた半ズボン、素足に藁《わら》草履といういでたちであった。

先の乞食少年の友だちが待ち合わせていたのであろうか。それならば、先の子供に走り寄って話しかけるはずだが、年上の乞食少年は、いっこう前の子供に追いつこうとはしない。かえって前の子供にさとられぬように用心しながら、適当の距離をおいて歩いているように見える。

その年上の乞食少年は、ほんとうの乞食ではなかった。彼は明智探偵の名助手として知られた小林少年であった。

さきほど明智が電話をかけた先は、彼自身の事務所であった。そこにいる小林助手を呼び出して、乞食の扮装《ふんそう》をして相沢家の門前に待っていて、表門から出てくる乞食の子供を尾行するように命じたのであった。さきほど麗子があやしんだ口笛の主は、ほかならぬこの小林少年であった。

それとも知らぬ乞食の子供は、さびしい町角を右にまがり、左にまがり、振り向きもしないで、グングンと歩いて行く。小林少年は楽々と尾行をつづけることができた。

やがて十丁も歩いたかと思われるころ、とある暗い町角をまがると、そこの蔭に、異様なチンドン屋がただ一人たたずんでいた。人通りもないさびしい町に、赤い着物を着て、とんがり帽子をかぶって、大きな太鼓をかかえて突立っている道化師の姿は、何かしら変てこな、悪夢の中の景色のようであった。

「オイ、うまくいったか」

乞食少年が近づくと、チンドン屋は低い声でたずねた。

「ウン、ちゃんと影がうつったよ」

少年もささやき声で答えた。

「じゃあ、どうして、こんなにおくれたんだ」

「つかまったからよ」

「フフフフフ、そんなことだろうと思った。明智というやつじゃなかったか」

「そうだよ。明智さんていってたよ。ルンペンみたいなふうをして、おれが木のあいだから這《は》い出すところをとっつかまえやがった」

そして、少年はそれからの出来事をくわしく物語るのであった。

「ウン、よくやった。ハハハハハハ、ざまを見るがいい。明智先生折角苦労してつかまえてみたら、おもちゃの影絵と乞食の子供でガッカリしただろう。さあ、これが約束のお礼だ。だいじに使うがいいぜ」

チンドン屋はそういって、一枚の紙幣を小僧に握らせると、そのままわかれて、あとも見ずに歩き出した。乞食少年はおそらく臨時雇いだったのであろう。

用心深く物蔭にかくれて、すっかりそれを見届けた小林少年は、こんどはチンドン屋のあとをつけはじめた。それもあらかじめ明智探偵から指図されていたのである。

道化師は、とんがり帽子をふりながら、深夜の町を、さびしい方へさびしい方へと歩いて行く。麻布区というところは、久しく大火事にあっていないのと、昔からの大邸宅が多いために、どの町もひどく古めかしくて、なんだか大東京の進歩にとり残されているような感じである。神社なども昔ながらの森のある神社があるし、思いもよらぬところに、もったいないような草ぼうぼうの広い空地があったりする。

今、道化師の行手にはそういう廃墟《はいきょ》のような空地の一つが横たわっていた。まっ暗である。空地を取りかこんで家が建ってはいるのだが、空き家になった小工場や、もうとりこわすばかりの、人の住めない貸家などが、軒もいびつに立っていて、明かりのもれる窓もなく、まるで郊外へ行ったようなものさびしい感じである。

道化師はその空き地を横切って、とある一軒の空き家の前に立つと、用心深くあたりを見廻していたが、誰も見ているものがないと思ったのか、そのまま破れた塀の扉もない門の中へはいっていった。

小林少年はたくみに身をかくして、この様子を見ていたが、道化師がその家の玄関の戸をガタピシいわせて、中へはいったのを見定めると、ものかげを飛び出して、ソッと門内へ忍び込《こ》んで行った。

それは四間《ま》か五間ぐらいの平家建てで、ひどい荒家《あばらや》であったが、その家のまわりを、足音を忍ばせて歩きながら、中の物音を聞いていると、しばらく何かゴトゴトやっている様子であったが、やがてその音もやんで、ひっそりと静まりかえってしまった。

「寝てしまったらしいぞ。あいつ、こんな空き家の中にかくれていたんだな。よし、これからすぐ近くの公衆電話で、このことを明智先生に報告しよう。もう逃がしっこないぞ」

小林少年はそのまま門を出て、空き家を横切ると、近くのにぎやかな通りを目ざして、一目散にかけ出すのであった。

消えうせた道化師

小林少年は道化師のかくれがを見届けると、大急ぎで付近の公衆電話にかけつけ、相沢麗子の家へ電話をかけた。明智探偵はまだ、そこにいることがわかっていたからである。

「あ、先生ですか。僕、あいつのあとをつけて、とうとうかくれがを見つけました」

電話の向こうに明智が出ると、小林少年は、押えきれぬ興奮に声を震わせて叫んだ。

「えっ、見つけた。それはどこだ。君は今どこにいるんだ」

明智の声が飛びつくようにもどってきた。

「麻布区のK町の空き家です。小さい荒れはてた空き家の中へはいってしまったのです。僕その近くの公衆電話からかけているんです」

少年はチンドン屋姿の曲者《くせもの》を発見して、そのあとを尾行した顚末《てんまつ》を手短かに報告した。

「そうか。お手柄だった。よし、僕たちもすぐそこへ行くから、君はその空き家をよく見張っていてくれたまえ。相手にさとられないようにね」

「ええ、承知しました。じゃ、空き家の門のところでお待ちしますから」

と、そこへの道順をくわしく教えて電話を切ると、大急ぎで元の空き家へ引っ返した。

破れた板塀、こわれた門、そのあけっぱなしの門の中へソッと忍び込んで、空き家の横手に廻《まわ》ってみると、庭の一ヶ所がボーッと明るくなっているのが見えた。電燈《でんとう》ではなくて、ロウソクの光らしく、陰気に赤茶けて、チロチロとまたたいている。どうやらそこに窓があって、窓の中から庭へ光がさしているように思われた。

小林少年は用心しながら、ソロソロその光の方へ近づいて行ったが、少し行くとギョッとしたように立ちすくんでしまった。

そこには一間《けん》の窓があって、磨《すり》ガラスの戸がしまっていたが、その磨ガラスの上に、例のとんがり帽子をかぶった道化師の影が、化けもののように大きくうつっていた。

見ていると、その影が、ユラユラゆれながら、だんだん大きくなって、はては顔の部分だけが一間《けん》のガラス戸いっぱいにひろがって、やがて、ガラス戸全体が影でおおいかくされてしまった。

道化師がロウソクを持って、向こうへ遠ざかって行ったのに違いない。

あばらやのことだから、ガラス戸もところどころ割れて穴があいている。小林は相手が部屋の向こうへ遠ざかって行った様子を見て、思いきってその窓に近づき、ガラスの割れ穴から、ソッと中をのぞいてみた。

　すると、一間へだてた向こうの部屋の隅に、あの道化師がはだかローソクを手にして立っているのが、まざまざと眺められた。

　ちょうどこちらを向いたところだったので、壁をぬったような白粉《おしろい》の顔が、ロウソクの光を真下から受けて、ニヤニヤと笑っているように見えた。まっかな厚い唇が血にぬれたようにギラギラ光っていた。

「もしやあいつは、僕が隙見しているのを、チャンと知っているのじゃないかしら」

と思うと、ゾーッとして息もつまる思いであった。

だが、こちらは暗いのだし、ガラスの穴は小さいのだから、まさか気がつくはずはない。ニヤニヤ笑っているように見えるのは、化粧のせいだ。それと、ロウソクの光がチロチロ動くせいだ。

　小林少年はおびえるわが心に言い聞かせて、なおも我慢強くのぞいていると、道化師はそのまま部屋の一方へ歩いて行って、姿が見えなくなった。こちらの部屋とのあいだの壁が邪魔をして、見通しがきかないのだ。

　ただチロチロゆれるロウソクの光だけが、しばらく正面の破れ障子を照らしていたが、やがて、襖《ふすま》をひらくような音がして、それがピシャンとしめられると、途端に眼界がまっ暗になってしまった。道化師は、ここからは見えない別の部屋へはいって行ったのである。

しばらくのあいたじっと聞き耳を立てていたが、そのままひっそりとしてしまって、なんの物音も聞こえてこない。道化師のやつ、今頃は変装の衣裳《いしょう》をぬいで、蒲団《ふとん》の中へもぐり込んでいるのかもしれない。

小林少年は、この分ならば、あいつはどこへも逃げ出す気づかいはないと考えたので、明智探偵の一行を待つために、門のそとへ出て、そこから注意深く家のまわりを監視していた。

しばらくすると、眼の前の闇の広っぱの中に、黒い人影が、一つ、二つ、三つ、足音もなくこちらへ近づいてくるのが見えた。

小林は、家の中へ話し声が聞こえてはいけないと思ったので、こちらから広っぱのまんなかへ出向いて行って、先頭に立つ黒い影に、

「先生ですか?」

と、ソッとささやいた。

「ウン、あいつはまだ家の中にいるのかい」

明智もささやき声で聞き返した。

「ええ、います。今しがた窓の隙間から、あいつの姿を見たばかりです」

「よし、それじゃ、表と裏と両方から踏み込むことにしよう。四人の刑事さんもいっしょなんだ。つまり僕たちは、君をまぜて六人だ。相手は一人なんだから、これだけの人

数があれば、まさか取り逃がすようなことはあるまい」

それから明智は四人の刑事たちと何かボソボソささやきかわしていたが、やがて銘々の部署がきまったものとみえて、四人の刑事たちは、サッと四方にわかれて、闇の中に消えて行った。

「さあ、小林君、僕たち二人で、空き家の中へ踏み込むのだ。刑事諸君は、万一曲者が気づいて逃げ出しても大丈夫なように、窓や、裏口や、空き屋の四方を見張っていてくれるわけだ。僕たちが曲者を見つけたら呼笛《よびこ》を吹く、そうすると四人が家の中へかけつけてくるという手筈《てはず》なんだよ」

明智はそんなことをささやきながら、小林少年を引き連れて門内へ忍び込んで行った。物音をたてて相手に気づかれてはいけないので、玄関からはいるわけにはいかぬ。二人はさっき小林が隙見をした窓を眼ざして進んで行った。

窓のそとに達すると、明智はガラス戸の隙間に眼をあててのぞいてみたが、中はまっくらで、なんの物音も聞こえてこない。

曲者はやっぱり寝ているのかもしれない。

明智はガラスが大きく割れたところから手をさし入れて、ガラス戸のしまりをする金具をさぐってみたが、あばらやのことで、そんな金具もなく、戸は自由にひらくことがわかった。

そこで、身振りで小林少年に合図をして、二人がかりでソロソロとそのガラス戸をひらきはじめた。非常に用心深く少しの物音も立てないように、一分ずつ一分ずつ、まるで虫の這《は》うようなのろさで、長い時間をかけて、やっと二尺ほどガラス戸をひらくことができた。

まっ暗闇の上、誰も見ていないからいいようなものの、それは実に異様な光景であった。明智は例のルンペンの変装のまま、相沢家からかけつけてきたのだし、小林は小林で、乞食《こじき》少年の扮装《ふんそう》だ。彼らこそ空巣狙いの泥棒にふさわしい風体であった。

明智を先に、二人は草履をぬいで、その窓から部屋の中へはいって行った。もう闇に眼がなれているので、あかりがなくても、ものに突き当たるほどではない。

全体で五間《いつま》ほどのせまい家なので、調べるのも造作はなかった。明智は懐中電燈を用意していたけれど、それを点じるわけにはいかぬ。闇になれた眼で、すみずみに気をくばりながら、部屋から部屋へとたどって行った。

だが、不思議なことに、人間らしいものはどこにもいなかった。部屋部屋にはただ黴《かび》くさいにおいがただよっているばかりで、人のけはいはまったく感じられなかった。

明智は闇の中にたたずんで、しばらく考え込んでいたが、ついに意を決したように、懐中電燈を点じて、大胆に部屋部屋を歩き廻った。押入れは皆ひらいてみたし、台所のあげ板の下までのぞいてみたが、人間はもちろん、夜具だとか、衣類だとか、食料品というようなものも、何一つ発見できなかった。

もし道化師がこの空き屋で寝泊りしているとすれば、こんなに何もないというのは不思議であった。といって、この家は一軒建てなのだから、地下道でもないかぎり、ここからはいって、別の家へ姿をかくすということも不可能であった。

「変ですねえ、僕、確かにあいつがここにいるのを見たんです。僕が門の方へ入っているあいだに、裏口からでも出ていったのかもしれませんけど、それなら、あいつはこの家へ何をしにきたんだか、わけがわかりません」

小林少年は、誰もいないとわかったので、普通の声になって、弁解するようにいうのであった。

「ともかく、みんなここへ来てもらうことにしよう。そして、もっとよく探すんだ。たとえ、あいつが逃げたあとにしても、何か手掛りは残っているはずだからね」

明智はそういって、最初はいった窓のそばまでいって、用意の呼笛《よびこ》を二、三度吹き鳴らした。

屋根裏の怪異

間もなく集まってきた四人の刑事たちを加えて、こんどは大っぴらに家探しがはじまった。雨戸はあけはなされ、襖はとりはずされ、なんの眼をさえぎるものもないようにしておいて、いくつもの懐中電燈《でんとう》が、家中を照らし廻《まわ》った。

或《あ》る者はせまい庭を調べ、或る者は縁の下をのぞき、残すところなく捜索したが、ついに手掛りらしいものさえ発見することができなかった。

あとには天井裏が残っているばかりであった。明智は一間《ひとま》の押入れの中へ首を突っ込んで、懐中電燈でその天井を照らしていたが、何を発見したのか、そばにいた一人の刑事をさし招いてささやいた。

「君、この天井板はどうも変ですね。普通の天井ではなくて、何か雨戸のようなもので、上から蓋《ふた》がしてあるというような感じですね。それに、この押入れに棚がないのも変だし」

「そうですね。なるほど、雨戸らしい。ああ、雨戸といえば、縁側の雨戸がちょうど一枚たりないのですよ。私はさっき雨戸をあける時、変だなと思ったのですが」

刑事は押入れをのぞき込みながら、たちまちそこへ気づいて答えた。

「あっ、ごらんなさい。この押入れの中には、元は階段がついていたんだ。ほら、あの向こう側の壁にかすかになななめの痕《あと》がついている」

その壁は上塗りの土がほとんど剝《は》げ落ちてしまっているので、注意して見ないとわからなかったが、いかにも梯子《はしご》でもかかっていたらしいななめの痕があった。

「フフン、するとこの上に屋根裏部屋があるんだな。そとから見たところでは平家なので、今まで気がつかなかったけれど、よく田舎の建物にあるように、この上に物置き部屋かなんかついているのですよ」

二人は思わず顔見合わせて耳をすました。道化師はその屋根裏部屋にかくれているのではないだろうか。下の騒ぎを聞きながら、逃げるにも逃げられず、息を殺して、天井裏の暗闇に、身をすくめているのではないだろうか。

「しかし梯子がなくてはあがれないわけですが……」

刑事が小首をかしげた。

「元ここについていた階段は相当大きなものだったらしいが、それは取りはずしてしまって、今はないのでしょう。あいつは、そのかわりに小型の梯子を使っているかもしれない。屋根裏へ上がるたびに、その梯子を上へ引き上げ、かくしておくこともできるわけですからね」

「ああ、なるほど、そして、そのあとを雨戸で蓋をしておくのですね」

二人はまた顔見合わせて、しばらくのあいだだまり込んでいた。

もうそれに違いない。あいつはこの上にいるのだ。息を殺して、人々の立ち去るのを待っているのだ。それにしてもなんというううまいかくれがであろう。下はがらん洞の空き家なのだ。その空き家の天井裏に人が住んでいようなどと、誰が想像しうるであろう。

刑事はあわただしくその場を立ち去って、まだ捜索をつづけているほかの刑事たちを呼び集めてきた。押入れの戸がとりはずされた。そして三つの懐中電燈の光が雨戸の天井に集中した。

明智はどこかから棒切れを持ってきて、そのあかあかと照らし出された天井を、いきなりつき上げた。すると、天井がわりの雨戸はひどい音をたてて、ななめになって、下に落ちてきた。あとには畳一畳ほどのまっ黒な穴が、無気味に口をひらいている。

「おい、そこにいるやつ、もうあきらめて降りてきたらどうだ。それとも、われわれの方であがって行こうか」

一人の刑事が天井の穴に向かって大声にどなりつけた。だが、返事はない。道化師はその上の闇にいるのかいないのか、ひっそりとして、なんの物音も聞こえてはこない。

人々は押入れの前に目白押しにたたずんで、だまりこんで、天井の様子をうかがった。すると、どこからともなく、今の呼び声に応ずるものがあった。何かけだもののうなるようなかすかな声であった。

人々は眼と眼を見合わせて、さらに聞き耳をたてた。それは明らかにうめき声であった。しかも、今にも絶えなんとするばかりの細い悲しいうめき声であった。

屋根裏の闇の中に、えたいの知れぬ生きものが、傷つき倒れて、うめき苦しんでいるかのような感じであった。その生きものは、いったいどんな形をして、どんな顔でうなっているのかと思うと、ゾーッとしないではいられなかった。

「そこにいるのは誰だっ！　降りてこないかっ！」

又しても一人の刑事が、おどしつけるようにどなった。

だが、うめき声は変らなかった。かすかに、かすかに、さも悲しげに、絶えてはつづいている。

「誰か梯子を探してきたまえ」

年長の刑事が叫ぶと、二人が家のそとへかけ出して行ったが、やがて付近の家から梯子を借り出して、運んできた。

押入れの天井の長方形の黒い穴に、その梯子がかけられ、まず明智が、懐中電燈を片手に、それを静かに登って行った。

その上の闇の中には、あの殺人鬼が、追いつめられたけだものの眼を血走らせて、待ち構えているのではあるまいか。それに、もし飛び道具を持っていて、梯子を上がってくる者にねらいを定めているとしたら、ああ、あぶない、明智はあまりに向こう見ずなふるまいをしているのではないだろうか。

小林少年は気が気ではなかった。先生の足にすがりついて引きとめたいほどに思った。彼は梯子の下に立ちすくんで、じっと天井を見つめながら、息づかいもはげしく、まっさおになって心配していた。

だが、明智は何か自信あるもののように、かまわず梯子をのぼりつくして、もう屋根裏に上半身を現わしていた。そして、油断なく身構えをして、懐中電燈の光をさしつけたが、予期に反して、別段襲いかかってくるものもなく、ピストルのたまも飛んでこなかった。

彼は落つきはらって、電燈の光を、屋根裏部屋の隅から隅へと、徐々に移動させて行った。すると、梯子のところからは最も遠い向こうの隅に、何か白いものがうごめいているのが、照らし出された。

懐中電燈の丸い光は、その白いものの上にピッタリと止まった。それはあの無気味な道化師であったか。いや、そうではなかった。では、何か薄気味のわるいけだものであったか。いや、そうでもなかった。

それは実に意外にも、裸体に近い姿で、板張りの床の上に俯伏《うつぶ》しに倒れている一人の女であった。懐中電燈の丸い光の中に、そのふっくらした白い背中が、苦悶《くもん》に震えていた。長い黒髪がとけてみだれて、俯伏した顔をまったくおおいかくしていた。二本の白い腕が、その黒髪の両側の床を、苦しまぎれに掻《か》きむしっていた。

電燈の丸い光は、再びあわただしく屋根裏じゅうをくまなく照らし求めたが、女のほかには何者の姿もなかった。ただ一方の隅に、例のチンドン屋の大太鼓がころがって、そのそばにとんがり帽子と、道化服がほうり出してあるばかり。

明智は急いで女のそばに近づいた。

「どうしたのです。あなたはどうしてこんなところにいるのです」

声をかけながら、肩をつかんで引き起こそうとすると、女はみだれた髪をふりさばいて、ヒョイと顔を上げた。ああ、その顔！

さすがの明智も思わず二、三歩あとじさりした。

それは顔であったか。それともまっかな仮面であったか。顔一面が血みどろに染まっていた。

「どうしたんです。いったいこれはどうしたわけなんです」

だが、女は口を利く力もなかった。正気を失わぬのがやっとであった。しかし、こちらの言葉は聞きわけられるとみえ、部屋の隅を意味ありげにさし示した。

電燈の光をあてて見ると、そこの板敷の上に、小さな青い瓶がころがっていた。中から何かの液がこぼれて、かすかに白い煙が立っている。

事になれた明智は、たちまち事情をさとることができた。瓶の液体は或る種の劇薬なのだ。女はそれをふりかけられたのであろう。顔ばかりではない。腕にも肩にも恐ろしい赤い斑点《はんてん》が見えている。

では、何者がそんな残酷なまねをしたのか。いわずと知れた道化師の悪魔である。彼はどうかして追っ手のかかったことを知り、屋根裏に監禁してあったこの女を、咄嗟《とっさ》にこのような目に合わせておいて、自分は道化服をぬぎ捨て、身をもってのがれ去ったのであろう。

この女も可哀そうな犠牲者の一人なのだ。道化師はどこかの娘をさらってきて、この屋根裏にとじこめておいたものに違いない。

狂女

可哀そうな女は、ただちに付近の病院に担ぎ込まれ、手厚い介抱を受けたが、二日ばかりというもの、高熱のために意識不明のまま、生死の境をさまよっていた。むろんどこの誰ともわからなかった。

当然、警察の人々は、この女はもしや行方不明になっている野上あい子ではないかという疑いをいだいた。そこであい子の母親を病院に呼んで、意識不明の被害者に対面させ、そのからだの特徴などを調べさせたが、あい子とまったく別人であることが判明した。

道化師は世間にわかっている野上姉妹《きょうだい》のほかに、いつの間にか、別の女性を誘拐していたのである。この分ではまだほかにも、悪魔の餌食《えじき》となった者が、幾人もあるのではないかと想像された。

どこの誰ともわからぬ女は、三日目にはまったく意識を回復し、少しずつ、ものをいうことができるようになったが、実に気の毒なことに、彼女はどうやら発狂している様子であった。悪魔に監禁されていたあいだの心労と、あの劇薬による大衝撃が、かよわい乙女をついに狂わせてしまったのである。

だが、彼女にとって、それはかえって仕合わせであったかもしれない。二た目と見られぬ恐ろしい相好を悲しむ、永遠の呵責《かしやく》からは救われたからである。

彼女は頭部全体を、大きな鞠《まり》かなんぞのように、少しの隙間もなく、繃帯《ほうたい》でぐるぐる巻きにされていた。わずかに両方の耳が露出しているのと、眼と口の部分を鋏《はさみ》でくり抜いた三角の穴が、黒くあいているばかりであった。

その人間とも品物ともわからぬみじめな姿で、彼女は時々思い出したように、何かしら悲しい歌を歌っていた。細いかすかな声で、彼女の小学生時代に流行した童謡らしいものを歌っていた。しかも、舌がもつれるのか、その歌詞はほとんど聞きわけることができなかった。病院の看護婦たちは、彼女の気の毒な身の上を聞き、そのうら悲しい歌声を耳にして、泣かぬものはなかった。

七日とたち十日と経過しても、女の身元は依然としてわからなかった。彼女の記事がくわしく新聞にのって、全国にその噂がひろがっているにもかかわらず、身内のものも友だちも名乗って出るものはなかった。いや、たとえそういう人が現われたとしても、女の顔はまったくつぶれてしまっているのだし、あの衝撃のために痩《や》せ衰えた上に、全身にやけどの斑点がついているのだから、見わけようにも見わけるすべがなかったに違いない。

同じ悪魔につけねらわれる身の相沢麗子が、その噂を伝え聞いて、心の底から同情したのは無理もないことであった。ある日彼女は、親友のピアニスト白井と相談の上、彼に付添ってもらって、その病院の哀れな女をたずねた。不幸中の仕合わせにも、視力だけは助かったということを聞いているので、せめてその眼をなぐさめるために、花屋に立ち寄って立派な花束を作らせ、それをみやげに病院の門をくぐったのである。

病室に通ってみると、大きな白い鞠のようなかたまりがベッドの上にころがっているのに、まず胸がつぶれた。花束を見せると女はうれしそうな声で、何か幼児のような言葉をつぶやいたが、意味はほとんどわからなかった。意味はわからなかったけれど、その調子に喜びがあふれていたので、麗子は充分満足した。そして、いっそう同情の念を深くした。

「お気の毒ですわね。まだ身元がわかりませんの」

「ええ、まだでございます。けさも一人、警察のかたにつれられておいでになった御婦人がありましたけれど、そのかたの探していらっしゃる人とは、からだの様子が少しも似ていないといって、そのままお帰りになりました……ほんとうにお可哀そうでございますわ」

付き添いの看護婦がしめやかに答えた。そして、麗子の手から花束を受け取って、ベッドの枕元の花瓶のしおれた花とさしかえ、病人に見えるような位置に置いた。

麗子はベッドの前の椅子にかけて、繃帯の眼の穴をのぞきながら、狂女に話しかけた。

「おわかりになります？　あたし相沢と申しますの。あなたのお名前を教えてくださいません？」

狂女はじっとその声を聞いているようにみえた。そして何か答えるのだが、その言葉は霞《かすみ》をへだててものを見るような、幼児がむずかしいおとなの言葉を、無理にしゃべっているような感じで、ほとんど意味がとれなかった。

しばらくすると、狂女は細い声で、歌を歌いはじめた。歌詞のわからない古い童謡であった。じっと聞いていると、ひとりでに涙がにじみ出してくるような、悲しい声である。

麗子は涙ぐんでそれを聞いていたが、やがて、何か決心したように、明るい顔になって、うしろに立っている白井を振り返った。

「白井さん、あたし、いいことを思いつきましたの。このかた、もしいつまでも身元がわからないようでしたら、あたしが引き取ってお世話して上げたいと思いますわ。あなた、どうお考えになって」

「あいつへの面当てですか」

白井がびっくりしたような顔をして見せた。

「そんなんじゃないのよ。あたし、わが身に引きくらべて、この方が可哀そうで仕方がありませんの……ええ、そうきめたわ。あたし、お父さまを説きつけて、きっとそうして見せるわ」

勝気な麗子はこの義侠《ぎきょう》的な思いつきに夢中になっているように見えた。彼女のことだから、言い出したらおそらくあとへは引かないであろう。現にきょうの外出にしても、彼女の父や白井は、道化師の襲撃を恐れて、口を酸くして引きとめたのだが、麗子は断《だん》乎《こ》として彼女の思いつきを実行したほどである。

「さあ、僕はなんともいえないが、急ぐことじゃないから、ゆっくり考えた方がいいでしょう。あなた自身、今は重大な場合なんだからね」

「ええ、だから、あたしなおさらこのかたが、おいたわしいのよ。きっと、そうして見せるわ」

麗子はそれからしばらくのあいだ、狂女をなぐさめて、白井と同車して帰宅したが、帰ってからも、彼女の話題は、まっ白な鞠のような可哀そうな女のことばかりであった。この調子では、結局、父親を納得させて、そのうちに、狂女を引き取るようなことになりかねない勢いであった。

墓場の秘密

「というわけで、どうやら、あの女を引き取るつもりらしいのです。相沢さんはそういう人なんです。僕としても、なにしろ悪いことじゃないので、ちょっと正面から反対するわけにもいかなかったのです」

その夜、ピアニストの白井は、明智探偵事務所の書斎で、明智に病院訪問の顚末《てんまつ》を報告していた。

「ホウ、そうですか。それは不思議だ、僕も今そのことを考えていたところですよ。相沢さんが、あの女に同情して、世話をする気になるに違いないと想像していたのですよ」

明智は妙なことを言って、じっと白井の顔をながめた。白井はこの突飛な言葉の裏に、何か別の意味があるのかと疑ったが、よくわからなかった。

明智はつづいて言った。

「あの女の童謡は僕も聞きましたが、不思議に悲しい甘い調子を持っている。あの旋律には、妙な言い方ですが、人を酔わせる力があります。相沢さんがそういう気持にならされたのも無理はありませんよ」

「ええ、僕もなんだかそんな気がしました。可哀そうな女ですね。それにしても、なぜ身元がわからないのでしょう。身よりもなにもない不幸な人だったのでしょうか。そうだとすると、いっそう気の毒なわけですが」

「不思議な女です。僕はあの女の童謡を聞いていると、奥底の知れない謎のようなものを感じるのですよ。非常に複雑な、暗い迷路の中をさまよっているような気がするのですよ」

明智はまた妙なことを言った。白井にはやっぱりその意味がわからなかった。

「先生、あいつはどうしているのでしょう。その後、いっこう攻勢に出てこないようですが、どこへかくれてしまったのでしょう」

彼は話題を転じて、明智の捜査の模様を聞き出そうとした。

「僕は今それを探しているのです。そして、うまく行けば、案外早くあいつをとらえることができるかもしれません」

明智はどこか自信のある調子で答えた。

「えっ、それじゃあ何か手掛りを発見なすったのですか」

「いや、まだ発見したとまではいきません。しかし、ごく最近、それが発見できるような予感があるのです」

「おさしつかえなければ、お考えを聞かせてくださいませんか」

白井はたのもしげに名探偵の顔を見て、遠慮深くたずねた。

「まだお話しするほどまとまっていないのです。しかし、僕は決してなまけていたわけではありません。ああ、そうだ。まだあれをお話ししていなかった。このあいだの晩持って帰った相沢さんの葡萄《ぶどう》酒を調べてもらいましたが、やっぱり僕の想像した通りでした。多量の劇薬が検出されたのです」

「えっ、劇薬が？」

白井は顔色をかえた。

「これがあいつのやり方なのです。われわれが考えると、ほとんど愚劣といってもいいほど、廻《まわ》りくどい気まぐれなやり口ですが、それが今度の犯人の性格なのです。怪談とお芝居気と、それから人の意表に出る常識はずれです。あいつはすべて常識の逆を行っているのです。ですから、この事件の捜査には、こちらも常識を捨ててかからなければなりません。まさかそんなばかばかしいことがと思うような点をこそ、もっとも力をいれて調べてみなければならないのです。

僕はこのあいだから、野上あい子さんのお母さんに会ったり、あい子さんの友だちをたずねたりして、写真を集めていたのです。これがそれですよ」

明智は机の引出しから一束の写真を取り出して見せた。あい子一人だけのもの、家族といっしょに写したもの、友だちととったものなど、彼女の最近の写真がいく枚もそろっていた。明智はそのうちの、野上の家族の写真を白井に示しながら、捜査にはまるで関係のないような閑談をはじめるのであった。

「ごらんなさい。この写真にはあい子さんばかりでなく、姉さんのみや子さんも写っています。あなたはむろん御承知でしょうが、みや子さんがあんな目に会う少し前にとったものですよ。

みや子さんを、僕はこれではじめて見たのですが、姉妹《きょうだい》でも、あい子さんとはまるで違った顔だちですね。あい子さんの顔だちの好きな人には、みや子さんが好きになれないということが、僕にもこの写真でよくわかりました」

明智は、意味ありげにいって、白井の顔を見た。この謎は白井にもはっきりわかったので、彼は心の秘密を突かれたような気がして、思わず顔を赤くした。

みや子はみにくいというのではないが、どこかしら陰鬱《いんうつ》な、華やかでないところがあった。妹のあい子の美貌《びぼう》にくらべては、段違いに見劣りがした。並んで写っている写真にも、みや子はそれを意識して、卑下を感じているらしいことが、まざまざと現われていた。

「あの綿貫創人君が、いつか、みや子さんには、何かしら、どうしても好きになれないようなところがあるといっていましたが、この写真を見て僕もなるほどと思いました。みや子さんは、そういう意味でも不幸な人でしたね」

白井はだまって眼を伏せていた。何か急所を突かれて責められているようで、相手を見返すことができなかったのだ。彼が婚約者みや子との結婚をいつまでも引きのばしていた一半の理由が、そこにあったからである。

だが、ちょうどその時、ドアにノックの音がして、小林少年の可愛らしい顔がのぞいて、来客を告げたので、困りきっていた白井は、救われたようにホッとした。来客は今も噂にのぼっていた綿貫創人であった。

創人は例のダブダブの背広を着て、長髪のみだれた骸骨《がいこつ》のような顔の中に、大きな眼をギョロギョロさせて、ドタ靴をガタガタいわせてはいってきた。

白井と綿貫とは、互いに噂は聞き合っていたけれど、顔を合わせたのははじめてだったので、明智が両人を引き合わせた。

「早速ですが、わしは御報告にきたのです。だいたい調べが終りましたのでね」

創人はそういって、ジロジロと白井をながめた。

「いや、白井さんは事件の依頼者なんだから、別にかくさなくてもいい。調査の結果を話してください」

明智がうながすと、創人は椅子について、例のぶっきら棒な調子で、話しはじめた。

「ずいぶん歩き廻ったですよ。相手がみな若い女なので、骨も折れたが、しかし悪くないですね。なかなか美人もいましたよ。なんだかまだ若い女のにおいが鼻についているようです。ハハハハハ。

ところで、明智先生、あんたの想像はあたりましたよ。ちょうどおっしゃったような女があったのです。わしはその写真も手に入れてきましたがね。ごらんなさい、これです」

彼はポケットから一枚の写真を取り出して、明智に渡した。若い女の半身像である。

「伊藤《いとう》ひで子というんですがね。住所は千葉県のGという村です。江戸川を越して、市川の奥へはいった、ひどい田舎ですよ」

白井もその写真を見せてもらったが、まったく見知らぬ二十二、三歳の、これという特徴もない女であった。

明智は綿貫創人に依頼して、あの病院の女の身元を調査していたのであろうか。そして、創人がそれを探し当てたのであろうか。しかし、この奇人の彫刻家に、そんな腕前があろうとも考えられぬが。白井は腑《ふ》に落ちぬ様子で、両人の顔を見くらべるばかりであった。

「で、この女はいつごろなくなったのです」

明智が意外な質問をした。

「半月ほど前です。急病でなくなったのだそうです」

「それで、その辺にまだ土葬の習慣が残っているというのですか」

「ええ、その部落だけは、頑固に土葬の仕来りを守っているのです。この女もむろん土葬されたのです。その寺は村はずれの慶養寺っていうんですよ」

「よしっ、それじゃ、いよいよあれを決行するんだ。綿貫君、君はむろん手伝ってくれるだろうね」

明智が緊張した顔で、念を押すようにいうと、創人は大きな眼をギョロギョロさせて、苦笑しながら、

「仕方がない。探偵業弟子入りの月謝だと思って、やっつけますよ。だが、大丈夫ですか、叱られやしませんか」

「それは心配しなくてもいいんだ。兵藤捜査係長を通じて了解が得てあるのだよ」

白井は二人の会話を聞いていても、なんだか少しもわけがわからなかった。話の様子では、写真の女はすでに死亡しているらしいのだから、病院の狂女とはなんの関係もなかったのだ。ではいったい写真の女は何者であろう。そして、明智ははげしい口調で「あれを決行する」といったが、そもそも何を決行するつもりなのか。

明智は彼のいぶかしげな顔を見ると、その耳に口を寄せて、なにごとかをささやいた。非常に重大な事柄らしく、誰も聞いているものがないとわかっていても、声に出しては言いにくい様子であった。

白井はそれを聞くと、ギョッとしたように眼をみはったが、その顔はたちまち幽霊のように青ざめ、額にこまかい汗の玉が浮き上がってきた。いったい何事が、かくまでこの若いピアニストを驚かせたのであろうか。


その夜、千葉県G村の慶養寺の裏手の広い墓地に、不思議な出来事があった。

真夜中の二時とおぼしきころ、竹藪《やぶ》にかこまれたまっ暗な墓地の中に、どこから忍び込んだのか、四つの人影が異様にうごめいていた。

光もなく音もなく、死のような静けさの中に、四人のまっ黒な人影は、なにごとかヒソヒソとささやきかわしながら、石塔の林の中をさまよっていたが、やがて、そのうちの一人が、まだ新らしい白木の塔婆の前に近づいたかと思うと、いきなりその塔婆に両手をかけて、力まかせにやわらかい土の中から引き抜いて、かたわらの叢《くさむら》の中に投げ捨ててしまった。

他の三つの人影は、少し離れた場所にたたずんで、それをながめているように見えた。塔婆を引き抜いた男は、次には、上着をぬいで、恐ろしい作業にとりかかった。ちゃんと用意してきたものとみえて、彼の手には一挺《ちょう》の鍬《くわ》が握られていた。その鍬が新らしい墓場の土に向かって、勢いよく振りおろされた。

二十分ほどのちには、その墓場はすっかり掘り返されて、地面に大きなまっ黒な口をひらき、一方には土の山が築かれていた。

男は鍬を捨てて、その穴の中へ首を突込むような姿勢になって、しきりと何かしていたが、するとやがて、穴の中から、キイーッという、歯の浮くような無気味な音が聞こえてきた。

男は、やっと仕事をすませたらしく、一応立ち上がって、膝《ひざ》の土を払っていたが、つぎには、そこに置いてあった上着のポケットから、小さな円筒形のものを取り出すと、それを手にして、又穴の中をのぞき込んだ。

すると、突然、穴の中に青白い光があふれて、その反射光がかすかに男の姿を浮き上がらせた。それは綿貫創人であった。長髪はみだれて頭にかかり、土と汗によごれた骸骨のような顔が、いま墓場から這《は》い出してきた死霊かと見まがうばかりであった。

青白い光は彼の手にする懐中電燈《でんとう》から発していた。その丸い光が、今掘り返した穴の底の棺桶《かんおけ》の中を、まざまざと照らし出しているのだ。

創人は大きな眼をグリグリさせて、無気味な穴の底をながめていたが、やがて何を見たのか、ゾーッとしたように顔をそむけて、うしろに立っている三人の人影をさし招いた。

三人はツカツカと穴のそばへ近づいて行った。ほのかな反射光によって、それは明智小五郎と白井清一と一人の警官であることがわかった。明智は創人の手から懐中電燈を取り、白井といっしょに穴の中をのぞき込んだが、するとたちまち白井の口から、アッという恐ろしい叫び声がもれた。彼は見るにたえぬもののごとく、両手を顔にあてて、タジタジとあとじさりした。

「やっぱりそう思いますか」

明智が静かにたずねた。

「ええ、そうです。そうです。もう間違いありません。ああ、なんという恐ろしいことだ」

白井は歯の根をガチガチいわせながら、すすり泣くような声で答えるのであった。

闇からの手

深夜の墓あばきが行なわれた翌々日、名もわからぬ狂女は病院から相沢麗子の家に移され、ひと間をあてがわれて、看護を受けることになった。

麗子はわが身にひきくらべて、同じ悪魔に魅入られたこの女を、捨てておくことができなかったのである。父の相沢氏はもとより、彼女の周囲のものは、麗子自身いつ悪人の襲撃を受けるかもしれない身の上でいて、そんな物好きはよした方がいいと、しきりに止めたのだけれど、勝気の麗子はとうとう我意を通してしまった。それほど、その可哀そうな女に同情もし、ひきつけられてもいたのである。

その女には、いつまでたっても、引き取り手が現われなかった。気が狂ってしまって、どこの誰ともわからなかったとはいえ、こんなに長いあいだ彼女の身内の者が現われないのは、不思議といえば不思議であった。まったく親兄弟も身よりもない、さびしい身の上の女なのかもしれない。

一人の引き取り手も現われないという、世にも気の毒な事実が、一そう麗子を熱心にした。その悲惨な境遇も知らず、あどけない童謡を歌いつづけている女が、可哀そうでたまらなかった。彼女が周囲の反対をおしきっても、その女を引き取らないではいられぬ気持になったのも無理ではない。

狂女の負傷はもう回復期にはいっていたが、まだ顔じゅうに繃帯《ほうたい》を巻いたままであった。眼と口と鼻のほかは、まったく繃帯におおわれ、彼女の顔は一つの大きなまっ白な鞠《まり》のように見えた。狂気の方は少しも回復の徴候を見せなかった。彼女はあたえられた奥のひと間に、昼も床についたまま悲しい声で童謡を歌っていた。

病院での付き添い看護婦が、毎日相沢家に通って、狂女の繃帯の手当てや身の廻《まわ》りの世話をすることになったが、そのほかに、相沢家には、狂女の移転と同時に、一人の老下男が雇い入れられた。六十歳ぐらいの実直らしい痩《や》せた老人で、五分刈りの頭はもうまっ白になっていた。ひどく無口な男で、あまり人前に顔を出さず、黙々として庭の掃除をしたり、物置き小屋の中をかたづけたり、ただ働くことを楽しんでいるように見えた。

狂女が引き取られてから、二日間は別段のこともなく過ぎ去った。地獄の道化師も不思議に姿を現わさず、彼は何か事情があって、麗子の襲撃を思い止《とど》まったのではないかと疑われるほどであった。だが、悪魔の知恵は常識で判断することはできない。彼は人々の油断を待ち構えているのかもしれない。そして、何か意表外の奇怪な手段によって、一挙に目的をはたそうとしているのかもしれない。

はたして、その三日目の夜、悪魔は驚くべきかくれ蓑《みの》に身を包んで、気体のごとく相沢家に侵入し、麗子の寝室に窺《うかが》い寄っていたのである。

麗子は奥まった六畳の座敷に、ただ一人、何も知らずにスヤスヤと眠っていた。枕元に二曲の屏風《びょうぶ》が立って、小さい電球のスタンドが、ぼんやりと彼女の寝顔を照らしていた。少しお行儀わるく、白い右手が肘《ひじ》の辺まで、蒲団《ふとん》の襟から現われていた。本を読みながら、そのままの姿で寝入ったのであろう。その手の下には、ひらいたままの小型文庫本が投げ出されてあった。

真夜中の二時を少し過ぎたころ、縁側に面した障子が、音もなくソロソロとひらいていた。一分ずつ一分ずつ、まるで虫の這うような慎重さで、何者かがその障子をひらいていた。

むろん麗子は少しもそれを知らなかった。障子はかすかな音さえもたてなかったからである。

やがて障子が二尺ほどもひらいたと思うと、そこから、影のようなものが、スーッと部屋の中に忍び込み、屏風のそとに身をかくした。二、三分のあいだ、その者は、息を殺して、そこにうずくまっているように思われた。なんの物音も、なんの動くものもなく、部屋の中は死のように静まり返っていた。

やがて、屏風の框《かまち》の畳から一尺ほどの高さのところに、白い虫のようなものが、ポッンと現われた。そして、その白いものが、少しずつ、少しずつ大きくなっていた。それは人間の指であった。指が極度の臆病《おくびょう》さで、屏風の端から、麗子の方へ伸びてくるのであった。

五本の指がすっかり現われてしまうと、その、指には妙なガラスの管が握られていることがわかった。小型の注射器であった。注射器のガラス管にはにごった液体が半分ほどはいっていた。先端の鋭い針が、スタンドの光を受けて、ギラリと光った。

注射針の先は、ジリジリと麗子の白い腕に向かって近づいて行った。それを持つ手は、屏風の蔭《かげ》からもう一尺ほども伸びていた。

麗子はまだ熟睡していた。あと一分間で事はすむのだ。注射針のするどい先端がチクリと彼女の白い腕をさす、ただそれだけだ。彼女は眼をさますかもしれない。だが、その時にはもう毒物が彼女の皮下にうえつけられてしまっているのだ。声をたてる暇さえないであろう。或《あ》る種の毒物は、一滴の微量をもって、一瞬間に人を殺すことができるからである。

だが、いったい悪魔はどこからこの部屋へ忍び込んできたのであろう。事件以来、戸締まりは厳重の上にも厳重にされている。襖《ふすま》ひとえの麗子の隣室には、眼敏《めざと》い相沢氏が寝ているはずだ。その警戒の中を、かすかな物音一つたてず、彼はどうしてここまでたどりつくことができたのであろう。何かしら人々の思いも及ばぬ魔術が行なわれたと考えるほかはなかった。

注射針の先はもう、麗子の白い皮膚へ二、三寸の距離にせまって、キラキラとかすかに震えていた。麗子の運命は今や決したかと見えた。なにごとか奇蹟《きせき》が起こらない限り、彼女の死はもはや決定的であった。

だが、読者も予想されたように、その奇蹟が起こったのである。

真犯人

突如、けたたましい物音が起こった。死のような静けさの中に、重い物体のぶつかり合う恐ろしい響きがして、麗子の枕元の屛風は、突風に吹かれたように、ユラユラとゆれて、あやうく倒れそうになった。

物音は麗子の寝室から縁側へとつたわっていった。そして、その縁側の暗闇の中で、はげしい息づかいと、怒号の声と、何かのぶつかり合う重い地響きのようなものが、しばらくつづいた。

時ならぬ大音響に、相沢家の人々が、たちまち眼をさまし、その縁側にかけつけたのはいうまでもない。

隣室の相沢氏、書生、女中、そして当の麗子も、それらの家人のうしろから、オズオズと縁側をのぞいていた。麗子の寝室の電燈が点じられたので、廊下はパッと明るくなったが、人々はその縁側に、実に思いもよらぬ奇怪な光景を目撃したのである。上からのしかかって、取り押えているのは、最近雇入れたばかりの老下男であった。この真夜中に、彼はまだ起きていたものとみえて、ちゃんと昼間の服装をしていた。縞《しま》の着物に角帯、まっ白な頭、一と眼でそれとわかる老僕の姿である。

だが、老人に組み伏せられて、俯伏《うつぶ》しているのは、いっそう意外な人物であった。そこには白い大きな鞠のようなものが、縁側にころがっていた。あの狂女である。狂女は麗子の貸しあたえた派手なパジャマを着て、繃帯の顔を縁板につけて、老人の膝《ひざ》の下に呻吟《しんぎん》していた。その前に小型の注射針が投げ出されてあった。

これはどうしたことだ。いったい何ごとが起こったのだ。老下男は気でも違ったのか。可哀そうな狂女を、この夜ふけに、縁側などへ引っぱり出して、こんなひどい目にあわせるなんて、まるで夢の中の出来事のように唐突な感じであった。

「明智先生！　どうなすったのです」

相沢氏が思わずほんとうの名を呼んでしまった。老下男が明智探偵の変装姿であることは、主人の相沢氏と白井清一だけが知っている秘密であったが、相沢氏は咄嗟《とっさ》の場合そんなことを顧慮しているひまがなかった。

「こいつが犯人です！　とうとう確証をつかみました」

「えっ、その女が犯人ですって？　いったいなんの犯人なのです」

「くわしいことはあとでお話しします。こいつはお嬢さんに毒薬を注射しようとしたのです。ごらんなさい、この注射針がそうです」

だが、なぜこの狂女が大恩人の麗子を殺害しようとしたのか、相沢氏にはさっぱり見当がつかなかった。

「気ちがいは、だからあぶないというのです。何か発作を起こしたのですか」

「いや、気ちがいじゃありません。こいつが、地獄の道化師と呼ばれている殺人鬼です」

「えっ、なんですって？　じゃあ、その繃帯で変装をして……」

「いや、そうでもありません。ごらんなさい、こいつの腕にはこんなに焼けどのあとがあります。あの女なのです。あの女が殺人鬼だったのです」

「えっ、えっ、あの気の毒な気ちがい女が？」

相沢氏はあっけにとられたように叫んだまま、二の句がつげなかった。何かしらありうべからざることが起こったような感じなのだ。いかに名探偵の言葉とはいえ、あまりの突飛さに、安易には信じがたい気がしたのだ。

相沢氏よりもいっそう驚きに打たれたのは、当の麗子であった。この女が自分を殺そうとしたのか。そして、この哀れな女が、自分をつけねらっているあの恐ろしい殺人鬼だったのか。そんなことがありうるだろうか。夢ではないのか。自分は今こわい悪夢にうなされているのではないのか。

繃帯の女を組み伏せたままで、問答をつづけるわけにもゆかぬので、一同はともかく客座敷にはいって、明智の説明を聞き取ることになった。一方、明智の指図によってピアニスト白井清一に電話がかけられたが、彼は深夜ながら、すぐ自動車を飛ばして、かけつけてくるということであった。

繃帯の女は、観念したのか、もう手向かいをしようとも、逃げ出そうともせず、明智に引きすえられたその座敷の隅に俯伏して、さめざめと泣き入ったまま、身動きさえしなかった。

　どう見ても、きのうまでの狂女と少しも違わない、物哀れな姿である。ああ、この女があの大犯罪者、地獄の道化師その人なのであろうか。

「私にはさっぱり事情が呑《の》み込めませんが、すると、この女は気ちがいではなかったのですか」

　相沢氏は半信半疑のていで、まず第一の疑いをはらそうとした。

「そうです。ただ気ちがいをよそおっていたのです。実に名優でした。麗子さんが同情されたのも無理はありません。あの童謡には、誰でもホロリとなりますからね」

　白髪の老下男が、若々しいはっきりした声で答えた。

「フーン、にせ気ちがいだったのですか。しかし、それにしても、どうも私にはまだ腑《ふ》に落ちないのですが、いったいこの人は、あの屋根裏で道化師に監禁されていた女とは別人なのですか。いつの間にか、人間のすりかえが行なわれていたというのですか」

「いや、そうじゃないのです。屋根裏に監禁されていた女がこの女なのです」

「おかしいですね。それじゃあ、この女は道化師に誘拐された被害者の一人じゃありませんか。それが被害者ではなくて犯人で、あの道化師と同一人物だというのは、私にはまだよく呑み込めませんが……」

「そうでしょう。誰だってそう考えます。それが犯人のすばらしい隠れ蓑《みの》だったのです。僕は今、この女が気ちがいでないと言いましたが、それはあなた方が考えていらっしゃるような狂人ではないというまでで、別の意味では、確かに狂人です。人並すぐれた知恵と判断力を持った狂人です。恐るべき地獄の天才です」

「フーン、それじゃ、こういうことになりますね……」

相沢氏は、その着想のあまりの恐ろしさに、次の言葉をつづけかねていたが、やっと思い切ったようにそれを言った。

「つまり、あなた方があの空き家を襲撃なすった時、そこの屋根裏には犯人とこの女とがいたのではなくて、この女一人きりだったとおっしゃるのですね。という意味は、この女はあの劇薬を、自分で自分の顔にふりかけたという……」

相沢氏は言いさして、ゾーッとしたように。口をつぐんだ。

一座の人々は互いに顔を見合わせて、しばらくはものをいう者もなかった。シーンと静まり返った中に、繃帯《ほうたい》の女のかすかなすすり泣きの声ばかりが、名状し難い悲愁をこめて、絶えてはつづいていた。

その時、玄関の方にあわただしい人声がして、やがて洋服姿の白井清一が、緊張した顔をしてはいってきた。彼は明智が老下男に変装してこの家に住み込んでいることは知っていたが、その真の目的がどこにあるかは、まださとっていなかったので、狂女が真犯人と聞かされて、やはりはげしい驚きに打たれないではいられなかった。

「白井さんは、ある程度、この事件の秘密を御存じなのです。しかし、真犯人が何者であるかということは、僕にもたった今しがたまで、確信がなかったので、その点は白井さんにも打ちあけてなかったのです。

それじゃあ、僕がなぜこの女を真犯人と考えたか、その理由をこれからお話ししましょう。本人がここにいるのですから、僕の推察が間違っていれば、たぶんこの女が訂正してくれることでしょう」

老下男の明智は、膝を組みなおして、さて、この不思議な殺人事件の真相を説きはじめるのであった。

悪魔の論理

「かいつまんで申し上げます。この事件を深く考え、犯人自身の告白によって、その動機をくわしく考察すれば、興味深い一冊の書物を書くこともできるでしょうが、今はただ当然かくあらねばならぬという、僕の論拠だけを、ごく簡単にお話しするにとどめます。

僕があの麻布の空き家の屋根裏で、この女がうめいているのを発見した時、チラッとひらめいたのは、そこには最初からこの女がかくれていたばかりで、もう一人の男は全然いなかったのではないか。つまりこの女こそ、地獄の道化師と呼ばれる殺人鬼ではないのかという、奇妙な考えでした。

世間では犯人を男とばかり信じていた。男だからこそ若い美しい女を誘拐するのだと信じていた。しかし、探偵という仕事は、いつも世間の信じている逆を考えてみなければならないのです。ものの表を見ないでその裏側を見通さなければならないのです。

僕にそういう疑いを起こさせた第一の論拠は、この女が劇薬で顔をめちゃめちゃにされていたことでした。別に犯人があって、屋根裏から逃げ去る時、この女をそんなひどい目にあわせて行ったという考え方は、一つの常識で、表面的な考え方にすぎません。誰しもそう考えるだろうと思えばこそ、かしこい犯人はそれを欺瞞《ぎまん》の種に用いるのです。犯罪者の魔術の種は、いつもそういう常識の裏側に、まったく別の姿で隠れているのです。

われわれがあの空き家を四方から包囲した時、犯人はまだ屋根裏にひそんでいたと仮定します。そして、まったく逃げ場を失ってしまったとすれば、彼はどういう手段をとるでしょう。もし彼が見せかけのように男ではなくて、実は女であったとすれば、ただ元の女にもどって、そこに泣き伏していればいいのです。そうすれば、われわれは、その女が犯人とは考えないで、犯人のために監禁されていた、気の毒な犠牲者の一人だと思い込むでしょう。

しかし、ただ女の姿になって泣き伏しているだけでは足りません。顔を見られたら、たちまちその素姓がわかってしまうからです。犯人はわれわれに素顔を見せてはならなかったのです。この難関を切り抜けるために、犯人は実に思いきった方法をえらんだ。すなわち、われとわが手で顔に劇薬をふりかけたのだと仮定すればどうでしょう。

僕はむろんそれを確信したわけではありません。こういう仮説をたててみたにすぎないのです。しかし、その後、だんだん推理を進めていくにしたがって、この仮説は一歩ずつ真実味を加えてきました。ほかの事情がことごとくそれを裏書きするように見えはじめたのです。

犯人はなぜ道化師の扮装《ふんそう》をしたか。それは単に世間をこわがらせる奇怪な思いつきにすぎなかったのか。それともその裏にもう一つの意味があったのではないか。つまり、犯人は素顔をかくすために、あの壁のような厚化粧が必要だったのではないか。そして、ただ変装するだけでは足りないで、まったく顔をぬりつぶしてしまわなければならないというのには、何か特別の事情があったのではないか。

この疑問は、もし犯人が女であったとすれば、たちまち氷解するのです。女が男に化けるためには、普通の男性の服装をするよりは、ああいうダブダブの衣裳《いしよう》を着て、とんがり帽子をかぶって、壁のように白粉《おしろい》をぬって、顔とからだの女らしさをまったく覆いかくしてしまう方法をとった方が、どんなに容易だかわかりません。

ところが、そういうふうに、いろいろ思いめぐらしているあいだに、僕はふと、この事件の中の二つの妙な一致に気づきました。顔をめちゃめちゃに傷つけるということは、屋根裏の場合が最初ではなかったのです。この事件の最初に、もう一つ同じようなことが行なわれていたのです。あの石膏《せつこう》像にぬりこめられた野上みや子は、やはり、まったく素顔がわからぬほど、顔面を傷つけられていたではありませんか。

道化師の壁のような白粉の仮面、犯人自身の劇薬による変貌《へんぼう》、それから最初の被害者の顔面の恐ろしい傷、この三つが、僕の心を不思議に刺戟《しげき》したのです。それらは手段こそ違え、ことごとく素顔をかくすための操作だったではありませんか。

なぜ被害者の素顔をかくさなければならなかったのか。又なぜ犯人の素顔を、あれほどの苦痛をこらえてまで、かくさなければならなかったのか。じっとそれを考えていますと、僕の瞼《まぶた》の裏に、一つの奇怪きわまる幻影が浮かんできたのです。それはほとんど常人の想像を絶する、悪魔の知恵、狂人の幻想ともいうべきものでした」

明智はそこまで語って、ちょっと言葉を切ったが、一座の人々は張りつめた眼で、じっと明智の眼を凝視したまま、誰も口をきくものはなかった。明智は何かを隠している、この事件の最大の秘密が、まだ語られないでいるということが、人々におぼろげにわかっていた。そこにこのただならぬ緊張の理由があった。明智は冷静に語りつづける。

「一方では、僕はこういうことに気づいていました。それは、被害者の野上みや子も野上あい子も、それからここにいらっしゃる麗子さんも、ある一人の人物に密接な関係を持っていたということです。

これは白井さんにもお話ししたことがあるのですが、そのいわば中心的な立場にあった人物というのは、白井清一さんなのです。本人を前にしては、少々言いにくいのですけれど、この際ですから、おゆるしを願うことにして、率直に申しますが、白井さんは野上みや子と許嫁《いいなずけ》であったにもかかわらず、いつまでもそれを実行にうつそうとはなさらなかった。そして、許嫁のみや子さんよりは、かえって、妹のあい子さんと親しい間柄になっていた。もしあい子さんが無事でいたら、白井さんはあの人と結婚していたかもしれない。つまり姉のみや子は、ひどくきらわれていたわけなのです。このことは白井さん自身からも伺っているし、僕はあい子さんのお母さんをたずねて、確かめてもいるのです。

みや子をきらったのは、白井さんばかりではありません。これは誰も知らないみや子さんの秘密なのですが、あの人は今から二年ほどまえ、例の綿貫創人君のアトリエへ、絵をならいに通っていたことがあって、綿貫君に師弟以上の愛情を示したことがあるのです。これはむろん、白井さんもあの人のお母さんも御存じないことでしょう。僕は綿貫君自身からそれを聞いたのです。

ところが、綿貫君は、どうしてもみや子さんが好きになれなかったというのです。みや子さんはあの綿貫君にさえ嫌われたのです。そういうわけで、みや子さんは愛情に餓えながら、誰からも愛されなかった。許嫁に嫌われたばかりではない、あの人が愛情を示した男性のことごとくから、敬遠されたのではないかと思われる節があるのです。

僕はお母さんをたずねた時、みや子さんとあい子さんの写真を借りて帰って、よくしらべてみたのですが、妹のあい子さんの愛くるしさに引きかえて、みや子さんの顔には、なるほど、綿貫君のいったように、妙に人を反撥《はんぱつ》するようなものが感じられるのです。いいや、そういっただけでは足りない。何か恐ろしい感じさえするのです。

白井さん、あなたは、みや子さんとあい子さんがほんとうの姉妹ではなかったことを御存じですか」

白井は突然問いかけられて、ギョッとしたように眼を見はった。

「いや、そんなことはいちども聞いていません。顔立ちはひどく違っていましたけれど、僕はほんとうの姉妹だと思っていたのです」

「ところが、そうではなかったのです。みや子さんは拾われた子です。お母さんはこれは誰にも打ちあけてないのだからといって、なかなかおっしゃらなかったのを、僕が無理に聞き出したのですが、みや子さんの両親はどこの誰ともまったくわからないのだそうです。

みや子さんは、それを早くから察していたのかもしれない。おそらく察していたのでしょう。名も知れぬ両親から伝えられた遺伝と、幼児以来のひがみとが、あの人をあんな容貌に育て上げたのではないかと想像されます。

そういう素地のある上に、愛情は少しもむくいられなかった。許嫁にさえきらわれた。そして、その許嫁は妹と親密にしている。普通の女性にしても、これは可なりの打撃です。まして、そういう過去を持つみや子さんのゆがんだ心には、その苦痛が何倍にも拡大されて写ったということは、容易に想像されるではありませんか。

失恋した悲しみは、正常な女性をも気ちがいにすることがあります。まして、みや子さんには、そういう暗い遺伝と環境があった。生れながらに、異常な素質をそなえていた。普通の女ならば、その悲しみをそとに現わしたのでしょうが、彼女はそれを現わさなかった。悲しみのあまり自殺を考えるかわりに、復讐《ふくしゅう》を思い立った。悪魔のささやきに応じたのです。その時からして、野上みや子はこの世から消え失《う》せて、地獄の道化師と生れ変ったのです」

ついにこの事件の最大の秘密が暴露された。だが、人々はそれを聞いても、呆然《ぼうぜん》としておしだまっていた。あまりの奇怪事に、急にはそれを信じることはできなかったのだ。

「むろん、僕は最初からこんなにハッキリ考えたわけではありません。ある一つの重大な証拠を握るまでは、それはさまざまの可能性のうちの、もっとも奇怪な例外的な一つの場合にすぎなかったのです。

その重大な証拠というのは、ほかでもありません。白井さん、先夜あなたといっしょに見た、あの千葉県の古寺の墓地にかくされてあった、恐ろしい秘密なのです」

明智はここで、慶養寺の墓地発掘の次第を手短かに物語った。

「その土葬の棺の中に、僕たちは、野上あい子の死体を発見したのです。死後十日とはたっていなかったので、充分容貌を見わけることができました。

あい子さんはいうまでもなく、道化師の手によって殺害されたのです。しかし、その死体が、思いもよらぬ千葉県の片田舎に埋葬されていたというのは、これはいったい何を意味するのでしょうか。

僕はさきほど申し上げた疑念――それを一と口にいえばつまり、最初の殺人の石膏像の中の死体の顔が、なぜあんなにメチャメチャに傷つけられていたかという、恐ろしい疑念なのですが、そういう疑いを持ったものですから、綿貫創人君をわずらわして、みや子さんの女学校時代の同窓や、その他の女友だちの中に、ごく最近死亡したものはないかと調べ廻《まわ》ってもらったのです。

するると、千葉県の市川の奥のGという村に、みや子の同窓の人があって、その娘さんが、ちょうど第一の殺人事件の起こった四日前に、心臓麻痺《まひ》で急死したということがわかりました。しかも、その村には土葬の習慣が残っていて、娘さんは村はずれの、慶養寺の墓地に葬られたというのです。

僕が何を言おうとしているか、もうおわかりでしょう。この同年輩の女性の土葬こそ、みや子の恐ろしい犯罪の出発点となったのです。もしそういうことがなかったとしても、みや子はおそらく、別の手段を考え出していたでしょうが、ほかのどんな手段よりも、この土葬者を利用するという悪魔の着想が、彼女を魅了したのです。

千葉県といっても、市川の付近なのですから、東京から自動車で往復するのはなんでもありません。みや子がどういう方法で、それをなしとげたか、よくわかりませんが、あとであい子さんを誘拐したやり口を思い合わせますと、彼女は一人の男の助手を持っていたらしく考えられます。それは自動車の運転のできる、屈強な若者に違いありません。そんな助手をどうして手に入れたか。おそらく金にものをいわせたのでしょう。みや子は家出の際に、十万円の貯金を持ち出しているのですからね。

むろん墓があばかれ、その友だちの死体が運び出されたのです。そして顔を傷つけた上、大急ぎで石膏像にぬりこめた。みや子は綿貫君に弟子入りしていたほどですから、石膏像の造り方は心得ていたに違いありません。そういう美術的才能にはめぐまれていた女です。

その石膏像を、綿貫君の留守中のアトリエの門内に運び入れ、どこかから電話をかけて、あのガレージの自動車を呼んだのです。そして、綿貫君の作品のように見せかけて運搬を頼んだのです。その交渉には例の男の助手を使ったか、みや子自身が男装して応対したか、どちらかでしょう。

その替玉の娘さんの右腕に、みや子のとまったく同じ傷痕《きずあと》があったというのは、ほとんど奇蹟《きせき》に近い偶然ですが、しかしそういう偶然があったればこそ、みや子もあれほどの大事を決行する気になったのでしょう。年頃も背恰好《せかっこう》も同じだったこと、腕に傷痕があったこと、土葬されたこと、この二重三重の偶然が、はじめてあれほどの奇怪な犯罪を可能ならしめたのです。むろんみや子は学生時代に、その傷痕の一致をちゃんと見届けていたのに違いありません。

みや子は復讐事業の着手に先だって、まず彼女自身を、この世から抹殺することに成功したのです。彼女自身第一の被害者であるかのごとくよそおい得たのですから、もう何をしようと絶対に安全です。かようにして、悪魔の知恵は、童話のかくれ蓑《みの》を手にいれることに成功したのです」

明智は一度も、そこに泣き伏しているみや子に問いかけることはしなかったが、彼女がこの推理を耳にしていたのはいうまでもなく、そのみや子自身が、なんら否定の言葉ももらさず、否定の身ぶりもしなかったのだから、明智の推理はほとんど的中していたのに違いない。

人々はその様子を見て、明智の物語がいかに奇怪であろうとも、条理整然たる彼の推論と、犯人自身の無言の肯定とによって、これを信じないわけにはいかなかった。

「その土葬の棺の中は、しばらくのあいだ、からっぽになっていたわけですが、みや子にとっては、それが唯一の気がかりだったに違いありません。そこで、あい子さんを殺害して、復讐の目的をはたして、その死体の処置を考えた時、彼女は当然、あのからっぽのままの棺桶《かんおけ》を思い浮かべたのです。

土中の棺桶の中へ惨殺死体をかくす。これほど恰好のかくし場所がほかにあるでしょうか。しかも、そうしておけば、亡友の死体を盗み出したことは、永久に発覚するおそれがないのです。後日万一その墓があばかれることがあっても、そこにはちゃんと、替玉のあい子さんの白骨が横たわっているわけですからね。狂人の叡智《えいち》です。狂人でなくては考え出せない着想です。

屋根裏で、みずから劇薬をあびたのも、やはり狂人の叡智に属する所業ですが、普通の狂人ではなくて、犯罪にかけては一分の抜け目もない犯人のことですから、その時、顔といっしょに、例の右腕の傷痕も、劇薬で焼き消してしまうことを忘れませんでした。

必要以上に、手や胸に劇薬の痕がついたのは、それをごまかすためだったのです。

顔はくずれている、目印の傷痕はかくされている。その上、憔悴《しょうすい》して痩《や》せ衰えていたのですから、お母さんにさえ、この女がみや子とわからなかったのも、無理ではありません。それに、お母さんも警察の人たちも、みや子はこんどの事件の第一の犠牲者だと信じきっていたのですからね。

犯人は病院に入れられると、狂人をよそおい、哀れな童謡などを歌って、人々の同情を集めました。そして、この女は、心ひそかに、麗子さんの見舞いにいらっしゃるのを待ちもうけていたのかもしれません。麗子さんは、まんまとその罠《わな》にかかられたのです。この女はお芝居の限りをつくしてあなたの同情をひき、あなたがここへ引き取らないではいられないように仕向けたのです。そして、首尾よくその目的をはたしました。あとは、今夜のような機会を待ちさえすればよかったのです。

僕はあらかじめ、こういうことが起こるのを察してはいました。しかし、これまでのお話でもわかるように、僕の推理には、直接の証拠が一つもなかったのです。それに、この推理の非現実性が、僕を躊躇《ちゅうちょ》させたのです。筋路《すじみち》は通っているにしても、それは狂人の国の論理ですからね。犯人自身の何かの所業を、この眼で見るまでは安心ができなかったのです。

それで、麗子さんの身辺を護衛するという口実で、相沢さんのおゆるしを得た上、こんな変装をして住み込むことにしたのです。そして、この女の挙動を、夜となく昼となく見張っていたのです。僕に自信がなかったばかりに、麗子さんをあんなあぶない目にあわせたことは、実に申しわけないと思っています。

　犯人がなぜ麗子さんを第二の復讐の目標にしたか、それはくわしく申すまでもありますまい。狂人の全関心は白井さんにかかっているのです。白井さんと親交を結ぶ女性はことごとくこの女のかたきなのです。病的な嫉妬《しっと》心です。この狂女にはその方面の苦痛が、常人の数倍、数十倍に拡大されて感じられるのです。

　異性の友だちを迫害することは、一方ではそむかれた白井さんへの復讐にもなるのですからね。そして、直接あなたへの行動は、この女の最後の大事業として、大切に残してあったのかもしれません。

　これが僕の考えのあらましです。さらにくわしい性格と心理の問題は、この女自身の告白を待つほかはありません」

　明智が長い話を終って、口をつぐむと、人々の眼は期せずして、そこに俯伏《うつぶ》しているみや子の背中にそそがれた。

　みや子は、最初の姿勢を少しもかえないで、石になったように、身動きもしないでいた。巨大な白い鞠《まり》のような頭部が、前に重ねた両手の上に、グッタリと乗っている形は、滑稽《こっけい》でもあり、それゆえに又、ゾッとするほど無気味でもあった。

　人々は顔を見合わせて、この奇怪な生き物を、どう処置したものであろうと、互いの眼に尋ね合った。

「お父さま、ちょっと見てください。あの人　息をしていないわ」

敏感な麗子がまずそれに気づいて、恐怖の叫び声をたてた。

「えっ、息をしていない？」

相沢氏は立っていって、女の肩をゆすってみたが、なんの手応《てごた》えもなかった。鞠のような顔を持ち上げてみても、手を放すと、にぶい音をたてて、畳の上に落ちて行った。

相沢氏は急いで女の手首を握って、脈を調べた。

「死んでいる。明智さん、この女は死んでいるのです」

そのけたたましい叫び声を、名探偵は静かに受けて答えた。

「僕はたぶんそんなことだろうと思っていました。この女は、もうどんなに悪魔の知恵を働かせても、世間の眼をのがれることはできないのです。唯一の武器のかくれ蓑を奪われてしまったからです。自殺のほかに道はなかったのです。

おそらく、最後の場合、自分の命を断つ薬品を、肌身離さず用意していたのでしょう。

この女も考えてみれば可哀そうです。所業は憎むべきですが、この女自身の罪というよりは、そういう性格を作り上げた、遺伝と環境を考えてやらなければなりません。お上《かみ》にお手数をかけないで、この女が自分自身を死刑に処した点は、大目に見てやってもいいのではないでしょうか。

僕はただ、この女自身の口から、悪魔の告白を聞き得なかったことを、残念に思うばかりですよ」

明智は言い終って、いつもの彼に似げなく、ホッと深い溜息《ためいき》をもらすのであった。

本書は、小社より刊行された角川文庫『一寸法師』（一九七三年六月刊）、『黄金仮面』（同年七月刊）、『地獄の道化師』（一九七四年六月刊）の収録作を底本としました。

本文中には、唖者《おし》・気ちがい・びっこ・片輪者・不具者・低能児など、今日の人権擁護の見地に照らして、不当・不適切と思われる語句や表現がありますが、作品発表時の時代的背景を考え合わせ、また著者が故人であるという事情に鑑み、底本のままとしました。

編集部

D坂《ざか》の殺《さつ》人《じん》事《じ》件《けん》

江《え》戸《ど》川《がわ》乱《らん》歩《ぽ》

平成28年 3月25日　初版発行
平成28年 5月25日　3版発行

発行者◉郡司 聡

発行◉株式会社KADOKAWA
〒102-8177　東京都千代田区富士見2-13-3
電話 0570-002-301（カスタマーサポート・ナビダイヤル）
受付時間 9:00～17:00（土日 祝日 年末年始を除く）
http://www.kadokawa.co.jp/

角川文庫 19651

印刷所◉株式会社暁印刷　製本所◉株式会社ビルディング・ブックセンター

表紙画◉和田三造

Printed in Japan
ISBN978-4-04-103713-3　C0193

角川文庫発刊に際して

角　川　源　義

第二次世界大戦の敗北は、軍事力の敗北であった以上に、私たちの若い文化力の敗退であった。私たちの文化が戦争に対して如何に無力であり、単なるあだ花に過ぎなかったかを、私たちは身を以て体験し痛感した。西洋近代文化の摂取にとって、明治以後八十年の歳月は決して短かすぎたとは言えない。にもかかわらず、近代文化の伝統を確立し、自由な批判と柔軟な良識に富む文化層として自らを形成することに私たちは失敗して来た。そしてこれは、各層への文化の普及滲透を任務とする出版人の責任でもあった。

一九四五年以来、私たちは再び振出しに戻り、第一歩から踏み出すことを余儀なくされた。これは大きな不幸ではあるが、反面、これまでの混沌・未熟・歪曲の中にあった我が国の文化に秩序と確たる基礎を齎らすためには絶好の機会でもある。角川書店は、このような祖国の文化的危機にあたり、微力をも顧みず再建の礎石たるべき抱負と決意とをもって出発したが、ここに創立以来の念願を果すべく角川文庫を発刊する。これまで刊行されたあらゆる全集叢書文庫類の長所と短所とを検討し、古今東西の不朽の典籍を、良心的編集のもとに、廉価に、そして書架にふさわしい美本として、多くのひとびとに提供しようとする。しかし私たちは徒らに百科全書的な知識のジレッタントを作ることを目的とせず、あくまで祖国の文化に秩序と再建への道を示し、この文庫を角川書店の栄ある事業として、今後永久に継続発展せしめ、学芸と教養との殿堂として大成せんことを期したい。多くの読書子の愛情ある忠言と支持とによって、この希望と抱負とを完遂せしめられんことを願う。

一九四九年五月三日